SUSANNE BONN

Die Schule der Spielleute

SPIELMANNSTOD Worms, im Jahre 1339. In einer Spielmannsschule treffen Fahrende aus allen Teilen Europas zusammen, um Wissen und Erfahrungen auszutauschen, aber auch, um sich für die großen Fürstenhöfe zu empfehlen. Ein begehrtes Ziel ist die Residenz des Grafen von Geldern. Die jungen Musiker Elbelin und Gottfrid, die zuletzt im Dienst des Erzbischofs von Trier standen, sind dorthin unterwegs. Auch den alten erfahrenen Hofsänger Wolfram zieht es auf der Suche nach einer Anstellung an den Hof des Grafen, doch er glaubt im direkten Vergleich mit Elbelin nicht bestehen zu können. Um ihn aus dem Feld zu schlafen, zerstört Wolfram den Dudelsack des jungen Spielmanns. Das spielerische Kräftemessen soll sich schon bald zu einer tödlichen Tragödie auswachsen …

Susanne Bonn, geboren 1967 in Bensheim, studierte Geschichte und lebt nach längeren Abstechern in die Niederlande und in die Pfalz wieder im Odenwald. Seit 1998 arbeitet sie als freiberufliche Übersetzerin und Lektorin. Mit dem historischen Krimi „Der Jahrmarkt zu Jakobi" gab sie im Herbst 2008 ihr erfolgreiches Debüt als Romanautorin.

Bisherige Veröffentlichungen im Gmeiner-Verlag:
Der Jahrmarkt zu Jakobi (2008)

SUSANNE BONN

Die Schule der Spielleute

Historischer Roman

GMEINER *Original*

Besuchen Sie uns im Internet:
www.gmeiner-verlag.de

Im Ehnried 5, 88605 Meßkirch
Telefon 07575/2095-0
info@gmeiner-verlag.de

1. Auflage 2010

Lektorat: Claudia Senghaas, Kirchardt
Herstellung / Korrekturen: Daniela Hönig / Doreen Fröhlich
Umschlaggestaltung: U.O.R.G. Lutz Eberle, Stuttgart
unter Verwendung des Bildes »Das Konzert« von Lorenzo Costa / http://commons.wikimedia.org
Druck: Fuldaer Verlagsanstalt, Fulda
Printed in Germany
ISBN 978-3-8392-1073-4

Invocavit

Am Sonntag Invocavit des Jahres 1339, kurz vor Einbruch der Dunkelheit, betraten Alheit und Franz Wohlgesang das Gasthaus zum Wilden Mann in Worms. Am Aschermittwoch waren sie in Mainz aufgebrochen. Nach gut vier Tagen Marsch war Alheit glücklich, den kalten Nebel der Gassen hinter sich lassen zu können, der ihr durch Mantel und Kleid bis auf die Haut gedrungen war. Den Instrumenten würde etwas trockenere Luft ebenfalls gut bekommen.

Der Wirt schaute sie finster an. »Geschlossen.« Mit seiner hohen, breiten Gestalt versperrte er die Tür.

»Wir sind hier auf Geheiß des Herrn Heinrich von Alzey«, antwortete Alheit.

Wortlos hielt der Wirt die Hand auf.

Alheit nestelte den Brief ihres Gönners aus ihrer Gürteltasche und reichte ihn dem Wirt. Der betrachtete das Pergament eine ganze Weile, als ob er lesen könnte. Das Siegel müsste er immerhin erkennen.

»Übern Hof, dann links die Treppe hinauf«, sagte er schließlich.

Zwar widerstrebte es Alheit, diesen Raum zu verlassen, der mit Wärme und dem Duft eines kräftigen Eintopfs gefüllt war, und Franz erging es wohl kaum anders. Aber auch die Aussicht, nach vier Tagen Marsch die Kiepe mit den Instrumenten endgültig absetzen zu können, war verlockend. Nur noch diese wenigen Schritte.

Der Raum, den sie auf der anderen Seite des Hofes betraten, war nicht beheizt. Nur der Schlot vom Kamin im Erdgeschoss versprach, etwas Wärme zu verbreiten. Zumindest lehnten zwei leicht bekleidete junge Männer daran. Einer der beiden sprang auf, schlank und beweglich, mit goldglänzendem Haar und blauen Augen.

»Gott grüße euch«, sagte er strahlend und ging auf die Neuankömmlinge zu. »Ich bin Elbelin der Sackpfeifer, das ist mein Geselle Gottfrid.« Er deutete auf den zweiten, der noch immer am Schlot saß. Dieser sah Elbelin recht ähnlich, nur schimmerte sein Haar eher kupfern als golden. Selbst die Kleider der beiden waren nach dem gleichen modisch engen Schnitt gefertigt, die Farben gerade vertauscht. Während Elbelins linkes Bein in grünes Tuch gehüllt war und das rechte in gelbes, war es bei Gottfrid umgekehrt.

»Gott grüße euch«, erwiderte Alheit. Sie stellte Franz und sich vor. Im Vergleich zu diesen beiden fühlte sie sich alt. Elbelin und Gottfrid könnten ihre Söhne sein. In ihren farblosen, aber warmen Reisekleidern wirkten Alheit und Franz eher wie biedere Händler oder Pilger, nicht wie Spielleute. Man musste den Inhalt ihrer Kiepen schon genauer betrachten, um ihr Handwerkszeug zu finden.

»Komm, Gottfrid, rück ein Stück zur Seite«, forderte Elbelin. »Die beiden sollen auch ein warmes Plätzchen haben.«

Gottfrid brummte und begann, seine Habseligkeiten etwas platzsparender zu ordnen.

Alheit schüttete zwei Lager aus Stroh auf, während

Franz die Instrumente aus ihren Leder- und Filzhüllen nahm und sie, in sicherer Entfernung vom Schlot, neben Elbelins und Gottfrids Sackpfeife und Schalmei auslegte. Laute, Drehleier, Schalmei, Flöten, Tamburin und Trommel.

Elbelin sah ihm über die Schulter und nickte anerkennend. »Ihr seid ja gut ausgerüstet.«

Franz schlug probehalber auf das Tamburin, das nur ein paar dumpfe Töne hervorbrachte. »Ihr wisst ja selbst, was von uns Spielleuten alles erwartet wird.«

Elbelin nickte. »Wir haben auch noch Rotta und Rebec dabei. Ein Trommler fehlt uns leider.«

»Uns auch«, sagte Franz. »Letztes Jahr im Sommer waren wir noch eine schöne Truppe.« Er betrachtete die Laute von allen Seiten. »Dann ist unser fahrender Schüler seiner Berufung gefolgt, unsere kleine Sängerin hat geheiratet, und der Gaukler …«, er schlug einen missgestimmten Akkord an, »… wurde erschlagen.«

»Gott sei seiner Seele gnädig«, sagte Elbelin. »Wer unser Handwerk übt, lebt gefährlich.«

Alheit ging zu Franz hinüber und nahm die Schalmei auf. »Kein Rohrblatt?«

Er schüttelte den Kopf. »Unterwegs doch nie.«

Elbelin schaute sie mit großen Augen an. »Du spielst Schalmei? Das hätte ich von einer zarten Dame nicht erwartet.«

Alheit wusste nicht, ob sie lachen oder sich ärgern sollte. Nichts an ihr war zart, weder die strohigen Haarsträhnen, die unter der Haube hervorlugten, noch das von Wind und Wetter gerötete Gesicht oder ihre kastenförmige Gestalt. Ihre breiten Finger passten eben besser zur Schalmei als zum Saitenspiel.

Franz lachte an ihrer Stelle. »Meine zarte Dame hat keine Angst, sich mit Räubern und Mördern anzulegen. Da ist Schalmei blasen doch eine Kleinigkeit.«

»Das musst du uns genauer erzählen.« Elbelin strahlte vor Begeisterung.

»Nun ja, es war Pater Baldwin, der den Mörder gestellt hat«, wandte Alheit verlegen ein.

»Der fahrende Schüler?«

Franz nickte und erzählte das Abenteuer, das sie im vergangenen Sommer erlebt hatten.

Mit einem Schwall feuchtkalter Luft öffnete sich erneut die Tür, und ein einzelner Mann trat ein. Ein gelber Fleck an seinem Mantel wies ihn als Juden aus. Alheit schaute sich nach einem Lagerplatz für ihn um. Rund um den Schlot gab es keinen Raum mehr.

Elbelin vertrat dem Neuankömmling den Weg. »Dich wollen wir hier nicht. Pack dich zu deinesgleichen.«

Der Mann hob die Schultern unter seiner schweren Kiepe, wandte sich um und ging.

»Hier kommen doch nur geladene Gäste herein?«, wunderte sich Franz.

»Geladen oder nicht, wir brauchen keine Juden hier«, erwiderte Elbelin böse.

»Habt ihr noch nicht von dem Knaben Werner gehört, den sie geschlachtet haben?«, fiel Gottfrid ein. »Hier am Rhein, bei Bacharach.«

Abwechselnd brachten die beiden einen wahren Sturzbach von Schauergeschichten über Juden vor, die Hostien schändeten und christliche Kinder töteten. »Aber in den letzten Jahren haben ja der König Armleder und seine Leute ordentlich aufgeräumt«, schloss Gottfrid.

»Geh mir fort mit dem«, fauchte Alheit. »Hast du vorhin nicht zugehört? Ein Armlederer hat sich an meine Tochter herangemacht und Hardo den Gaukler erschlagen. Die Armlederer sind unser Unglück.«

Elbelin sah sie verwirrt an. Doch als ob er seine blutigen Reden schon wieder vergessen hätte, schlug er vor: »Kommt, wir schauen uns nach etwas zu essen um. Habt ihr keinen Hunger?«

Montag nach Invocavit

Als Alheit und Franz am folgenden Tag durch die Gassen in der Nähe ihrer Herberge zogen, trafen sie auf zahlreiche weitere Spielleute. Einige kamen gerade erst an und suchten ein Quartier. Andere behielten die Stände und Zelte scharf im Auge, die überall aufgebaut wurden, wo sich genügend Platz fand.

Alheit sah sich unter den Händlern um, erkannte aber keinen, auch keinen der drei bunt gekleideten jungen Burschen, die mit ausladenden Handbewegungen und absonderlichen Geräuschen die Bemühungen eines dicken Handwerkers beim Standaufbau begleiteten.

»Bald zehn Dutzend von den Kerlen sollen in den nächsten Wochen hier herumstreunen«, beschwerte sich ein Bürger im Vorübergehen. »Da heißt es, die Wäsche hereinholen und die Mädchen einsperren.«

»Dabei dürfen wir nicht einmal unseren Spaß mit ihnen haben, vor lauter Fasten«, murrte ein zweiter.

»Hast du gehört, bei dem Alten gibt's schöne Mädchen!«, rief einer der drei Burschen. Seine Genossen heulten und pfiffen. »Kommt, wir müssen sehen, wo er wohnt!« Sie ließen den fluchenden Handwerker allein aufbauen und folgten dem besorgten Vater.

Franz schüttelte den Kopf. »Dass die jungen Leute aber auch immer auf Unfrieden aus sein müssen.«

Alheit warf ihm einen fragenden Blick zu. Zwar konnte sie sich nicht vorstellen, dass Franz jemals über die Stränge geschlagen hatte, doch meist fand er solche Eskapaden nur erheiternd, so als wünschte er sich, doch daran teilzunehmen.

»Ich glaube, so jung war ich nie«, fuhr er fort, als hätte er ihre Gedanken gelesen. Versonnen schaute er einem Mann mit schmutzigbraunem Haar nach, der ein längliches Lederbündel im Arm trug wie ein Kind und am anderen Ende des kleinen Platzes in eine Gasse einbog. »Das ist doch Werner«, sagte er leise. »Möchte wissen, wo er wohnt. Ein Jammer, dass wir nicht zusammen auftreten dürfen.«

Alheit überlegte, wann sie den Namen schon einmal gehört hatte. »Doch nicht etwa der, der in Nürnberg mit euren gemeinsamen Einnahmen durchgegangen ist?«

Franz lächelte, als sei das eine seiner schönsten Erinnerungen. »Er hat wohl eine Gelegenheit gesehen, nach Prag zu kommen. Dort war ein hübsches Fräulein ... Schade. Er konnte singen – so habe ich noch keinen wieder gehört. Und Schalmei hat er auch gespielt, viel besser als ich.«

Jedenfalls war dieser Werner kein Reisegenosse, wie ihn Alheit sich wünschte. Sie war sicher, dass sie in den nächsten Wochen noch andere, bessere Spielleute kennenlernen würden, mit denen sie in diesem Sommer reisen konnten. Vielleicht sogar welche, die gute Beziehungen zu dem einen oder anderen Hof hatten. Entschlossen schlug sie die entgegengesetzte Richtung ein.

Wenige Schritte weiter stand ein weißhaariger Alter am Tor einer Herberge zum Schwarzen Bären. Sein Mantel war aus gutem, dunklem Tuch, doch der Pelzbesatz begann sich an einigen Stellen zu lösen.

»Ihr wisst nicht, mit wem ihr redet!«, fauchte er jemanden im Hof an.

»Dein Name spielt keine Rolle. Auf deine Finger kommt es an, und die sind zu langsam für uns.«

Franz hob den Kopf, als er die Stimme des Unsichtbaren hörte. »Das ist Emich der König, oder?« Er ging näher heran.

»Wie willst du grüner Junge das beurteilen?«, widersprach der Alte. »Ich habe schon bei Hof zum Tanz aufgespielt, da hast du noch in die Windeln geschissen!«

»Daran könnte es liegen. Du musst dein Altenteil woanders suchen.«

Franz nickte, als habe sich seine Vermutung bestätigt. »Eingebildeter Lackel.«

»Was ist das für einer?«, erkundigte sich Alheit leise. Doch sie bekam keine Antwort.

»Mein Altenteil! Ich bin noch lange nicht so weit, ins Stift zu ziehen!« Der Mann wich keinen Schritt zurück. Alheit glaubte, über seiner Schulter ein helles Horn zu erkennen.

Der andere lachte. »Spiel doch in Frankfurt Herrn Rainald von Geldern vor. Man sagt, er sucht gute Sackpfeifer.«

»Darauf kannst du Gift nehmen!«

»Lieber einen Wein aus dem Wormsgau.« Die Stimme im Hof entfernte sich, das Tor wurde nachdrücklich geschlossen.

Der Alte drehte sich schwungvoll um, sodass das

Horn beinahe Alheits Gesicht streifte, und eilte in die neblige Gasse davon.

»Wer war das?«, fragte Alheit jetzt lauter, während sie sich auf den Rückweg zum Wilden Mann machten.

»Den Weißhaarigen kenne ich nicht«, erwiderte Franz. »Der hinterm Tor, den wir nicht gesehen haben, war wohl Emich der König. Er soll der beste lebende Sackpfeifer sein und spielt oft für den Erzbischof von Köln.«

Alheit nickte. Spielleute legten sich immer großsprecherische Namen bei, auch wenn nicht viel dahintersteckte.

Franz fuhr fort: »Ich habe ihn schon hin und wieder getroffen. Er spielt wirklich sehr gut, aber er lässt auch alle Welt wissen, dass er der Beste ist.«

»Und was will er dann hier lernen?«

»So, wie er eben geredet hat, lehrt er wohl eher. Oder er sucht neue Gesellen.«

Alheit brummte. »Da kommen wir ja nicht infrage. Weißt du etwas über den Meister, der uns unterrichten soll?«

»Er kommt aus Paris. Hierzulande ist er nicht besonders bekannt.«

Sie kehrten in ihr Quartier zurück. Vor ihnen stiegen zwei in struppige Pelze gehüllte Gestalten die Treppe hinauf. Ein Mann und eine Frau, wie sich herausstellte, als sie sich oben im Raum aus ihren Mänteln schälten.

»Grüß euch Gott«, sagte der Mann. »Bin Tamas aus Szegedin mit Frau Lene. Spiel auf Fidel.« Er zeigte, was er meinte. Offenbar traute er seinen deutschen Sprachkenntnissen nicht. »Mackó schläft in Stall«, fügte er hinzu und deutete nach unten.

»Wer ist Mazko?«, fragte Franz. »Warum bringst du ihn nicht mit herauf?«

Tamas lachte. »Mackó ist Bär. Bleibt besser weg von fremde Menschen.«

Franz wich zurück.

Mit zusammengekniffenen Augen beobachtete Alheit, wie die Frau den Platz für ihr Nachtlager wählte. Sie schob die Matratzen, die sich Elbelin und Gottfrid gebaut hatten, weiter zur Tür hin und breitete daneben die Pelze für sich und ihren Mann aus.

»Da liegt schon jemand«, sagte Alheit.

»Ja, und die beiden jungen Burschen sind freundlicher als du«, erwiderte Lene. »Sie haben mir ein warmes Plätzchen angeboten.«

Ohne seine Frau weiter zu beachten, versorgte Tamas inzwischen seine Fidel und ein Schellentamburin, mehr nicht. Alheit begann zu ahnen, auf welche Weise Lene ihr Brot verdiente. Schnaubend wandte sie sich ab.

Dienstag nach Invocavit

Überall in der Stadt trafen in diesen Tagen Spielleute ein. In den Straßen erschienen immer mehr Stände, wo Instrumentenbauer ihre Waren auslegten. Flöten, Trommeln, Schalmeien und Sackpfeifen wurden angeboten, auch Lauten und Harfen, Rebecs und Fideln. In einem Stand saß geduldig ein junger Knecht und polierte Trompeten.

Franz ging von einem zum anderen, in freudigem Erstaunen, als habe man ihn ins himmlische Jerusalem versetzt. Er betrachtete jedes Instrument genau, vor allem die etwas ausgefalleneren Modelle, er sprach mit den Händlern, er probierte kleine Melodien aus. Alheit war froh, dass sie den Beutel mit dem Geld bei sich trug, dass die Auswahl so groß war und Franz sich nicht entscheiden konnte.

Insgeheim liebäugelte sie selbst mit etwas Neuem, Unerhörtem, einer Trompete. Die glänzende Bronze schien ihr sehr verlockend, die klaren, kräftigen Töne erst recht.

Einmal, als Franz am anderen Ende der Gasse über ein kaum unterarmlanges Rebec verhandelte, eilte sie zu dem betreffenden Stand und wollte ein Instrument ausprobieren.

Der Knecht musterte sie von oben bis unten. »Du willst Trompete spielen?« Die Frage klang so erstaunt, als hätte Alheit sich als der neue Bischof vorgestellt.

»Ja.«

»Kannst du sie überhaupt bezahlen?«

»Probieren kostet doch nichts, oder?« Alheit streckte ihm die Hände entgegen.

»Leider nicht.« Der Junge machte keine Anstalten, ihr ein Instrument zu reichen. »Eine Trompete kostet so viel wie ein gutes Pferd.«

Offenbar traute er ihr das nötige Geld nicht zu, und Alheit musste sich eingestehen, dass er recht hatte. Wie sie auch hin und her überlegte – selbst mit den 70 Hellern, die Herr Heinrich von Alzey ihnen zugesagt hatte, würde es nicht für eine Trompete reichen.

Beschämt machte sie sich auf den Weg zu Franz. Hinter ihr erklang das Gelächter des Händlers.

Nur eine Straßenecke weiter, am Rand eines Brunnens, bemerkte Alheit zwei Gestalten, die ihr bekannt vorkamen. Die Kleider leuchtete gelb und grün, ein goldener und ein kupferfarbener Schopf beugten sich über – was? Von ferne sah es aus wie mehrere Türmchen Silbermünzen. Alheit trat überrascht näher.

»300 Heller«, schloss Elbelin und ließ die letzte Münze klingend auf eins der Türmchen fallen. Gottfrid nickte dazu.

»Wo habt ihr das her?«, fuhr Alheit dazwischen.

Erschrocken zuckten die Jungen zurück. Doch Elbelin fing sich sogleich wieder: »Von unserem Herrn, Erzbischof Balduin von Trier. Wir sollen uns neue Instrumente kaufen.«

Alheit nickte. »Und das zählt ihr laut und deutlich vor allen anderen her?«

Ein wenig verlegen blickte Elbelin zur Seite. »Manchmal glaube ich selbst nicht, wie viel es ist.«

»Viel ist es in der Tat«, bestätigte Alheit. »Andere Herren sind weniger großzügig, ein neues Instrument kann aber jeder Spielmann brauchen.«

»Jederzeit.« Elbelins strahlendes Lächeln ging auf wie die Sonne. »Hast du die Trompeten gesehen?«

Alheit gab einen unbestimmten Laut von sich. Ob die beiden ihren Besuch an diesem Stand wirklich nicht bemerkt hatten?

»Du hast es aber auf eine kleine Harfe abgesehen«, meldete sich Gottfrid zu Wort, »und ich wollte ein neues Rebec haben, ein tieferes.«

»Ja, natürlich«, erwiderte Elbelin ungeduldig. »Man wird doch noch träumen dürfen.«

»Hier laufen viele Leute mit solchen Träumen herum«, mahnte Alheit, »aber Geld haben sie keins, um sie zu erfüllen. – Habt ihr schon einen Händler entdeckt, bei dem ihr eures loswerden wollt?«

Elbelin schüttelte den Kopf. »Ich habe gehört, Rüdiger vom Lech soll kommen. Der hat, was wir brauchen.«

Gottfrid hatte bereits begonnen, die Münzen in einen Beutel zu lesen, den Elbelin ihm hinhielt. Gerade wollte Alheit darauf hinweisen, dass die Jungen den Beutel sicher verwahren müssten, da zog Elbelin die Schnüre zu, warf den Beutel in die Luft und er war verschwunden.

»Ich habe ihn zu meinem alten Gevatter in den Himmel geschickt«, erklärte Elbelin. »Dorthin kann ihm kein Dieb nachsteigen.«

Wider Willen musste Alheit lachen. Und sie glaubte,

dass der Beutel in seinem jetzigen Versteck sicher war. Doch sie wurde gleich wieder ernst. »Als guter Sackpfeifer, wärst du da nicht besser bei Emich dem König im Schwarzen Bären aufgehoben?«

»So gut bin ich nicht«, murmelte Elbelin.

Auch Gottfrid zog ein unbehagliches Gesicht.

Da setzte Elbelin ein Lachen auf und rückte näher an seinen Freund. »Außerdem nimmt er keine Rothaarigen auf.«

»Ach so.«

»Er ist ein eingebildeter Pfau!«, platzte Gottfrid heraus.

»Stimmt«, seufzte Elbelin. »Es gibt Umgänglichere. Aber wir haben auch schon einiges von ihm gelernt«, fügte er hinzu.

Gottfrid brummte unwillig. Offenbar überwogen doch die schlechten Erfahrungen mit dem berühmten Spielmann.

Als Alheit und Franz bei Einbruch der Dunkelheit die Gaststube betraten, hatte sich der Wilde Mann weiter gefüllt. Knapp zehn Leute saßen schon am Tisch und schauten ungeduldig zur Tür.

Ein weißhaariger Mann in einer langen, dunkelroten Cotte mit Pelzbesatz begrüßte sie. »Na endlich.« Lauter fügte er hinzu: »Gott grüße euch.«

Alheit unterdrückte eine scharfe Antwort, als sie sah, wie vorsichtig der Mann sich erhob.

Lene war weniger zurückhaltend, sie kicherte etwas wie: »Der steht aber sehr krumm.«

Der Alte warf ihr einen strengen Blick zu, entgegnete jedoch nichts. Er richtete sich auf und sprach salbungsvoll weiter, fast wie in der Messe: »Da wir nun vollzählig sind, wollen wir Gott danken, dass wir für heute und die kommenden Tage ein Dach über dem Kopf und das tägliche Brot haben.«

Seine Stimme klang tief und voll. Ihn singen zu hören musste eine Freude sein. Dennoch hatte Alheit das Gefühl, gerade diese Stimme vor Kurzem erst laut und schrill gehört zu haben.

Elbelin, der die ganze Zeit strahlend an seinen Lippen gehangen hatte, erwiderte: »Gott grüße dich, Meister Wolfram. Wir haben von deiner Kunst gehört und freuen uns auf das, was wir von dir lernen können.«

Die Leute am Tisch murmelten zustimmend.

»Nehmt Platz«, sagte Meister Wolfram und gab dem Wirt ein Zeichen, das Essen zu bringen.

»Ist dieser merkwürdige Alte wirklich so berühmt?«, fragte Alheit Franz leise.

Er musste kurz überlegen. »Ich glaube, das war vor deiner Zeit. Es heißt, er war in Paris, wo sie diese neue Musik machen. Er soll sogar mit Vitry bekannt sein.«

Diesen Namen hatte Alheit immerhin schon einmal gehört. Franz berief sich immer auf ihn, wenn er in einem sonderbaren Zeitmaß spielte, in das Alheit sich nicht hineinfinden konnte. Nun würde sie hören, ob die Musik aus Paris wirklich so wenig ebenmäßig klang.

Alheit fand einen Platz zwischen Franz und Elbelin, gegenüber einer dreiköpfigen Familie. Der Mann war eher klein und rund. Unter seiner braunen Kappe fielen ihm dünne, blassrote Strähnen auf die Schultern. Neben ihm saß ein Mädchen von vielleicht 16 Jahren, das mit seiner Mutter tuschelte. Sein Haar hatte die gleiche unglückliche Farbe wie das des Vaters und war in einem Netz aus schmalen blauen Bändern zusammengefasst. Die Mutter trug eine reich gefältelte Haube, die außer dem strengen Gesicht nichts sehen ließ. Alle drei hatten die Oberarme ihrer bunten Gewänder mit einem weißen Streifen abgesetzt, der an der Rückseite noch weit nach unten hing. Obwohl Alheit die Ohren spitzte, verstand sie nicht einmal vereinzelte Wörter. Die drei schienen eine ihr fremde Sprache zu sprechen.

Der kleine Mann unterhielt sich gedämpft mit dem Meister. Dieser winkte ihm jedoch, still zu sein, als das Essen aufgetragen wurde, und sagte schnell ein lateinisches Tischgebet auf.

Nach dem Amen holten die Leute Schalen und Löffel heraus und nahmen sich von dem Hirsebrei mit Grünkohl. Eine Weile hörte man nur die Löffel klappern. Der Wirt kehrte mit einer Kanne gewürzten Weines wieder und füllte die Becher der Gäste. Zumindest was die Herberge anging, hatten sie es gut getroffen.

»Wie bei einem Leichenschmaus sitzt ihr da«, beschwerte sich Lene. »Seid ihr nicht alle Spielleute? Warum hat niemand von euch einen Schwank zu erzählen?«

Tamas lachte. »Ist wahr!«

Seine Nachbarin wandte sich zu ihm um: »Warum erzählst du uns nicht etwas?« Sie sprach, als hätte sie den Mund noch voll mit heißem Brei.

Alheit fragte sich, wie sie mehrere Wochen lang mit Leuten leben und lernen sollte, die solche Mühe hatten, sich zu verständigen.

Tamas stellte sich vor und vergaß auch nicht, den Bären zu erwähnen, der im Stall schlief.

Das Mädchen kreischte, doch seine Mutter brachte es gleich zum Schweigen. Dann sagte sie: »Ich bin Marjorie Harper, meine Tochter Katherine, mein Mann Robert Piper. Wir kommen von England.«

»Seid ihr durch Flandern gereist?«, unterbrach Elbelin. Als die Frau bejahte, fragte er sie über die jüngsten Ereignisse nach dem Aufstand in Gent aus. Offenbar war er schon einmal dort gewesen.

Unterdessen sorgte Alheit dafür, dass Gottfrid und er noch eine zweite Portion Brei bekamen, ehe die Schüssel ganz leer war.

»Aber nun erzähl uns von dir, Meister«, wandte sich Elbelin zu guter Letzt an den Alten, den er zuvor Meister Wolfram genannt hatte. »Wo hast du die letzten Jahre zugebracht?«

»Man nennt mich Wolfram Lautenschläger.«

Nach einem Augenblick unbehaglicher Stille sagte Franz: »Diesen Namen habe ich doch schon gehört. Bist du nicht nach Paris gezogen, um bei den berühmten Meistern dort zu lernen?«

Wolfram nickte. »Ich habe beim Reichstag in Nürnberg gespielt und bei der Hochzeit des Herrn Heinrich von Kärnten.« Leiser fügte er hinzu: »Zuletzt am Hof des Grafen Eberhard von Katzenelnbogen.«

»Da bist du weit herumgekommen und hast viel

erfahren«, sagte Elbelin. »Wir Jungspunde können sicher noch viel von dir lernen.«

Wolfram nickte. »Vor allem die neue Musik, wie sie jetzt in Frankreich gespielt wird, kennt hierzulande noch kaum jemand. Selbst erfahrene Spielleute haben oft die wildesten Vorstellungen davon. Deshalb will ich euch lehren, was ich von Meister Vitry gelernt habe.«

»Ja, den Spielmann, der nicht jedes Jahr eine neue Kunst darzubieten hat, will bald keiner mehr sehen«, lachte Gottfrid und holte blitzschnell ein Stück Zuckerwerk unter Lenes gelbem Schleier hervor. Lene warf ihm einen Blick zu, der wohl verführerisch sein sollte. Doch Gottfrid biss ungerührt selbst in das Küchlein.

»Grobian! Flegel!«, schimpfte Lene und schlug auf ihn ein.

Elbelin schien gar nicht zu bemerken, was sich da neben ihm abspielte, und sprach weiter mit Meister Wolfram: »Wir waren bisher beim Erzbischof von Trier im Dienst. Er hält nicht allzu viel von dieser neuen Kunst.«

»Das geht wohl vielen Kirchenfürsten so«, unterbrach ihn Franz.

»Dabei ist er gar kein großer Freund der Kurie«, fuhr Elbelin fort. »War er nicht auch Bischof von Worms?«

»Und von Speyer, und von Mainz sogar zweimal«, lachte Franz, »nur hat er das alles wieder aufgegeben.«

»Das war vor unserer Zeit«, gab Elbelin zu. »Jetzt zieht es uns wieder nach Norden und Westen. Wir wollen beim Reichstag in Frankfurt dem Grafen Rainald von Geldern unsere Aufwartung machen.«

»Ja, geht wieder zurück in die Sümpfe«, spottete Lene. »Da gehört ihr kalten Frösche hin.«

Robert Piper dagegen schaute Elbelin sehr interessiert an. »Nimwegen, Utrecht – das dürfte ein guter Platz für die nächsten Jahre sein«, überlegte er laut. Im Gegensatz zu seiner Frau sprach er wie ein Kurpfälzer.

»Graf Rainald soll gute Spielleute in seinen Diensten haben«, ergänzte Marjorie.

»Dann bekommt er jetzt noch bessere«, lachte Gottfrid und stimmte sehr schräg ein bekanntes Trinklied an. Elbelin fiel ebenso falsch ein.

Meister Wolfram starrte die beiden finster an. Er hatte aufgehört zu essen, als die Rede auf den Grafen gekommen war. Der Löffel in seiner Hand zitterte. Offenbar hatte er in Geldern schon schlechte Erfahrungen gemacht.

Kaum war das Essen abgetragen und der Saal zum Spielen hergerichtet, da trat Herr Heinrich von Alzey ein. Ein hochgewachsener, schlanker Mann mit dunklem Haar und einem Lächeln, das die trüben Lampen im Raum leicht überstrahlte. Ein Knappe trug ein Futteral aus festem Leder, das wohl eine Laute enthielt.

»Gott segne euch, gute Leute!«, grüßte der Ritter.

Meister Wolfram erwiderte seinen Gruß für alle.

Herr Heinrich warf einen Blick in die Runde. »Wie ich sehe, haben sich fast alle vollzählig eingefunden. Sehr gut. Der Musicus aus Paris, der euch hier lehren sollte, hat sich nun doch anderen Zielen zugewandt. Aber Meister Wolfram ist in der neuen Kunst sicher ebenso beschlagen.«

Der Meister neigte den Kopf.

»Also brauchen wir nicht über die verschüttete Milch zu klagen«, fuhr der Ritter fort, »sondern wollen fröhlich singen und spielen, bis der Morgen graut.«

Alheit sah verwundert auf. Zumindest Robert und seine Familie waren an diesem Tag schon weit gewandert und wohl kaum zu einer längeren Feier aufgelegt.

Herr Heinrich setzte sich jedoch frohgemut zwischen Lene und Gottfrid und ließ sich seine Laute reichen. Während er stimmte, brachte der Wirt einen zweiten, kleineren Krug Wein und ein Glas. Beides stellte er neben dem Ritter ab. Der schaute kurz auf. »Danke, Burkhard.«

Der Knappe schenkte ein und zog sich mit dem Krug zurück.

Meister Wolfram hielt den Blick unverwandt auf die Hände des Ritters gerichtet – oder auf sein mit Elfenbein verziertes Instrument?

Endlich begann dieser eine Melodie, einen Reigen, der im vergangenen Jahr und noch zur Fastnacht auf jedem Marktplatz entlang des Rheins erklungen war. Meister Wolfram spielte eine langsamere Begleitstimme dazu. Offenbar wagte sonst niemand sich anzuschließen, bis Tamas zu fideln begann. Danach fielen alle nacheinander ein, auch Alheit mit der Flöte. Lene tanzte zwischen Tisch und Bänken und versuchte, den Knappen zum Mitmachen zu bewegen.

Als das Stück zu Ende war, schaute Herr Heinrich erwartungsvoll in die Runde. Wieder war es Tamas, der die angespannte Stille beendete. Er sang ein frivoles Lied von Pater und Nonne, auch wenn er den Text kaum verständlich hervorbrachte. Lene schwänzelte mit ihrem Schellentamburin durch den Kreis und zog schließlich Franz mit sich, ehe er sich wehren konnte. Alheit wollte aufspringen, ihn zurückzerren, doch sie hielt still. Wie lächerlich würde sie dabei aussehen.

Herr Heinrich sang begeistert den Refrain mit und klatschte dazu. Lene drehte sich bei ihrer nächsten Runde besonders nah an ihn heran. Das nutzte Franz, um sich flink aus ihrem Arm zu winden und mitsamt dem Tamburin das Weite zu suchen. Während Lene noch dastand und nicht wusste, wohin sie sich wenden sollte, beendete ihr Mann das Lied mit einem lang gezogenen Kyrieleis.

Als die Spielleute später in ihr Quartier zurückkehrten, legte sich Meister Wolfram einen langen, schwarzen Wollmantel um, der wie seine Cotte mit Pelz besetzt war. Doch die emaillierten Tasseln zeigten sich widerspenstig. Lange Zeit rang er mit ihnen und murmelte Flüche vor sich hin.

»Warte«, sagte Alheit, »lass mich das machen.« Flink hakte sie die Tassel in das Lederband ein.

»Finger weg!«, rief der Meister und riss sich los. »Glaubst du, ich bin ein kleines Kind?«

»Das nicht, aber solche Dinge können störrisch sein.« Mit diesen Worten wandte sich Alheit ab und ging hinaus. Sie hatte ihm nur helfen wollen. Was musste der Kerl sie so anfahren? Weil sie gesehen hatte, dass seine Cotte an manchen Stellen schon recht abgewetzt war? Dass am Mantel hier und da der Pelz fehlte? Bei einem Spielmann konnte man doch kaum anderes erwarten.

Dafür hatte inzwischen Herr Heinrich den Hof verlassen. Ob Franz wohl die 70 Heller von ihm bekommen hatte? An solche Dinge dachte er nicht immer, wenn es nötig wäre.

Während sie noch auf Franz wartete, beobachtete sie, wie der Meister nacheinander zwei offenbar schwere, längliche Kästen über den Hof in das Kaminzimmer trug. Obwohl ihm das sichtlich schwerfiel, kehrte er noch ein drittes Mal zurück und holte eine fast hüfthohe Truhe. Diese musste er auf dem kurzen Weg zweimal absetzen. Manchen war eben nicht zu helfen.

Endlich kam auch Franz die Treppe herauf. Alheit fragte ihn sogleich nach dem Geld.

»Oh ja, hier ist es.« Er wog den Beutel in der Hand. »Vorerst müssen wir uns keine Sorgen machen.«

Mittwoch nach Invocavit

Am nächsten Morgen erwachte Alheit von dem trüben Licht, das durch die Ritzen der Holzläden in ihr Zimmer fiel. Wie lange war es wohl draußen schon hell? Schneller als das Licht kroch die Kälte in den Raum, deshalb ließ sich Alheit Zeit damit, die Läden zu öffnen. Sie schlug ihren Mantel zurück, der auch als Schlafdecke diente, und weckte Franz.

Auf der anderen Seite des Schlotes regten sich Tamas der Ungar und seine Frau Lene. Schlaftrunken tappte er zur Tür und die Treppe hinunter.

»Er muss nach dem Bären sehen«, murrte Lene. »Der Bär ist sein Ein und Alles. Mich vergisst er darüber ganz.« Sie schob sich näher an Gottfrid heran, doch der Junge schlief noch fest. Er wich ihr nicht einmal aus.

Alheit machte sich auf den Weg zum Abort und zum Brunnen.

Als sie zurückkehrte, saß Lene auf dem Treppenabsatz vor der Tür, hielt sich einen Spiegel vors Gesicht und färbte sich die Wangen weiß. »Da drin sieht man ja gar nichts.«

Hier draußen dagegen konnte man die Männer, die den Hof überquerten, recht gut im Auge behalten. Franz zum Beispiel, der noch immer mit nacktem Oberkörper am Brunnen planschte. Alheit raffte ihren Rock und ging möglichst schnell an Lene vorüber, hinein in den düsteren Schlafraum.

Noch immer lagen Elbelin und Gottfrid in ihre Mäntel gehüllt bei der Tür, einer von ihnen schnarchte. Alheit schüttelte den Kopf. Die beiden würden zu spät zum Unterricht bei Meister Wolfram kommen.

»He, aufwachen!«, rief sie hinüber, doch keiner rührte sich.

Sie rüttelte erst den einen, dann den anderen. Jetzt immerhin brummte Gottfrid. Elbelin hob sogar den Kopf und versuchte etwas zu sagen.

»Es wird Zeit«, mahnte Alheit, »Meister Wolfram wartet auf seine Schüler.«

Mit einem Ruck setzte sich Elbelin auf und schüttelte den Kopf. »Und das nach dem bisschen Wein von gestern Abend«, murmelte er. »Wenn der Wirt nicht noch Besseres im Keller hat …«

Kaum fühlte er sich in seiner aufrechten Haltung sicher, packte er seinen Gefährten rüde an der Schulter. »He, wach auf, du Faulpelz! Hast du wieder mehr getrunken, als du vertragen kannst?«

Er stand auf, trat Gottfrid noch einmal in die Seite und lief flink die Treppe hinunter. Die Nachwirkungen des Weines schienen schnell verflogen.

Die Spielleute versammelten sich in der Gaststube und begannen zu stimmen. Da trat der Jude ein, den Elbelin gestern so grob aus dem Quartier gewiesen hatte. Er trug zwei lederne Taschen, aus denen ein gekrümmter, mit einem Löwenkopf verzierter Wirbelkasten und zwei Hörner ragten. Vielleicht war das eine Instrument ein Dudelsack, das andere war Alheit völlig unbekannt.

Sie versuchte noch, sich an den Namen des Spielmanns zu erinnern, da sagte Franz: »Gott grüße dich, Israel.«

»Schalom.«

Elbelin stand auf und trat ihm entgegen. »Bist du schon wieder hier?«

Weiter kam er nicht, denn nun hob Meister Wolfram den Kopf von seiner Laute. »Ah, du bist Israel ben Abraham, nicht wahr? Gut, dann sind alle da.«

»Soll der etwa hierbleiben?«, fragte Elbelin.

»Natürlich, warum denn nicht?«

Elbelin brummte nur noch.

Israel hatte inzwischen das Instrument mit dem Löwenkopf aus der Hülle genommen und stimmte die Saiten. Dass der Streit um ihn ging, schien er gar nicht zu bemerken.

Alheit neigte sich zu Franz und fragte ihn: »Was ist das für ein Instrument? Doch keine Laute, oder?«

Franz schüttelte den Kopf. »Eine Guiterne? Habe ich noch nicht spielen hören«, murmelte er, während er an den Wirbeln seines Instruments drehte.

Schließlich waren fast alle fertig mit stimmen, nur Marjorie zupfte noch an den Saiten ihrer Harfe.

Meister Wolfram blickte sie streng an. Nach einer kurzen Pause sagte er: »Schickt die Frauen hinaus, damit wir anfangen können.«

Alheit schnappte nach Luft. Dann riefen alle durcheinander: »Den Juden will er hier behalten, aber gute christliche Frauen davonjagen. – Der Herr von Alzey hat ausdrücklich bestimmt, dass sie dabei sein soll. –

Lies den Brief noch einmal, den unser Herr geschrieben hat.« Nur Tamas sagte fröhlich: »Ist schon weg.« Katherine wandte sich zum Gehen, doch ihre Mutter hielt sie zurück.

»Was soll das für eine Schule werden, wenn Frauen dabeisitzen?« Meister Wolfram hatte Mühe, seine Schüler zu übertönen.

»Wie die von Salerno, wo Trotula gelehrt hat«, sagte Alheit, ohne recht nachzudenken. Immerhin hatte sie den Winter über im Haus eines studierten Wundarztes gespielt. Ein wenig hatte sie von seinen gelehrten Vorträgen behalten. Offenbar das Richtige.

Meister Wolfram schaute Alheit nicht einmal an. »Salerno geht mich nichts an. Ich kann die Weiber hier nicht gebrauchen.«

»Du irrst dich, Meister«, nahm Marjorie ihren Faden wieder auf. »Ich bin die Spielfrau, die von dir lernen soll. Aber wenn du lieber einen Apotheker hast, der zufällig eine Flöte halten kann …« Sie erhob sich würdevoll, nahm ihre Harfe auf und machte sich auf den Weg zur Tür. Katherine folgte ihr mit rotem Kopf.

»Halt!«, rief Meister Wolfram. »Wer schickt dich?«

»Bischof William Rae von Glasgow.«

»Von wo?«, fragte Tamas dazwischen. Doch niemand achtete auf ihn.

Marjorie nahm inzwischen ein Pergament aus der Tasche an ihrem Gürtel und reichte es dem Sänger.

Bevor er einen Blick darauf warf, frage er: »Was ist das?«

»Ein Brief aus der Kanzlei des Bischofs, der meine Worte bestätigt.«

Nun entrollte er den Bogen und las ihn aufmerksam. Dann sah er auf zu Katherine. »Und das ist deine Tochter?«

»Ja.«

»Dann zeigt, was ihr könnt. Euer Bischof ist weit.«

Marjorie nickte huldvoll, schlug ein paar Töne an und begann einen fröhlichen Wechselgesang mit Katherine. Der Text war nicht zu verstehen, aber nach den Blicken zu urteilen, die sie Meister Wolfram zuwarfen, mochten es Spottverse über ihn sein.

Er nickte jedoch ungerührt. »Beim Spielen werdet ihr jedenfalls nicht stören. Und vielleicht lernt ihr ja doch ein wenig dazu.« Er winkte die beiden in die Reihe der Männer. Alheit beachtete er immer noch nicht.

Wenn sie jetzt wüsste, was im Geleitbrief ihres Herrn Heinrich von Alzey stand. Der Alte konnte vermutlich wirklich lesen, es hatte keinen Sinn, ihm etwas vormachen zu wollen.

Wütend sah Alheit von einem zum anderen. Franz machte keine Anstalten, ihr beizustehen. »Mit euch alten Krautern ist sowieso nichts anzufangen.« Sie nahm Schalmei und Flöte aus dem Korb – Franz streckte gar die Hand aus, als ob er sie hindern wollte – und verließ den Raum.

Lene wartete nicht erst ab, bis man sie hinauswarf. Früher hatte sie sich noch einen Spaß daraus gemacht, zuzuschauen, wie diese selbstgerechten Spielfrauen, oder wie sie sich nannten, zurechtgestutzt wurden. Inzwischen wusste sie mit ihrer Zeit Besseres anzufangen.

Sie betrachtete sich noch einmal im Spiegel, ob der Schleier richtig saß, die Schminke nicht verschmiert war, und verließ den Hof der Herberge. Ein Badehaus erschien ihr ein lohnendes Ziel, aber ein gutes musste es sein, eins, in dem die wichtigen Leute ein- und ausgingen. In Worms war sie lange nicht mehr gewesen, ihre Erinnerung war nur noch blass. So streifte sie ein wenig ziellos umher und versuchte herauszufinden, wo sie damals ihre Kunden getroffen hatte.

Der Dom war ein guter Orientierungspunkt. Lene hielt auf die vier Türme zu. Oft wussten gerade die Herren im Domkapitel ihre Kunst zu schätzen, aber auch sonst lief dort viel Volk herum.

Ein Waffenknecht sprach sie an: »Ganz allein unterwegs, Schöne?«

Sie nickte. »Ich wollte meinen Bruder am Dom treffen.«

»Deinen Bruder«, wiederholte der Mann. »Da kann ich dich ein Stück geleiten. Ich muss zum Dom, ich habe die Turmwache.«

Lene schlug die Hände zusammen. »Auf dem Dom? Ist das nicht wunderbar, von dort auf alle herabzusehen? Dann bist du sogar höher als der Bischof.«

Der Mann lächelte. »Ja, es ist schön dort oben. Ruhig. Selbst bei diesem Wetter sieht man recht weit …«

»Nimmst du mich mit hinauf? Bitte!«

Er schaute sie noch einmal abschätzend an. »Dann

müssen wir uns aber trennen«, tuschelte er dann. »Geh du voran und warte am Südportal auf mich.«

Lene nickte. Ein heimliches Treffen brachte oft mehr Gewinn. Mit ein paar schnellen Schritten entfernte sie sich von dem Wächter und ging dann zielstrebig die Kämmerergasse entlang. Für die Stände mit Instrumenten hatte sie ohnehin keinen Blick. Darum mochte Tamas sich kümmern, wenn er Geld hatte.

Sie lächelte leise. Der eine oder andere Heller hatte schon den Weg in ihren Beutel gefunden, und neue Geschäfte bahnten sich an. Bis sie wieder hinauszogen über Land, würde sie gut versehen sein.

Auf dem Marktplatz wurden Dinge feilgeboten, die ihr nutzen konnten. Stoffe, Bänder, Knöpfe, Schmuck. Doch sie durfte nicht verweilen.

Zwischen den Ständen hatte Lene einen Bekannten entdeckt. Er hatte langes graues Haar und trug eine mit Pelz besetzte Samtcotte. Zwei Ratsknechte mit Hellebarden begleiteten ihn. Kein unbedeutender Mann. Bei ihrem letzten Aufenthalt in der Stadt war er einer ihrer Kunden gewesen. Wenn ihr nur noch einfiele, wer er war. Jedenfalls schien es ihr besser, ihm vorerst aus dem Weg zu gehen und sich ein anderes Mal mit ihm zu befassen.

Sie umrundete die Johanniskapelle auf der Südseite des Doms und näherte sich dem Eingang. Kurz bevor sie in das Portal trat, ging ihr Wächter an ihr vorbei. Sie verlangsamte ihren Schritt und folgte ihm in sicherer Entfernung zum Turmeingang. Doch er gab ihr Zeichen, dass sie warten musste. Sicher war noch ein anderer oben, den er ablösen sollte. Sie zog sich an die Mauer des Bischofshofes zurück. Erst als er nach geraumer Zeit von oben winkte, huschte sie in den Turm hinein und die Treppen hinauf.

Bei Nebel und Kälte, wie sie draußen in den Gassen herrschten, hielt sich Platzmeister Friedrich zum Rad lieber im Stadthaus auf als auf den Plätzen, wo er den Frieden wahren sollte. Darum ließ er seine beiden Waffenknechte allein weiterziehen und nahm sich in der Kirche reichlich Zeit, seine Sünden abzubeten. Danach beeilte er sich, wieder in die Nähe des Kamins zu kommen. Nun war er keineswegs glücklich, als sein Knecht ihm den Judenbischof meldete.

Die 2.000 Gulden Zwangsabgabe, die sie im vergangenen Jahr von den Juden eingetrieben hatten, waren noch nicht vergessen. Mit der Erinnerung spürte er wieder die Macht seines Amtes, die er bei diesem Unternehmen so genossen hatte. Wenn es nur immer so sein könnte. Doch er unterdrückte das Gefühl wieder und wandte sich dem graubärtigen Besucher mit freundlicher Miene zu. »Was führt Euch zu mir?«

»Die Spielleute, die in die Stadt gekommen sind«, antwortete Samuel ben Isaak.

»Was ist mit ihnen?«

»Es ist ein Jude unter ihnen, der bei einem Mitglied unserer Gemeinde Quartier genommen hat.«

»Wer? Woher?« Bei einem Spielmann musste Friedrich nicht fürchten, dass er Bürger werden wollte. Dennoch war es besser zu wissen, wer er war. Vielleicht fand sich sogar ein Grund, Zahlungen von ihm zu verlangen.

»Er nennt sich Israel ben Abraham aus Oberwesel, aber die letzten Jahre hat er in Spanien verbracht. Jetzt spielt er unzüchtige Lieder mit den Christen.«

Der Platzmeister zog scharf die Luft ein. Was meinte dieser Kerl mit … Doch er hielt seine wütende Frage zurück. Der Name hatte in seinem Gedächtnis einen Widerhall ausgelöst. »Israel ben Abraham. Hat er hier Verwandte? Ist er euch bekannt?«

»Mir selbst nicht.« Samuel überlegte. »Baruch ben Jakob hat ihn aufgenommen.«

Wieder verzog der Platzmeister das Gesicht. Ein angesehenes Mitglied des Judenrates. Dabei war dieser Israel als übler Aufwiegler bekannt. Wenn es denn derselbe war. Diese Juden hießen doch alle gleich. In jedem Fall würde er ein Auge auf ihn haben. »Wo ist er tagsüber?«

Samuel schüttelte den Kopf. »Er wurde aus der Herberge weggeschickt, in der er wohnen sollte. Zum Wilden Mann, kann das sein?«

Das klang nicht nach Burkhard. »Ich werde mich erkundigen«, versprach er unbestimmt.

»Aber warum interessiert er Euch so? Er kommt geradewegs aus Spanien, ich glaube nicht, dass er hier etwas verbrochen hat.«

Der Platzmeister schüttelte schnell den Kopf. »Mir war nur, als hätte ich den Namen schon einmal gehört. Vielleicht verwechsle ich ihn.«

»Das wird es wohl sein.« Samuel brachte noch einige Klagen von Mitgliedern seiner Gemeinde vor, die sich von Christen schlecht behandelt fühlten. Der Platzmeister tat, als nähme er Notiz davon, und würde sie zu gegebener Zeit vergessen.

Franz schaute von Meister Wolfram zu seinen Schülern und zurück. Was tat er hier? Der Meister erzählte, ein Buch vor sich auf dem Tisch und ein Paar Augengläser auf der Nase, von der Pariser Kunst, die Musik in die rechte Form zu bringen. Franz hörte ihm genau zu und glaubte hin und wieder auch, etwas verstanden zu haben. Doch wenn er das Gehörte auf seine Lieder anwenden sollte, sträubten sie sich. Er musste die Tonfolge im Kopf berechnen, dann auf die Finger übertragen. Irgendwo auf dem Weg ging das neu Gelernte verloren; was er spielte, klang einfach wie immer.

Elbelin und Gottfrid dagegen schienen keine Schwierigkeiten zu haben. Sie hörten zu und spielten nach, als ob sie ihr Lebtag nichts anderes getan hätten. Melodie war Melodie, Diminution war Verzierung, sie spielten jede Phrase so lange, bis auch Franz sie ihm Ohr hatte.

Robert Piper und seine Familie hatten ihre eigene Art der Verzierung. Er spielte sie unverdrossen auf seinem kleinen, schrillen Pfeiflein, auch wenn Meister Wolfram etwas anderes erklärte. Marjorie schüttelte dann unzufrieden den Kopf und versuchte, auf der Harfe die Anweisungen des Meisters zu befolgen. Robert war jedoch meist lauter. Franz gab sich Mühe, den Pfeifer zu überhören.

Tamas der Ungar schien überhaupt nicht zuzuhören, solange gesprochen wurde. Meister Wolfram hatte ihm ein paarmal auf die Finger geschlagen, damit er wenigstens nicht weiterspielte. Erst, wenn wieder musiziert wurde, lauschte er mit schräg gelegtem Kopf, setzte die Fidel an und spielte gleich nach. Spätestens im dritten Anlauf hatte er begriffen. Franz bewunderte ihn. Jemand, der nicht einmal die Sprache recht verstand, ein wandernder Bärenführer, tat es ohne Weiteres den gelehrten Musici aus Paris nach.

Auch der Jude Israel schlug sich wacker, obwohl Elbelin und Gottfrid taten, als wäre er gar nicht vorhanden. Sie spielten, wenn er sprach, und lenkten den Meister mit Fragen nach Kleinigkeiten ab, wenn Israel spielen sollte. Dieser ließ sich das ein paarmal gefallen, dann nahm er keine Rücksicht mehr. Er führte aus, was er vorhatte.

Meister Wolfram war bei all dem offenbar nicht daran gelegen, Frieden zu halten. Er unterbrach seine Schüler bei jeder Gelegenheit. Was sie spielten, sei steifes, altbackenes Zeug, solche Musik könne ein kunstverständiger Mensch nicht mehr anhören. Dann führte er noch einmal vor, wie er es eigentlich gemeint hatte. Er ließ den Leuten kaum Zeit, die vorgetragenen Melodien nachzuspielen. Unnachgiebig wiederholte er seinen Gegenvorschlag, bis sich alle auf die von ihm gewünschte Linie eingeschwungen hatten.

Um ihren Ärger loszuwerden, eilte Alheit in die Stadt. Doch es half nichts. Auf der Gasse wimmelte es von

Spielleuten, die einander überschwänglich begrüßten und von ihren neuesten Abenteuern erzählten. Vor dem Stand mit den Trompeten, wo sie vorgestern so unhöflich weggeschickt worden war, hatte sich ein halbes Dutzend junger Männer versammelt, die herrschaftliche Wappen auf ihren Gewändern trugen. Alheit erkannte den schwarzen Löwen der Pfalzgrafen, den roten von Katzenelnbogen, das Mainzer Rad und das Kreuz von Trier. Diese Leute schienen Alheit gar nicht wahrzunehmen. Sie probierten Instrumente aus und verhandelten mit dem Händler und seinem Gehilfen über Preise, die Alheit nicht mit den Einnahmen aus zehn Jahren auf Fahrt bezahlen könnte. Das verringerte ihren Zorn keineswegs.

Grimmig überlegte sie, ob es nicht nützlicher wäre, sich nach anderen Waren umzutun, wenn sie schon nicht zur Bruderschaft derjenigen gehörte, denen ein neues Instrument zustand. Sie könnte ein buntes Gewand für Auftritte auf der Straße gebrauchen. Franz bekam gelegentlich so etwas geschenkt. Dann änderte sie seine alte Cotte für sich um, wenn der Stoff noch fest genug war, oder tauschte sie ein. Neues Leinenzeug wäre auch angebracht.

Gedanken einer guten Hausfrau, auch wenn sie kein Haus besaß.

Auf dem Marktplatz boten Bauern aus dem Umland ihren Kohl und ein wenig Korn feil. Selbst für die Jahreszeit erschien Alheit das Angebot sehr spärlich. Die Heuschrecken hatten zu viel von der letzten Ernte aufgefressen.

In den Seitengassen entdeckte sie etliche weitere Händler, die eigens gekommen waren, um mit den Spielleuten zu handeln. Sie boten Instrumente an, auch solche, die offensichtlich ein langes Leben auf der Landstraße hinter sich hatten. Zwar widerstrebte ihr der Gedanke, doch wenn sich auf anderem Weg kein zweites lautes Instrument auftreiben ließ, würde sie hierher zurückkehren.

Ein Stand wurde noch aufgebaut. Ein stämmiger Mann in knielanger, rostroter Cotte aus gutem Tuch, aber mit einfachen Borten besetzt, überwachte das Treiben. Die Hände in die Seiten gestützt, gab er drei deutlich jüngeren Männern in bunten Gewändern Anweisungen, wie mit den Stangen, Seilen und Planen zu verfahren war.

Alheit glaubte, die übermütigen Burschen zu erkennen, die Franz und ihr am Montag aufgefallen waren. Schmunzelnd sah sie ihnen eine Weile zu. Obwohl ihnen die Arbeit nicht leicht von der Hand ging, flogen derbe Scherze hin und her. Offenbar hatten sie noch nicht einmal eine Herberge gefunden, denn ihre Bündel lagen wenige Schritte entfernt an einer Hauswand.

»Ich glaube nicht, dass Ihr meine Waren kaufen würdet, gute Frau«, sagte der Mann, den Alheit als den Herrn des Standes ansah.

»Wieso? Was verkauft Ihr?«

»Wenn die Faulenzer da je fertig werden, Dudelsäcke.«

»Sicher macht Ihr lieber Geschäfte mit Emich dem König und Seinesgleichen, aber die Heller der einfachen Fahrenden sind ebenso viel wert.«

Der Händler sah erstaunt zu ihr auf. »Woher kennst du Emich?«

»Er sammelt seine Schüler im Haus zum Schwarzen Bären, nicht wahr?«

Misstrauisch kniff er die Augen zusammen. »Und dabei sind Elbelin und Gottfrid aus Flandern, nicht wahr?«

Verwirrt schüttelte Alheit den Kopf. »Die beiden wohnen im Wilden Mann.«

Da lachte der Händler. »Das hätte ich mir denken sollen, dass Emich sich nicht seinen größten Rivalen auf den Hals holt. Und Burkhard wird es auch das Herz im Leib umdrehen.«

Burkhard? Oh ja, der Wirt. Wieso sollte er sich an den musikalischen Fertigkeiten seiner Gäste stören?

»Aber du siehst nicht aus wie eine Sackpfeiferin«, fuhr der Händler fort.

Alheit griff nach ihrem Gürtel, doch sie hatte ihr Instrument in der Herberge gelassen. »Ich spiele Schalmei«, verkündete sie.

»Oh ja? Aber zufällig hast du dein Instrument nicht dabei?«

Der Ton des Händlers gefiel Alheit nicht. Er schien sie für eine von Lenes Zunft zu halten.

»Aber da kann ich dir aushelfen«, fuhr er fort. Er trat ein wenig zur Seite, zum Gepäck seiner wohl nicht ganz freiwilligen Helfer, und kehrte mit einer recht zerkratzten Schalmei zurück. Mit einem falschen Lächeln hielt er sie Alheit hin.

Sie betrachtete stirnrunzelnd das Rohrblatt. Offenbar

hatte es die Reise recht gut überstanden. Sie setzte die Pirouette an und probierte ein paar Töne. Das Instrument erforderte viel mehr Luft als ihres, doch der erste Teil ihres Lieblingsreigens gelang ihr gut.

Die drei Jungen ließen die Plane fahren, die sie aufspannen sollten, und beschwerten sich lauthals: »He, wir arbeiten doch für dich!«

»Arbeiten nennt ihr das?«, entgegnete der Standbesitzer. »Ihr zerlegt ja alles wieder!« Mit einem noch viel unechteren Lächeln wandte er sich an Alheit: »Gefällt sie dir?«

Sie vermutete, dass seine Schadenfreude diesmal nicht ihr galt. »Danke, ich bleibe meinem alten Instrument treu.«

»Das ist löblich.« Der Händler nickte anerkennend. Dann nahm er ihr die Schalmei ab und verstaute sie wieder in dem Bündel, aus dem er sie genommen hatte. Das Rohrblatt steckte er in eine gedrechselte Dose.

Seine Helfer atmeten auf und brachten die Plane wieder an die richtige Stelle.

»Wenn du es dir doch anders überlegst«, fuhr der Händler fort, »dann trag deine sauer verdienten Heller aber nicht zu Gerlach von der Heide. Der steht gleich am Marktplatz. Er gibt sich gern für Timo Widner aus, aber seine Ware taugt nicht einmal halb so viel.« Er zuckte die Achseln. »Nur weil einer aus Thüringen kommt, baut er noch lange keine guten Instrumente.«

Alheit versuchte, sich alle diese Namen zu merken, denn der richtige konnte wie ein Zauberspruch wirken.

»Selbst ich kann dir da etwas Besseres anbieten.« Er warf einen Blick auf den Stapel Kisten und Truhen hinter sich und schüttelte den Kopf. »Vielleicht kommst du morgen oder übermorgen noch einmal vorbei, wenn ich alles ausgepackt habe.«

»Gern«, sagte Alheit, nur, um etwas zu sagen. Ihrer Meinung nach brauchte sie nicht ausgerechnet eine neue Schalmei.

»Mein Name ist übrigens Johann Schure, falls du mich einmal suchen solltest.« Er trat einen Schritt näher an Alheit heran. »Und hör auf meinen Rat«, murmelte er, »halt dich von diesem Gottfrid fern.«

War es nicht gerade noch ein Gerlach gewesen? Oder meinte der Händler wirklich Elbelins rothaarigen Gesellen?

Alheit machte sich auf den Rückweg. In den Seitengassen rund um das Paulusstift fand sie kleine Läden, in denen vor allem Krämerinnen ihre Waren anboten. Es gab gebrauchte Kleidung, Leinen in Stücken, die allein nicht mehr für ein Hemd reichten. Hier wurde sie fündig.

Wenn sie Franz' Cotte vom letzten Sommer umarbeiten wollte, brauchte sie Blau und Gelb, vielleicht zwei Ellen von jedem. Es durfte ruhig ein wenig verblichen sein oder kleine Fehler haben. Auch die Leinenabschnitte und das Garn rissen kein allzu großes Loch in den Beutel.

Alheit beschloss, ein Stück mehr zu kaufen, als sie dringend brauchte, und den feinsten Stoff für eine neue Haube zu verwenden. Solange sie hier festsaßen und

Meister Wolfram sie von seinem Unterricht fernhielt, hatte sie Zeit zum Nähen.

Als sie mit ihren Schätzen das Stadthaus passierte, glaubte sie dort Lene zu entdecken, die verstohlen aus einem Türspalt lugte. Erst wollte Alheit sich abwenden, doch dann erschien es ihr nützlicher zu wissen, was Lene tatsächlich in der Stadt trieb. Nichts Gutes, so viel war sicher.

Lene trat heraus auf die Gasse, wandte sich noch einmal kurz um und winkte jemandem, wie zum Abschied. Alheit versuchte, so nah heranzukommen, dass sie diesen Menschen sehen konnte. Lene ging inzwischen davon, als wollte sie nichts weiter als auf dem Markt einkaufen. Alheit folgte ihr langsam.

Aus der Pforte kam nun ein Mann mit langen grauen Locken und einer fast knöchellangen Samtcotte. Er blickte in die Richtung, in die Lene verschwunden war. Nach einem tiefen Seufzer ging er wieder hinein und schloss die Tür hinter sich.

Alheit würde ihn wiedererkennen, wenn sie ihn traf. Seiner Kleidung nach zählte er zu den bessergestellten Bürgern, nicht zu den allgegenwärtigen Spielleuten.

Sie kehrte in den Wilden Mann zurück. Auf der Treppe zu ihrer Schlafkammer war es zwar kalt, aber hell genug zum Nähen. Als Erstes nahm sie sich die blau-gelbe Cotte vor.

Bei der gleichförmigen Arbeit wanderten ihre Gedanken zu all den neuen Leuten, die sie in den letzten Tagen getroffen hatte. Obwohl sie nun schon einige Jahre mit Franz unterwegs war und sich manchmal einredete, auf der Schalmei recht gut zu spielen, stand sie hier nur am Rand. Die Leute nannten Namen, erinnerten an Begebenheiten, die für sie alle eine Bedeutung hatten, nur für Alheit nicht. Es hätte der Abweisung durch Meister Wolfram nicht bedurft, um ihr zu zeigen, dass sie nicht dazugehörte.

Aber wo gehörte sie denn hin? In die Welt der sesshaften Bürger führte kein Weg zurück.

In der Gaststube klang Musik auf. Mit den ersten Tönen kehrte Alheits Wut wieder. Sie schwor sich, keinen zweiten Tag mit Nähen zu verbringen, sondern bei dieser Schule so viel zu lernen, wie sie konnte.

Ihre Stiche wurden länger und hastiger. Um ihren Vorsatz wahr zu machen, musste sie auch die Stunde zwischen dem Ende des Unterrichts und dem Essen nutzen, während die anderen in die Gassen ausschwärmten. In kleinen Gruppen verließen die Spielleute den Hof. Alheit achtete nicht genau darauf, wer ging. Sie war nicht einmal sicher, ob Franz noch da war. Dennoch ertönte die Musik weiter. Jemand spielte auf dem Dudelsack Melodien, die Alheit nicht kannte, in halsbrecherischer Geschwindigkeit. Dabei quiekte das Instrument hin und wieder, oder die Verzierungen gerieten aus dem Takt, vor allem bei den tieferen Tönen. Elbelin war es nicht, der da spielte. Er hätte an Alheit vorbeigehen müssen, um an sein Instrument zu gelangen. Israel hatte die Herberge bereits verlassen, oder? Vielleicht stand er noch irgendwo in einer Ecke und übte.

Nach dem Essen begann das Spielen ein wenig zögerlich, doch nach und nach brachten die Männer ihre Lieblingsstücke zum Vorschein, die ihnen nach dem anstrengenden Tag keine Mühe bereiteten. Wieder erschien Heinrich von Alzey in Begleitung seines Knappen und spielte mit den anderen.

Alheit hörte aufmerksam zu, sie hoffte, doch noch etwas Neues zu lernen. Marjorie gesellte sich bald mit der Harfe dazu, und Katherine sang in einer unbekannten Sprache zu den Tanzmelodien. So schnell war Alheit nicht. Sie brauchte jemanden, der ihr genau erklärte, wie sie die Finger setzen musste.

Hinter Alheit befand sich noch ein Zuhörer. Die Tür zur Küche war nur angelehnt. Daneben stand Burkhard und summte leise die Melodien mit. Alheit glaubte sogar zu sehen, dass er die Finger bewegte, als spiele er ein Instrument.

Donnerstag nach Invocavit

Am folgenden Morgen ließ Alheit zunächst alle guten Vorsätze beiseite. Als die anderen sich zum Musizieren in der Gaststube versammelten, setzte sie sich an die offene Tür ihrer Kammer und brachte ihre Näharbeit an der Cotte zu Ende, so schnell es ging. Sie lauschte auf die Musik, ob sie eine Melodie erkennen könnte, doch lange Zeit war nichts zu hören. Was mochten die da drinnen so Dringendes zu bereden haben?

Lenes hämisches Grinsen, als sie in Richtung Stadt vorbeischnürte, kostete Alheit den letzten Rest Geduld. Kaum war der Faden vernäht, stellte sie sich mit der Schalmei vor die Tür zum Schankraum und probierte die Weisen vom vergangenen Abend. Von drinnen kam keine Antwort. Je länger diese ausblieb, desto stärker zitterten Alheits kalte Finger. Schließlich brach mit einem Quieken ihre ungelenke Melodie ab.

Da öffnete sich die Tür zur Schankstube. Marjorie trat heraus, mit Katherine dicht auf ihren Fersen. »Komm mit hinüber zu uns, da ist es wärmer.« Marjorie machte eine einladende Handbewegung.

»So kann der Kerl doch nicht mit mir umspringen«, beschwerte sich Alheit. »Ich bin genauso auf Geheiß des Herrn von Alzey hier wie Franz.«

Marjorie blieb ruhig. »Das ist zwar richtig, aber Geschrei bringt dich nicht weiter.« Sie hatte gut reden, sie war ja in die erhabene Gesellschaft in der Gaststube aufgenommen.

»Oh doch!«, erwiderte Alheit. »Sie sollen keine Ruhe haben in ihrem Saal, bis sie mich hineinlassen.« Dennoch folgte sie Marjorie in ihr Quartier. Hier brannte das Feuer, das ihnen im Raum darüber noch ein wenig Wärme spendete.

»Kinderei. Hast du nichts Besseres, was du uns lehren kannst?«, fragte die Harfnerin.

»Ich bin hier, um zu lernen«, knurrte Alheit. »Was kann ich schon, was andere Leute nicht können?« Sie stellte sich so nah wie möglich ans Feuer und rieb sich die Hände.

»Die Schalmei blasen«, platzte Katherine heraus.

Alheit musterte die zarte Gestalt und das engelsgleiche Gesicht des jungen Mädchens. »Weißt du, wie du damit aussiehst, Kind? Aufgeblasen wie ein Frosch und feuerrot wie ein Bauer, der zu lange in der Sonne war.«

Marjorie lachte. »Aber dir scheint das nichts auszumachen.«

Alheit antwortete nur mit einem dumpfen Laut. Eine alte Schachtel wie sie musste sich um ihr Aussehen keine Gedanken mehr machen. Sie reichte dem Mädchen das Instrument. Katherine setzte das Rohrblatt an, doch sie brachte keinen Ton heraus. Nach einigen vergeblichen Versuchen nahm sie wieder das Tamburin zur Hand. Alheit entschied sich für die Flöte.

»Das hier sollen wir üben«, erklärte Marjorie. Sie spielte eine Melodie und sang dazu auf Lateinisch.

Etwas Ähnliches hatte Alheit schon gehört. Das war eines der Stücke, mit denen Franz sie gern abhängte. Wie gewohnt suchte sie eine langsamere Begleitstimme. Ihre Finger bewegten sich schon wieder leichter.

Bald erklangen im Hof Fetzen desselben Liedes, bunt durcheinander auf verschiedenen Instrumenten. Robert Piper kam herein zu ihnen, dicht gefolgt von Meister Wolfram und Israel. Doch die beiden wandten sich gleich wieder zum Gehen, als sie die Gesellschaft vor dem Kamin erblickten.

Robert rief ihnen noch nach: »He, bleibt doch hier!«, doch der Meister suchte für sich und seinen Schüler einen anderen Platz.

»Die beiden Jungen werden den Bogen bald überspannen«, bemerkte Robert.

Alheit horchte auf. »Wieso, was hat es gegeben?«

»Jemand hatte Israels Instrumente weggenommen und zum letzten verbliebenen Schinken in Burkhards Keller gehängt«, erzählte Robert.

Nein, er brauchte keine Namen zu nennen. Alheit fielen etliche unschöne Benennungen für die Übeltäter ein.

Robert fuhr fort: »Bisher nimmt er das recht gelassen, und Meister Wolfram unterstützt ihn. Wenn nur nicht noch Schlimmeres nachkommt.« Er trillerte eine Einleitung, und sie spielten noch einmal zu viert das ganze Stück. Alheit hatte Mühe, sich im Ton Robert anzupassen, ohne ebenso schrill zu spielen wie er.

Wenig später kehrte Meister Wolfram zurück und rief seine Schüler wieder in die Gaststube. Mit viel weniger Zorn im Leib als am Morgen begann Alheit ihre neue Haube. Sie sollte ebenso viele Falten am Saum haben wie Marjories.

Als es bei den Franziskanern zur Sext läutete, trat ein knochiger kleiner Junge von der Küche auf den Hof. Mit offenem Mund blieb er an der Tür zur Gaststube stehen und lauschte der Musik. Er achtete nicht darauf, dass der Wein aus der schräg hängenden Kanne lief und das Brot aus dem Korb rutschte. Alheit legte ihre Näharbeit weg und nahm ihm das Mittagbrot ab. Der Junge stieß einen dumpfen Laut aus und stapfte davon.

Am Nachmittag musste Alheit länger warten, bis die Spielleute den Saal verließen. Immer angestrengter lauschte sie auf die Musik in der Gaststube. Die Falten ihrer Haube gerieten ihr dabei längst nicht mehr so fein, wie sie sich am Anfang vorgenommen hatte. Am Ende brachten Marjorie und Katherine nicht einmal viel Neues mit. Alheit fand sich schnell in die Begleitstimme des Liedes vom Vormittag.

»Na also, ihr seid ja auch schon so weit.« Elbelin und Gottfrid waren den Klängen in das Kaminzimmer gefolgt.

»So schwierig ist es nun auch wieder nicht«, meinte Alheit.

»Ich weiß was Besseres!«, rief Elbelin und lief davon. Kurz darauf kam er mit seiner Sackpfeife und Gottfrids Schalmei wieder. »Hier, probiert das einmal.«

Marjorie rümpfte die Nase. »Das wird ja eine recht laute Gesellschaft hier. Da kann ich mich nur zurückziehen.« Sie nahm ihr Instrument auf und ging.

Katherine dagegen klatschte in die Hände, als sie sah, was Elbelin dabeihatte. »Das will ich probieren!«

»Ich auch«, murmelte Alheit. Oder hatte sie doch lauter gesprochen als beabsichtigt? Elbelin warf ihr einen fragenden Blick zu, als ob er sie gehört hätte. Als Alheit nichts weiter sagte, gab er Katherine den Dudelsack und zeigte ihr, wie sie ihn halten musste. Das ging nicht ohne Berührungen ab, wie Alheit missbilligend bemerkte. Die jungen Leute gaben sich anscheinend Mühe, damit es möglichst viele wurden.

Sie selbst achtete mehr darauf, was Elbelin da erklärte, und versuchte, es ohne Instrument nachzutun. Das hatte natürlich keinen Sinn, und als Katherine mit hochrotem Kopf den ersten lauten Heulton herausbrachte, gab sie befremdet auf. Sie erhob sich und verließ den Raum. Als sie die Tür schloss, glaubte sie Elbelin fragen zu hören: »Willst du es auch einmal versuchen?«

Nein, jetzt nicht mehr.

Gerade auf der anderen Hofseite, auf dem schon recht abgetragenen Brennholzstapel bei der Küchentür, saß Franz und begleitete auf der Laute Marjorie, die ein herzzerreißendes Liebeslied sang. Zwar verstand Alheit die Worte nicht, aber die Musik und das Gesicht der Sängerin verrieten deutlich, worum es ging. Franz sah ebenfalls so entrückt aus wie ein musizierender Engel auf einem Altarbild.

Alheit wünschte sich etwas zum Werfen herbei.

Da sie nichts entdeckte, ging sie zum Hackklotz um die Ecke und zog das Beil heraus. Noch ehe sie das erste Stück Holz gespalten hatte, stand der schmächtige blonde Junge vor ihr, der so ungeschickt das Mittagbrot gebracht hatte. »Nein, das darfst du nicht!«, jammerte er. »Das darf nur der Meister.«

Die Küchentür ging auf, die Köchin stellte zwei Eimer heraus und rief ungezielt in den Hof: »Klaus! Wasser holen!«

Alheit ergriff die beiden Eimer und lief zum Tor hinaus. Nur weg hier, und vielleicht noch etwas Nützliches tun.

»He, das sind meine«, rief eine weinerliche Stimme hinter ihr her. Sie sah sich nicht um. Erst am Brunnen am oberen Ende der Färbergasse blieb sie stehen.

Der magere Küchenjunge schloss zu ihr auf. »Meine!«, schluchzte er. »Meine!«

Alheit nahm sich zusammen. Das Bürschchen hatte es nicht verdient, dass sie ihre Wut an ihm ausließ. »Leih sie mir doch bitte«, sagte sie, »nur, bis wir wieder an der Küchentür sind.«

Er sah sie misstrauisch an. »Was willst du mit ihnen machen?«

»Wasser hineinfüllen.«

Zwei Frauen, die bereits am Brunnen standen und offenbar schon einen Eimer hinabgelassen hatten, schauten ihnen mit offenem Mund entgegen.

»Hat's die Lisbeth doch nicht mehr ausgehalten«, vermutete die eine.

Die andere schüttelte den Kopf. »Wenn, dann hat er sie fortgejagt, der Lump. Aber was macht der Bub noch da?«

»Ist er am Ende doch von ihm.«

»Kann man's wissen?«

Alheit tat, als hörte sie nichts.

An ihrer Seite verhandelte Klaus noch immer. »Aber nur einen. Den anderen will ich tragen.«

Sie nickte abwesend. Die beiden Frauen zogen ihren Eimer wieder herauf und füllten noch zwei weitere. Dabei warfen sie immer wieder fragende Blicke auf Alheit. Als der letzte Eimer an der Kette nach oben schaukelte, fiel ihr etwas ein. Sie zog die Flöte aus dem Gürtel und spielte eine der Tanzweisen, die am vergangenen Abend in der Gaststube erklungen waren.

Für einen Augenblick flog ein Lächeln über die Gesichter der Frauen. Doch dann rief die eine: »Maria, hilf!« Da zog auch die andere ein enttäuschtes Gesicht, holte hastig den Eimer ein und ging davon.

Zufrieden steckte Alheit die Flöte wieder ein und hängte den ersten ihrer Eimer an die Kette. Dann füllte sie den zweiten und gab ihn Klaus, damit er ihn nach Hause tragen konnte. Aber er wollte inzwischen etwas ganz anderes: »Schenkst du mir deine Flöte?«

»Wo denkst du hin?«, fragte Alheit dagegen. »Die brauche ich selbst noch.«

Der Junge seufzte und ließ Kopf und Schultern hängen.

Als sie die Herberge erreichten, war die übrige Gesellschaft offenbar in die Gaststube zurückgekehrt. Von dort hörte man wieder Musik. Noch immer niedergeschlagen trug Klaus die beiden Eimer Wasser in die Küche. Alheit ging die Treppe hinauf in ihr Quartier, uneins mit sich, was sie tun sollte.

Auf dem Lager gleich bei der Tür lag Elbelins Dudelsack, wie achtlos hingeworfen. Ohne lang zu überlegen, hob Alheit ihn auf und nahm ihn unter den Arm, wie sie glaubte, dass der Junge es vorhin gezeigt hatte. Das

Holz war schwer, und sie musste darauf achten, dass sie mit der langen Bordunpfeife nicht an die Wand hinter ihr stieß. Nach einigem Probieren fand sie die richtige Haltung und blies den Sack auf. Die Pfeifen quietschten anfangs, doch dann gelang es ihr, so etwas wie Töne hervorzubringen. Der Bordunton schwankte wie das Geheul eines Hund. Sie musste mit aller Kraft weiterblasen, um das auszugleichen.

Irgendwann ging ihr der Atem aus.

»He, du kannst das ja schon beinah.« Auf der kleinen Plattform vor der Tür stand Elbelin und strahlte Alheit an. Vorsichtig nahm sie die Bordunpfeife von der Schulter. Ihr linker Arm schmerzte bis hinunter zum Handgelenk. Die Stille nach ihrem stümperhaften Gelärme tat den Ohren wohl. Nun wagten sich auch die anderen näher heran. Elbelin nahm ihr das Instrument ab und legte es sorgfältig beiseite. Dabei nickte er zufrieden.

Franz schüttelte missbilligend den Kopf, als er sich an ihr vorbeidrängte. Er packte die Laute in ihre Hülle und ging ohne ein Wort wieder hinaus.

Alheit folgte ihm. Dabei hörte sie noch immer den Bordun brummen, und die schrägen Töne, die ihre ungeübten Finger hervorgebracht hatten, klangen ihr in den Ohren. Was hatte sie nun wieder falsch gemacht? Sein empfindliches Gehör beleidigt? Immerhin hatte er auch ihre ersten Versuche auf der Schalmei ausgehalten, so lange, bis das, was sie spielte, als Musik durchgehen konnte.

Oder hatte sie gegen eine der vielen Regeln der Lotterzunft verstoßen? Sie schüttelte den Kopf. Elbelin hatte ihr das Instrument doch angeboten, wenn auch vor ein paar Stunden.

Jedenfalls hatte Franz mit seinem finsteren Gesicht ihre Begeisterung zunichtegemacht, wie ein kalter Luftzug einen aufgegangenen Teig wieder zusammenfallen lässt. Alheit hatte schon überlegt, ob sie nicht ein gebrauchtes Instrument kaufen konnte. Der eine Händler in der Gasse gerade abseits des Marktplatzes hatte ihr doch so etwas angeboten. Aber jetzt …

Draußen hatte die Sonne inzwischen das allgegenwärtige Grau vertrieben. Ein roter Kater aalte sich in einem Lichtfleck auf dem Hof. Doch von solchen Kleinigkeiten ließ sich Alheit nicht ablenken. Sie beobachtete, wie sich die Musiker ebenfalls sonnige Plätze suchten, fern von ihr, und unbekümmert weiterspielten.

Elbelin sprang in langen Sätzen über den Hof zu seinem Gefährten. Alheit ertappte sich dabei, wie sie ihm nachschaute. Sie schüttelte den Kopf und sah sich nach etwas anderem um, das sich zu betrachten lohnte.

Doch es half nicht viel. Ihr Blick blieb nur an Katherine hängen, die sich von Gottfrid den Umgang mit dem Rebec erklären ließ. Das Instrument stand ihr gut, wie ein Engel, der vor der Muttergottes spielt, sah sie aus. Alheit konnte nicht sagen, ob sie sich ungeschickt anstellte. Gottfrid jedenfalls korrigierte immer wieder ihre Handhaltung auf den Saiten, den Winkel, in dem sie den birnenförmigen Korpus gegen ihre Schulter hielt, die Bogenführung. Katherine hörte ihm aufmerksam und mit strahlendem Lächeln zu. Gottfrid erwiderte dieses Strahlen. Die beiden schienen ihre Umgebung völlig vergessen zu haben.

Natürlich erschien kurz darauf Elbelin an ihrer Seite und gab seine eigenen guten Ratschläge dazu. Gottfrid wies ihn offenbar zurecht, denn er wandte sich bald mit betont beleidigtem Gesicht ab.

Nach und nach wurden auch andere auf die beiden aufmerksam. Robert Piper stand in der Tür zum Schankraum und betrachtete das Paar mit unbewegter Miene. Seine Frau dagegen spielte eifrig auf der Harfe, als erwartete sie, dass die anderen alle zu ihr kämen. Franz ließ sich auch gleich bei ihr nieder und sang zu dem, was sie da spielte. Alheit kannte die Melodie, und sie war ziemlich sicher, dass Franz an manchen Stellen den Text selbst zusammenflickte.

Wollte sie noch länger hier herumstehen und zuschauen? Obwohl ihr eine innere Stimme sagte, dass sie keine gute Musik zustande bringen würde, eilte sie die Treppe hinunter und stellte sich mit der Flöte zu den beiden.

Es dauerte ein wenig, bis sie den Ton fand. Marjorie und Franz legten die Stirn in Falten, brachen aber nicht ab. Robert hob den Kopf und grinste herüber. Erst als das Stück zu Ende war, nahm Marjorie die Harfe auf und ging zu ihrer Tochter. Zwar zog sie die Mundwinkel nach oben, doch dieses Lächeln erschien Alheit nicht echt.

Die jungen Leute wirkten eher irritiert als erfreut, dass die Harfnerin zu ihnen stieß. Sie fassten sich aber schnell und spielten gemeinsam die Motette, die sie den ganzen Tag geübt hatten. Dabei fand sich auch der Rest der Gruppe ein. Alheit stellte sich neben Elbelin, der die höchste Stimme sang, und versuchte, seiner Melodie auf der Flöte zu folgen.

»Gut, dass dich unser Meister nicht gehört hat«, raunte Robert ihr am Ende des Stückes zu. »Der würde dir auf der Stelle die Flöte wegnehmen und sie verbrennen.«

Alheit sah sich nach Meister Wolfram um. War er wirklich nicht dabei gewesen? Auf dem Hof zumindest konnte sie ihn nicht entdecken.

In die Stille am Ende des Stücks zupfte Israel erwartungsvoll eine Einleitung. Die Harfnerin nahm sie auf und ging zu einem ausgefeilten Troubadourlied über. Nach einer kurzen Pause schloss sich Gottfrid an. Tamas fidelte schräg dazwischen, bis er seinen Platz in der Melodie gefunden hatte. Doch noch ehe alle eingefallen waren, wurden sie von einem misstönenden Scheppern aus der Küche unterbrochen. Klaus schlug mit der Schöpfkelle auf einen Kessel ein, um anzuzeigen, dass das Essen fertig war.

»Schade«, sagte Franz.

Israel spielte einen abschließenden Lauf, brachte sein Instrument in die Gaststube und verließ den Hof.

Tamas erschien nicht zum Essen. Zunächst achtete niemand darauf. Alheit glaubte, von draußen die Fidel zu hören. Doch das mochte Einbildung sein, denn in diesen Tagen erklang im Wilden Mann immer und überall Musik. Kurz bevor Burkhard abräumte, füllte Lene eine Schüssel und einen Becher und trug sie hinaus.

Wenig später kam sie mit Tamas zurück.

»Wo warst du?«, fragte Elbelin verwundert.

»Bär muss tanzen«, erklärte der Ungar.

»Aber …«, setzte Marjorie an.

»Bär muss üben, wie wir auch.« Tamas tat, als streiche er seine Fidel, und lachte in sich hinein.

»Das will ich sehen«, rief Katherine und sprang auf. Ihre Mutter sah sie streng an.

»Ist schon dunkel«, sagte Tamas, »mach ich morgen wieder. Dann alle kommen.« Er beschrieb einen weiten Kreis mit dem Arm, um die ganze Gesellschaft einzuladen.

Nach dem Essen, als die Spielleute sich zufrieden und erschöpft ans Erzählen machen wollten, rief Meister Wolfram seine Schüler noch einmal zur Ordnung. Sie spielten vor, was sie sich am Nachmittag angeeignet hatten. Mit bedenklichem Gesicht sah der Meister von einem zum anderen, korrigierte Kleinigkeiten oder ließ den Vortrag kopfschüttelnd über sich ergehen. Dann setzte er die Gruppe so zusammen, dass jeder einmal die führende Stimme erhielt und die anderen ihn begleiteten. Das gelang nun schon ein wenig besser als am ersten Tag, so schien es jedenfalls Alheit.

Während sie noch spielten, betrat Heinrich von Alzey den Raum. Beim Klappen der Tür geriet die Melodie ins Wanken, doch der Ritter winkte ihnen, weiterzuspielen. Er hörte strahlend zu und wiegte sich leise im Takt.

Zu guter Letzt nickte Meister Wolfram eher grimmig als zufrieden. »Besser wird es heute wohl nicht mehr. – Gott grüße Euch, Herr Ritter.«

»Gott grüße Euch, werter Meister. Ich bin beeindruckt von den Fertigkeiten Eurer Schüler. Da wird es ein Leichtes sein, die Bitte der Stiftsherren von St. Paulus zu erfüllen.« Er machte eine bedeutungsvolle Pause. »Sie suchen zwei gute Musici, die am Sonntag und den kommenden Feiertagen zu ihrer Erbauung spielen.«

Wolfram richtete sich kerzengerade auf. Robert spitzte etwas weniger offensichtlich die Ohren. Doch Herr Heinrich deutete zwei andere heraus. »Elbelin und Gottfrid, kommt bitte morgen früh zu mir, ich werde euch den Stiftsherren vorstellen.«

Wolfram schien mit einem Mal mehr Schwierigkeiten mit seiner Laute zu haben als sonst. Er begleitete jeden Handgriff beim Einpacken mit leisen Flüchen. Franz ging zu ihm und zupfte das widerspenstige Ende der Filzdecke zurecht, das nicht in den Kasten passen wollte. Der Sänger stieß ihn grob zur Seite. Also wandte Franz sich achselzuckend ab und verließ den Raum.

Franz trug seine Laute die Treppe hinauf und hörte, wie Robert unter ihm das Kaminzimmer betrat und die Tür hinter sich schloss. Wolfram war offenbar nicht mit ihm zurückgekehrt, sondern gab sich noch Mühe, die Entscheidung ihres Gastgebers umzustoßen.

Freitag nach Invocavit

Kaum hatten die Spielleute ihr Strohlager verlassen, da machten sich Elbelin und Gottfrid auf ins Martinsviertel, um Herrn Heinrich von Alzey zu treffen.

Robert verabschiedete Elbelin mit einem Schlag auf die Schulter. »Ihr kommt ja recht voran in der Welt. Passt auf, dass sie euch nicht am Ende im Stift behalten wollen.«

Elbelin lachte. »So reich sind wir nicht.«

Als die anderen den Saal zum Spielen herrichteten, kehrten die beiden zurück. Auch Meister Wolfram hatte offenbar auf das Frühstück verzichtet und schaute nun ungeduldig in die Runde, bis Tisch und Bänke an ihrem Platz standen. Gerade als Alheit den Raum verlassen wollte, trat Israel ein, gefolgt von zwei Knechten, die eine schwere, eisenbeschlagene Truhe mit einem Vorhängeschloss trugen. Sie setzten den Kasten in einer Ecke der Gaststube ab und gingen händereibend davon.

Alheit überlegte, ob sie noch einmal diesen Händler aufsuchen sollte, mit dem sie vor zwei Tagen gesprochen hatte. Dabei waren so viele Namen gefallen, dass sie sich an den seinen nur mit Mühe erinnerte: Johann Schure. Der Gedanke an einen Dudelsack lockte sie. Doch sie entschied sich dagegen. Jeder Besuch auf dem Markt dünnte ihren Beutel aus, auch wenn sie nur Kleinigkeiten kaufte. Um ein Instrument oder auch nur gutes Zubehör auszuwählen, brauchte sie Franz. Allein konnte sie nicht unterscheiden, ob ein Missklang durch ihr Unvermögen entstand oder durch schlechte Ware. Noch nie war es ihr so dringlich erschienen, das zu ändern. Aber was konnte sie unternehmen?

Außerdem hoffte sie, dass die Musiker bald auseinandergehen würden, um zu üben, sodass sie wieder mittun konnte. Bis dahin brachte sie die letzten Stiche an ihren neuen Kleidern an und probierte die Stücke, die sie noch in Erinnerung hatte, stumm auf der Flöte. Noch hielt der Sonnenschein. Ihr Platz oben an der Treppe, vor der Tür des Schlafraums, war fast angenehm.

Aus den Augenwinkeln beobachtete sie das Kommen und Gehen auf dem Hof. Burkhard führte ein gutes Haus, das musste man ihm lassen. Die Leute gingen zielstrebig ihrer Arbeit nach und wussten, was sie taten. Bis auf den einfältigen Klaus. Aber auch für ihn fand sich immer eine eintönige Tätigkeit, die er dann stundenlang voll Freude ausführte. Jetzt las er Äpfel von einem Korb in den anderen. Jeden einzelnen betrachtete er genau, die faulen legte er beiseite.

Da kam ein Fremder auf den Hof, ein Mann mit langen grauen Locken und einer blauen, weiß eingefassten Cotte. Alheit legte die Flöte beiseite. Das war der, von dem sich Lene vorgestern am Stadthaus verabschiedet hatte. Breitspurig schritt er auf die Tür zum Schankraum zu.

Klaus ließ seinen letzten Apfel fallen und lief mit Geheul in die Küche, als der Fremde näher kam. Der achtete nicht einmal darauf.

Groß und breit trat Burkhard aus der Küche dem Fremden entgegen. »Gott segne Euch, Platzmeister.« Das klang nicht nach freudigem Willkommen. Alheit stellte sich an die Tür, um zu lauschen.

Der Platzmeister erwiderte den Gruß. »Wohnt ein Jude namens Israel ben Abraham bei dir?«

»Der ist grad da drin. Warum?«

»Wohnt er bei dir?«

Burkhard schüttelte den Kopf. »Der kommt immer nach dem Frühstück und geht abends vor dem Essen. Ist halt nicht koscher bei mir.«

Der Platzmeister machte einen Schritt auf die Tür zu. Zögernd hob Burkhard die Hand, um ihn aufzuhalten.

»Ich will mir den Kerl einmal ansehen.« Damit schob der Platzmeister den Wirt beiseite, öffnete die Tür einen Spalt und schaute hinein.

Musik wehte in den Hof.

»Der mit der Guiterne«, sagte Burkhard. Offenbar hatte der Platzmeister ihn etwas gefragt.

Und der Wirt kannte einen Namen für das Instrument mit dem merkwürdig gebogenen Hals, über das sich Alheit am ersten Tag gewundert hatte.

Ehe sie dafür eine Erklärung fand, hatte der Platzmeister die Tür wieder geschlossen. »Hast du einen zuverlässigen Knecht?«

»Meinen Klaus.«

Der Platzmeister winkte ärgerlich ab. »Einen gescheiten. Ich muss wissen, wo der Kerl hingeht, wenn er dein Haus verlässt.«

Burkhard hielt die Hand auf.

Was der Platzmeister hineinlegte, schien ihn zufriedenzustellen, denn er sagte: »Ich schicke Euch einen Boten.«

»Danke.«

Ein Geräusch hinter Alheit lenkte sie von dem Geschehen im Hof ab. Auf den ersten Blick war niemand in der Schlafkammer zu sehen. Alheit trat ein, ließ die Tür weit offen, damit genügend Licht hineinfiel. Im Raum regte sich nichts, aber draußen vor dem Fenster … Dort konnte niemand sein, höchstens die Katze. Trotzdem durchquerte Alheit den Raum und schaute durch das kleine, mit dünnem Pergament verschlossene Fenster.

Dahinter lag ein niedriges Dach, das in einen benachbarten Hof abfiel. Auf dem First stolzierte der rote Kater mit erhobenem Schwanz. War da nicht noch eine andere verstohlene Bewegung in der Nähe des Schlotes? Etwas Graues, größer als der Kater?

Unwillig schüttelte Alheit den Kopf. Sie sah Geister am helllichten Tag.

Meister Wolfram schaute seine Schüler herausfordernd an. Er hatte ihnen ein Tanzstück vorgespielt, das es in sich hatte. Franz brauchte eine Weile, bis er das Stück auf der Laute nachspielen konnte. Er hörte genau auf Elbelin, der ebenfalls zupfte und meist schneller begriff als er. Außerdem wünschte er sich seine Drehleier herbei. Die hatte die richtige Lautstärke für Tanzmusik.

Elbelin sprach es aus: »Ist das nicht ein Stück für laute Instrumente?«

Meister Wolfram sah erstaunt auf – vielleicht schien es auch nur so wegen seiner Augengläser. »So etwas haben doch gar nicht alle.«

»Doch, gewiss«, antwortete Elbelin. Franz und einige andere in der Runde nickten.

»Bär hört gut«, sagte Tamas, »muss ich nicht laut spielen.«

Doch Elbelin und Gottfrid waren schon aus dem Saal gelaufen.

Robert Piper hoffte anscheinend, sich mit schrillen Tönen durchzusetzen. Marjorie und Katherine steckten die Köpfe zusammen, wurden sich aber offenbar nicht einig. Die Tochter lief nach draußen, obwohl die Mutter versuchte, sie daran zu hindern.

Franz folgte ihr voller Vorfreude. Hinter ihm machte sich auch Meister Wolfram auf den Weg, verbissen wie ein Ritter, der in einen schweren Kampf zieht.

Als sie zurückkehrten, trug Katherine Alheits Schalmei in den Händen wie einen Siegespreis. Franz fragte sich, wie ihr das wohl gelungen war.

Wolfram brachte einen offensichtlich schweren Kasten mit. Als er ihn öffnete, kam ein Portativ mit Metallpfeifen zum Vorschein. Franz pfiff durch die Zähne. Robert lief gleich hinzu, schaute sich alles genau an und stellte viele Fragen. Meister Wolfram antwortete kurz angebunden. »Schwer ist das Ding jedenfalls.«

»Aber schön«, schwärmte Elbelin und strich über das Holzgehäuse. »Spielst du uns den Tanz bitte einmal vor?«

Wolfram schien zu zweifeln, ob der Junge es ernst

meinte oder ihn verspotten wollte, doch dann setzte er sich zurecht, nahm sein Instrument auf den Schoß und spielte. Die Pfeifen klangen scharf, wenn auch nicht laut genug, um Dudelsack und Schalmei zu übertönen.

Meister Wolfram hatte offenbar genaue Vorstellungen, wie die Musik klingen musste, und teilte die Gruppe auf.

Tamas, Robert und Marjorie eröffneten den Tanz, dann begann Katherine ihren seltsamen Gesang. Bis zu dieser Stelle konnte auch Israel noch mithalten, doch dann fiel Franz ein. Der Jude legte die Guiterne beiseite, ging zu seiner Truhe und nahm den Dudelsack heraus. Er ließ den Bordun laufen und hörte mit gerunzelter Stirn zu. An einer passenden Stelle fiel er in die Melodie ein, brach aber gleich wieder ab. Sein Instrument stimmte nicht zu den anderen. Den Sack unter dem Arm beobachtete er das Treiben missmutig.

Elbelin und Gottfrid übertönten den Rest der Gruppe mühelos. Sie nahmen das Stück auf, als stünden sie auf einem Marktplatz und wollten die Leute zum Tanzen bewegen. Einer trieb den anderen zu immer gewagteren Verzierungen an. Katherine hörte auf zu singen und blies ein paar schräge Töne auf der Schalmei, gab aber schnell wieder auf. Tamas nahm nun statt der Fidel das Tamburin zur Hand und ließ die Schellen klappern.

Meister Wolfram drückte mit finsterem Gesicht den Balg seiner kleinen Orgel wie ein Besessener. Nur mit zahlreichen Misstönen drang er durch.

Elbelin zog die Augenbrauen hoch und brach unvermittelt ab. Verwirrt hörte Wolfram auf zu spielen. Nur der Ungar trommelte fröhlich weiter im Takt. Nach ein paar Sekunden setzten die beiden Jungen ebenso plötzlich wieder ein.

Alheit hatte sich gerade von der lästigen Katze abgewandt und überlegte, ob sie nicht wieder auf Elbelins Dudelsack spielen sollte. Er hatte ihr das ja nicht verboten. Doch als sie sich dem Lager näherte, flog die Tür weit auf. Elbelin und Gottfrid stürmten herein, dicht gefolgt von Franz, der fröhlich vor sich hin trällerte. Hastig griffen sie nach ihren Instrumenten und eilten wieder davon, ohne die Tür zu schließen. Alheit lief ihnen nach, um zu sehen, was es so Dringendes gäbe. Doch über den Hof kam nur Katherine auf sie zu und bat Alheit um ihre Schalmei.

»Wir lernen gerade einen neuen Tanz«, erklärte das Mädchen außer Atem, »und die Jungen sind so laut …«

Gegen das Versprechen, ihr den Tanz so bald wie möglich beizubringen, ließ Alheit sie mit dem Instrument ziehen.

Kurz darauf setzte die Musik im Schankraum wieder ein und wurde bald sehr laut und lebhaft. Die Melodie gefiel Alheit, aber so schnell konnte sie sich nicht hineinfinden. Sie brauchte jemanden, der ihr den Tanz stückweise vorspielte. Sie lauschte, ob sie Katherine heraushören konnte, doch es gelang ihr nicht. Es sei denn, man wollte ihr ein paar Quietschtöne zurechnen, kurz bevor die Melodie in einem Wirbel von Schellengeklapper endete.

Wenig später kam Israel heraus, mit Hut und Mantel. Ohne sich weiter umzuschauen, verließ er den Hof. Alheit lief die Treppe hinunter zum Tor. Tatsächlich folgte dem Juden in sicherer Entfernung eine kleine, verkrümmte Gestalt. Falls er etwas davon bemerkte, zeigte er es nicht.

Alheit wandte sich wieder zu ihren Gefährten um und schaute geradewegs in Lenes grinsendes Gesicht. Anscheinend hatte sie so gebannt auf den Buckligen gestarrt, dass die Hure unbemerkt an ihr vorbeigekommen war.

Als Klaus mit Kessel und Kelle zum Essen rief, folgte kaum einer seiner Aufforderung. Im Gegenteil.

Elbelin rief Tamas an: »Wolltest du uns nicht etwas zeigen?«

»Gleich.«

Er tat allerdings nicht viel mehr, als die Stalltür aufzuschließen und den Bären von der Kette zu lösen, dann überließ er Lene das Feld. Sie schlug das Schellentamburin und rief dem Bären kurze Befehle zu, die ungarisch sein mochten. Das Tier hob und senkte gehorsam die Pfoten, balancierte eine Stange, schlug Purzelbäume und machte Handstand. Dann begann Tamas zu fideln. Der Bär erhob sich wieder auf die Hinterbeine, tappte von einem Fuß auf den anderen und drehte sich im Kreis. Lene sprang zu ihm hin, als wäre er ein höfischer Tänzer.

Alle schauten wie gebannt zu. Auch Klaus stand mit offenem Mund zwischen den Spielleuten.

»Wie leicht wäre es jetzt, herumzugehen und den

Zuschauern die Beutel abzuschneiden«, murmelte Alheit, die annahm, dass Franz neben ihr stand. Doch er hatte sich bis an die Tür der Gaststube zurückgezogen. Sie eilte zu ihm und wiederholte ihre Bemerkung.

Er zuckte die Schultern. »Dazu bräuchten sie noch einen Dritten.«

»Sie werden einen finden, wenn sie ihn suchen.«

Dort lag das Opfer, still, scheinbar unschuldig. Einen Augenblick verharrte er, um seiner Vorfreude Raum zu geben. Diesem gleißenden Feuer in seinem Inneren, das er lange vermisst hatte. Eine Hand glitt zum Messer, zog es aus der Scheide. Der dünne Strahl Tageslicht, der durch die Türritze fiel, schlug einen Funken von der Klinge. Die innere Flamme loderte empor.

Er stürzte sich auf den verhassten Dudelsack, stieß mit dem Messer durch das Leder, riss lange Schnitte hinein, kreuz und quer, auf und ab, schlitzte die Naht auf. Wie Weihrauchduft stieg ihm der Wachsgeruch in die Nase. Doch das genügte ihm nicht. Er wollte mehr.

Er riss die Spielpfeife aus ihrem Stock, hielt sie schräg zu Boden und trat darauf. Das Birnbaumholz splitterte, weit oben, wo es kaum so dick wie ein Faden war. Er packte die Bruchstelle und trat noch einmal zu. Knirschend brach das Holz auch weiter unten entzwei. Den Schalltrichter, den jämmerlichen Rest, hieb er gegen den gemauerten Kamin, immer wieder, bis der Rand nachgab und die Stücke davonflogen.

Die erste, ungestüme Wut war dahin. Das Feuer brannte gleichmäßig und heiß, gerade recht, um damit zu arbeiten. Ruhig, fast vergnügt zog er die Bordunpfeife aus dem Stock und das obere Ende aus dem unteren. Drei, vier gut gezielte Schläge gegen den Kamin, dann war auch dieser Schalltrichter Kleinholz. Er trat die langen Teile zusammen, wie er es geübt hatte.

Dann besah er sein Werk. Es war nicht mehr viel übrig von der Sackpfeife. Aus dem Hof erklang die elende Fidel des Ungarn zum Gebrumm des Bären. Er hatte noch etwas Zeit.

Von seinem Gürtel löste er einen Lederbeutel und schnupperte daran wie ein Koch an einem besonders guten Braten. Dann fasste er mit zwei Fingern in das braune Mus und strich es in das Mundstück. Er wischte sich die Finger an dem Laken ab, auf dem die Bruchstücke des Dudelsacks lagen, und begann den letzten Teil seiner Arbeit.

Er nahm das Doppelrohrblatt aus der Spielpfeife – aus dem, was davon übrig war – und biss ein paarmal kräftig darauf. Das gute welsche Rohr splitterte, er spuckte die Fasern aus. Dann zerbiss er das einfache Blatt aus der Bordunpfeife und warf die Reste auf den geschlitzten Sack.

Mehr konnte er nicht tun. Erleichtert ging er zur Tür, vergewisserte sich, dass ihn niemand sah, und ging hinunter in den Hof.

Irgendwann verkündete Tamas das Ende der Vorstellung. »Bär geht jetzt schlafen.« Er spielte eine Melodie, die gut als Wiegenlied zu erkennen war, auch wenn niemand verstand, was er dazu sang. Der Bär drehte sich immer langsamer, senkte die Vorderbeine zum Boden und legte sich nieder. Die Umstehenden applaudierten.

»Stümper«, zischte Wolfram vernehmlich und ging eilig in den Saal zum Essen. Dort zankte der Wirt den Küchenjungen aus, weil die Tafel noch nicht bereit war.

Am Abend, während die anderen in der Gaststube zu spielen begannen, saß Franz still an den warmen Schlot gelehnt und summte vor sich hin. Wenn er nur genug Geld hätte … So viele schöne Instrumente gab es hier, die er noch kaum kannte. Rebec und Fidel zum Beispiel. Von ihnen träumte er schon lange. Der Bogen und die frei zu greifenden Saiten boten sicher mehr Möglichkeiten als das Rad und die Tangenten der Drehleier. So klang es zumindest, wenn Tamas fidelte. Wenn es nur nicht so schwer wäre, mit ihm zu reden. Er könnte Franz bestimmt einiges beibringen.

Oder Gottfrid mit seinem Rebec. Franz musste sich eingestehen, dass er es kaum wagte, den Jungen anzusprechen. Er spielte so gut, wusste so viel, dass er fast übermenschlich wirkte. Das Gleiche galt für Elbelin und seine Rotta. Dabei gaben die beiden ihr Wissen großzügig weiter.

Franz lächelte. Vorhin hatten sie sicher ein wenig übertrieben und den Rest der Gruppe an die Wand gespielt. Das vertrugen nicht alle Spielleute. Alheit stand auch lieber auf der anderen Seite. Wenn sie

Worms wirklich mit einem Dudelsack verließ, musste er sich von seinen Träumen verabschieden. Nicht nur des Geldes wegen. Rebec, Rotta, ja selbst Roberts schrille Flöten gingen dagegen unter. Erst recht die Harfe, die ebenfalls nach Franz' Geschmack wäre. Sie passte gut als Liedbegleitung, aber auch für fröhliche Tanzmelodien – drinnen, nicht auf dem Marktplatz. Wenn sie nur etwas kleiner wäre. So passte sie weder in eine Kiepe noch auf den Handkarren. Und viel zu stimmen gab es auch. Vier Saiten oder 40, das war schon ein Unterschied. Trotzdem. Franz stellte sich vor, wie schön sich zu so einer Harfe singen ließ. Er würde Marjorie fragen, ob er ihr Instrument nicht einmal ausprobieren durfte.

Ebenso unwahrscheinlich wie sein Traum von der Harfe war der vom Portativ. Das Instrument, das Meister Wolfram heute zum Vorschein gebracht hatte. Er zog zu Pferd durch die Lande und konnte solche Lasten mit sich führen. Für einfache Fahrende, die zu Fuß unterwegs waren, war das schöne Stück einfach zu schwer. Aber Franz mochte den Klang der Pfeifen. Mindestens ebenso gut gefiel ihm jedoch die Vorstellung, im Sitzen zu spielen, vielleicht gar in einem Saal mit Kamin, vor verständigen Zuhörern, an einer reich gedeckten Tafel.

Energisch schüttelte er den Kopf. Er hatte sich über Winter an das Wohlleben in Heidelberg gewöhnt. Aber jetzt kam das Frühjahr, auch wenn man noch nicht viel davon sah, und damit andere Feste.

»Was ist?«, sagte eine Frauenstimme dicht neben ihm. »Was schüttelst du den Kopf?«

Lene hatte sich an seiner Seite niedergelassen, ihr Gesicht nur bleiche Wangen, große Augen und ein roter Mund.

»Nichts«, antwortete Franz. »Ich habe nur ein paar Träume verjagt.«

»Warum? Willst du nicht mehr träumen?«

»Noch nicht. Wenn ich einmal so alt bin wie Meister Wolfram, dann kann ich von solchen Dingen träumen.«

Lene lächelte anzüglich. »Bis dahin tust du es lieber?«

»Bis dahin will ich andere Träume in die Tat umsetzen«, erwiderte Franz ernsthaft.

Lene stockte einen Augenblick, doch dann sagte sie: »Welche Träume sind das?« Sie schob sich noch näher an ihn heran. »Kann ich dir dabei helfen?« Ihre Stimme wurde immer tiefer.

Franz richtete sich auf und sah sie überrascht an. »Du wirst lachen, ja.«

»Wie denn?« Jetzt war es an Lene, überrascht zu sein.

»Ich möchte mich mit deinem Mann unterhalten«, sagte Franz, und Lene sah noch erstaunter drein. »Über seine Fidel, und so, dass wir einander wirklich verstehen. Dazu brauche ich dich.«

»Ich kann kein Ungarisch«, entgegnete Lene abweisend. »Und überhaupt habe ich mich schon viel zu lange hier aufgehalten. Ich muss wieder hinunter, ich werde erwartet.« Sie stand auf, strich ihr Kleid glatt und ging mit wiegenden Hüften zur Tür.

Franz blickte ihr seufzend nach. Einfach war ihr Leben gewiss nicht, aber sie musste ihr Geld anderswo verdienen, nicht bei ihm.

Nach dem Essen blieben die zehn in der Gaststube beisammen. Sie spielten ihre Weisen, tauschten Instrumente aus und erzählten von ihren Abenteuern auf der Straße.

Burkhard stand ruhig im Hintergrund, hörte zu und summte manchmal leise mit. Bis wieder Herr Heinrich von Alzey mit seinem Knappen kam. Dann ging er, den Wein für den Ritter zu holen.

»Die Stiftsherren von St. Paulus waren von unseren beiden Spielleuten sehr angetan«, berichtete dieser. »Sie werden also am Sonntag und am Fest des Apostels Matthias dort spielen, nach der Messe und zum Essen vor der Vesper.«

Elbelin und Gottfrid brachen in ein jubelndes Gloria aus.

»Hab ich es euch nicht gesagt? Die werden euch behalten wollen«, spottete Robert.

»Da habt ihr noch allerhand Arbeit«, mahnte Meister Wolfram. »Mit euren Tanzweisen vom Marktplatz könnt ihr bei diesen Herren nicht ankommen.«

Elbelin lachte. »Wir waren schließlich zwei Jahre im Dienst der Kirche.« Gottfrid strich ein reich verziertes Halleluja.

»Jedenfalls habe ich keine Zeit, mit euch gesondert zu üben«, schloss der Meister. »Wir werden uns morgen noch einmal die Tänze von heute vornehmen. Vielleicht geht es ja diesmal ohne euer Heidenspektakel.«

Halb scherzhaft zog Elbelin den Kopf ein. »Verzeih uns, Meister. Da ist die Musik mit uns durchgegangen. Morgen sind wir ganz fromme Schüler.«

»Wieso? Was war los? Was habt ihr gespielt?«, wollte Herr Heinrich wissen.

Elbelin erzählte, und bald spielten alle die Melodien dieses Tages. Alheit versuchte gar nicht erst mitzukommen. Sie war froh, wenn sie jeweils den Übergang von einem Tanz zum nächsten hören konnte.

Spät am Abend neigte sich der Knappe zu Herrn Heinrichs Ohr. Daraufhin seufzte der Ritter: »Ja, du hast recht, Ewald.« Er gab dem jungen Mann die Laute und stand auf. »Ich muss euch verlassen, meine Freunde. Gute Nacht.«

Daraufhin löste sich die Versammlung schnell auf. Wolfram, Robert und seine Familie gingen in ihr Quartier im Erdgeschoss. Durch die Tür fiel der warme Schein des kleinen Feuers im Kamin auf den Hof. Die anderen stiegen die Treppe hinauf.

Alheit wollte sich eben niederlegen, als Elbelin einen Schrei ausstieß.

»Was ist?« Lene fand als Erste eine Laterne und trat an das Lager des Jungen. Alheit entzündete ein weiteres Licht und eilte hinzu.

Nachdem sich ihre Augen an den schwachen Schimmer gewöhnt hatten, sah sie ein seltsames Gebilde auf Elbelins Bett liegen. Der Spielmann kniete daneben.

Es war der Dudelsack. Bordun und Spielpfeife waren mehrmals geknickt, der Lederbalg aufgeschlitzt, alle Rohrblätter zerkaut.

»Wer war das?«, fragte sie.

Elbelin zuckte die Schultern. Dann tastete er ziellos durch die Bruchstücke.

»Man sieht nichts«, klagte Gottfrid, der noch immer mit seiner Laterne kämpfte.

Alheit brachte eine Filzdecke. »Hier. Leg alles darauf. Morgen bei Tageslicht sehen wir mehr.«

Elbelin nickte und begann die Stücke zusammenzulesen.

Lene kicherte. »Wie die ungeschickte Magd mit dem Milchtopf.«

Samstag vor Reminiscere

Am nächsten Morgen eilten Tamas und Lene davon, als ob nichts gewesen wäre, um Futter für den Bären zu besorgen. Dafür brachte die Neugier noch vor dem Frühstück die Bewohner des Erdgeschosses nach oben. Franz erklärte in kurzen Worten, was geschehen war, wie ein entfernter Verwandter, der in einem Trauerhaus die Nachbarn in Empfang nimmt. Als Letzter zog sich Wolfram mühsam die Treppe hinauf. Offenbar machte ihm die morgendliche Kälte zu schaffen.

Elbelin saß auf seinem Lager und betrachtete die Überreste seines Instruments im Morgenlicht ebenso ratlos wie am Vorabend im Kerzenschein.

Katherine rief: »Wer kann dich so hassen?« Sie machte einen Schritt auf Elbelin zu, hielt jedoch inne, als er sich nicht rührte.

Ihre Mutter verschränkte die Arme vor der Brust. »Nimm es nicht so schwer, Elbelin«, sagte sie obenhin. »So etwas kommt vor.«

Er schüttelte stumm den Kopf.

»Ein Unglück oder ein Versehen war das nicht«, wandte Alheit ein. Sie hielt Marjorie das Anblasrohr unter die Nase.

»Fie! Was ist das?«

»Bärendreck?«, vermutete Alheit.

Da hob Elbelin den Kopf. »Der Ungar? Kann das sein?«

»Wer kommt sonst so nahe an das Vieh heran?«, fragte Alheit dagegen.

»Es ist zahm und angekettet«, warf Katherine von der Tür her ein.

Ohne sie zu beachten, wechselte ihre Mutter das Thema: »Hast du Geld genug, um dich neu auszurüsten?«

Elbelin nickte zögernd. War das Geld nicht für etwas anderes bestimmt gewesen? Vor drei Tagen hatten die beiden Jungen doch von einer Harfe gesprochen.

»Nicht weit vom Marktplatz steht ein Dudelsackbauer«, empfahl Marjorie. »Vielleicht kann er dein Instrument noch retten.«

Wieder nickte Elbelin.

Gottfrid murmelte: »Johann Schure.« Es klang wie eine ablehnende Antwort.

Alheit wurde das Gefühl nicht los, dass die Engländerin sich bemühte, von einem heiklen Punkt abzulenken. Konnte nicht Robert Piper der Täter gewesen sein? Wegen Katherine? Wegen Marjorie? Wegen etwas, das sich im Schankraum ereignet hatte? Er stand auf der anderen Seite neben der Tür und schaute wie unbeteiligt zu.

Da kam Klaus mit Besteck klappernd in den Raum. »Ich soll euch holen. Der Haferbrei wird kalt.«

Widerstrebend nahmen sie ihre Instrumente auf. Der kleine Knecht wandte sich an Elbelin: »Und dir soll ich sagen, du sollst heute nicht mehr so mit dem Dudelsack herumlärmen. Die Köchin wird ganz krank davon.«

Alheit schaute auf. Was hatte das nun zu bedeuten?

Gab es Streit in der Familie des Wirts, der an den Gästen ausgelassen wurde?

Marjorie sah das offenbar anders. »Spielleute sind ein neidisches Pack«, sagte sie. »Nie können sie sich vertragen.« Mit den anderen verließ sie den Raum.

Alheit nickte und folgte ihr geistesabwesend. Wer hatte etwas davon, dass Elbelin nicht mehr spielen konnte? Johann Schure, den die beiden Jungen wohl nicht besonders mochten? Und anscheinend war die Abneigung gegenseitig. Hatte er nicht Alheit vor Gottfrid gewarnt? Vielleicht hatte ihm dieser einmal einen üblen Streich gespielt. Dennoch würde Johann das Geld bekommen, das für einen anderen gedacht gewesen war.

Meister Wolfram, der nun keinen lautstarken Überfall mehr fürchten musste. Ebenso die anderen Musiker.

Franz. Für ihn bedeutete das nicht nur für einige Wochen Ruhe, sondern für längere Zeit. Wie sollte Alheit jetzt das Dudelsackspielen üben?

Und dabei dem Besitzer schöne Augen machen? Alheit biss sich auf die Lippen. Es half nichts, sie konnte den Gedanken nicht auslöschen. Franz hatte einen Grund – mehr als einen –, Elbelin zu schaden.

Was war mit Tamas, den Elbelin als Erstes verdächtigt hatte? Eifersucht wegen Lene würde ihn kaum zu einer solchen Tat treiben. Oder war sie es selbst gewesen, weil Elbelin nicht auf ihre Annäherungsversuche einging? Auch das konnte sich Alheit kaum vorstellen.

Als eine der Letzten betrat sie den Schankraum. Irgendjemand in ihrer Nähe roch streng nach – Wild?

Jedenfalls nicht nach Pferd oder anderem Stallmist, auch nicht nach ranzigem Küchendunst oder als hätte er lange nicht mehr gebadet. Sie schaute sich nach Tamas um. Bär. Das war es. Aber der Ungar war noch im Stall bei seinem Tier.

Wer war sonst anwesend? Alheit runzelte die Stirn. Franz ging neben ihr. Robert trieb seine Familie vor ihnen her. Meister Wolfram folgte hinter ihnen, mit vorsichtigen Schritten.

Keiner von ihnen hatte mit dem Bären oder sonst einem Tier zu tun. Meister Wolfram besaß ein Pferd, doch darum kümmerten sich Knechte draußen vor der Stadt.

Meister Wolfram musste an diesem Tag an seinen Schülern verzweifeln. Keiner war bei der Sache. Auch Franz fiel es schwer, an etwas anderes zu denken als an den zerstörten Dudelsack. Alle Feindseligkeiten, die sich in den letzten Tagen ein wenig gelegt hatten, brachen wieder auf. Die Leute stellten sich an, als hätten sie nie etwas von dem gehört, was Meister Wolfram ihnen bisher erklärt hatte.

Zu allem Überfluss schmerzten Franz die Finger beim Greifen. Die vielen Pausen und Neueinsätze verbesserten das Gefühl nicht. Er überlegte kurz, ob er mit der Drehleier weiterspielen sollte. Doch einerseits fürchtete er den Streit, der in der heutigen Stimmung darüber entbrennen würde, und andererseits bezweifelte er, dass das Drücken der Tasten weniger schmerzhaft wäre.

Immer wieder rieb er sich verstohlen die Hände. Er wusste nicht, woher die Schmerzen kamen, denn er spielte nicht viel mehr als sonst. Trotzdem musste er etwas dagegen tun. Im Winterquartier hatte er sich daran gewöhnt, dass ihr Gastgeber für jedes kleine Leiden den passenden bissigen Scherz und eine ebenso scharfe Salbe hatte. Aber Philipp Steinhäuser saß fast drei Tagesreisen östlich in Lindenfels und flickte die Knochen der Burgbesatzung.

Erleichtert sah er auf, als Klaus das Mittagbrot hereinbrachte. Der Kleine stellte seine Last ab und schaute neugierig zu, wie die Spielleute ihre Instrumente beiseite legten.

Meister Wolfram packte ihn an der Schulter. »Da ist ja der Lump! Dass du dich noch hier herein wagst!«

Der Junge heulte auf wie ein wildes Tier und riss sich los. In der Tür zum Hof stieß er mit Alheit zusammen, die eben hereinkam. Er trat und schlug um sich, aber sie hielt ihn fest.

»Was ist denn los?«, fragte sie.

»Was gibt es denn?«, fragte Burkhard an der Küchentür.

Da hörte Klaus auf zu heulen und zu schlagen. Angespannt blieb er bei Alheit stehen.

Meister Wolfram richtete sich auf. »Hast du noch nicht gehört, dass jemand Elbelins Dudelsack zerstört hat? Und dieser Jemand war kein anderer als dein Knecht Klaus!«

Aus der Runde kam Laute des Erstaunens.

»Gar nicht wahr!«, jammerte Klaus.

Burkhard schaute von einem zum anderen. »Wie kommst du darauf?«

»Ich habe ihn gestern Nachmittag, als es passiert ist, auf dem Dach herumklettern sehen wie ein Affe. So kommt er unbemerkt in alle Räume …«

Alheit schnappte nach Luft. Dann hatte sie ebenfalls Klaus gesehen. Aber er war nicht in ihrer Schlafkammer gewesen. Das sagte sie auch laut.

Meister Wolfram wischte ihren Einwand weg. »Da wird nicht den ganzen Tag jemand gesessen haben.«

Burkhard sah Klaus finster an. »Du hast auf dem Dach nichts zu suchen, und das weißt du.«

»Wenn es nur das wäre«, beharrte Meister Wolfram. »Wer soll Elbelin den Schaden ersetzen?«

»Der ihn angerichtet hat«, entgegnete der Wirt auf der Stelle. »Wo ist der Dudelsack überhaupt?«

»Oben in der Schlafkammer«, antwortete Elbelin. »Komm mit.«

Alheit musste die Tür freigeben. Sie nahm Klaus an der Hand, der sich widerstandslos mitziehen ließ, und folgte den Männern.

Burkhard betrachtete den Schaden, aber nicht lange. »Da hat sich einer mit dem Messer zu schaffen gemacht. Das war nicht Klaus.«

»Wer denn sonst?«, fragte Meister Wolfram böse. »Ich verlange, dass der Kerl bestraft wird.«

»Gestern haben sich genug Leute über den Lärm aufgeregt«, erwiderte Burkhard. »Und bist du der Geschädigte?«

Während Alheit gespannt dem Wortwechsel folgte,

ruckte Klaus kräftig an ihrer Hand. Noch ehe sie sich nach ihm umdrehen konnte, war er verschwunden, geräuschlos wie der rote Kater. »He!«, machte Alheit nicht besonders laut.

»Ich bin der Geschädigte«, sagte Elbelin, »und ich glaube nicht, dass Klaus das hier angerichtet hat.« Er wies auf die gesammelten Bruchstücke.

»Noch einmal: Wer dann?«, wiederholte Wolfram.

»Jemand, der genau weiß, wie man ein solches Instrument zerlegt«, antwortete Elbelin.

Alheit nickte.

»Davon gibt es hier genug«, stellte Burkhard fest.

»Willst du etwa deine Gäste verdächtigen? – Wo ist der Kerl überhaupt?« Wolfram wandte sich um.

Burkhard tat gleichgültig. »Aufs Dach geklettert wie ein Affe. Hol ihn herunter, wenn du kannst.«

Mit einem Fluch drängte sich Wolfram an Burkhard und Alheit vorbei und eilte mit holprigen Schritten die Treppe hinunter in den Hof. Statt zum Essen in den Schankraum hinkte er in sein Quartier. Lautes Rumpeln war zu hören. Offenbar machte er sich an seinen Instrumentenkisten zu schaffen.

Burkhard seufzte schwer und ging in die Küche.

Der Nachmittag wurde nach diesem Zwischenfall noch unangenehmer. Die ganze Gruppe schien erleichtert, als Meister Wolfram mit seinem üblichen lateinischen Spruch den Unterricht beendete. Noch ehe Franz seine schmerzende Hand richtig ausgeschüttelt und die Laute in ihre Hülle gepackt hatte, war außer Meister Wolfram, der ohnehin jeden Handgriff mit Bedacht ausführte, niemand mehr zu sehen. Diesmal versuchte Franz gar nicht erst, ihm zu helfen.

Draußen im Hof lief Alheit schon voller Ungeduld im Hof hin und her. Offenbar wollte sie genau wie die anderen hinaus in die Stadt, nicht mehr in der engen Herberge sitzen mit Menschen, die einander nicht trauten.

Vor allen anderen verließ Elbelin den Hof, dicht gefolgt von Gottfrid. Er steuerte zielstrebig den Stand des Dudelsackbauers an, auch wenn es nur Johann Schure war. Clovis von der Vesder hatte um diese Jahreszeit in den Städten Flanderns andere Gelegenheiten, seine Ware abzusetzen, als diese völlig unbekannte Spielmannsschule in Worms. Aber Johann baute auch keine schlechten Säcke. Und er wusste, was seine Arbeit wert war. Eigentlich hatte Elbelin auf seinen Teil des Geldes verzichten und Gottfrid ein gutes neues Rebec spendieren wollen. Das erschien ihm gescheiter, als die Heller, die Erzbischof Balduin ihnen zum Abschied geschenkt hatte, auf zwei Instrumente zu verteilen. Aber nun war es anders gekommen.

Der Händler begrüßte die beiden überschwänglich wie alte Freunde. »Ja, wen haben wir denn da? Elbelin und Gottfrid aus Flandern. Was kann ich euch Gutes tun?«

Ohne den Gruß zu erwidern, wickelte Elbelin das Bündel aus, das er im Arm trug. Dabei behielt er Johann scharf im Auge.

Dieser riss Mund und Augen auf. Doch der Schreck war offenbar rasch wieder verflogen. »Da hast aber nicht bloß du draufgesessen. Ihr wart mindestens zu zweit, gib's zu.«

»Da hat ein Bär seine Spuren hinterlassen.« Elbelin pickte das Mundstück aus den Trümmern und hielt es Johann unter die Nase.

Der wich angewidert zurück. »Das könnte es natürlich auch gewesen sein.« Er hob die Teile der zerbrochenen Spielpfeife und betrachtete sie prüfend. »Von wem war denn das gute Stück? Clovis von der Vesder, natürlich.« Dann besah er sich den Bordun. »Aber da ist nichts mehr zu machen, nicht, wenn es nachher wieder klingen soll.«

Elbelin nickte. »Etwas anderes habe ich auch nicht erwartet.«

»Begrabt ihn würdig, und ich mache euch ein gutes Angebot für was Neues.« Johann schlug die Decke wieder über das Instrument. »Requiescat in pacem.«

Als Elbelin das Bündel beiseitelegte, bekamen sie Gesellschaft. Mit fliegenden Ärmelstreifen eilte Katherine auf sie zu. »Gut, dass ihr da seid«, rief sie. »Meine Mutter disputiert mit diesem bayrischen Harfenbauer wie ein Domscholaster. Ich glaube nicht, dass sie heute noch ein Ende findet.«

»Und dein Vater?«, fragte Johann stirnrunzelnd. Doch das ging im Gelächter der beiden Jungen unter.

»Lass mal sehen, was du da hast«, verlangte Elbelin.

»Willst du auch eine Sackpfeife kaufen?«, wandte sich Johann an Katherine.

Sie schüttelte den Kopf. »Aber ich kann euch gern eine Weile zuhören.«

»Nicht wahr, so was ist doch spannender als eine Harfe.« Johanns Bemerkung klang fast wie ein Tadel. Er nahm einen seiner Dudelsäcke mit dunklem Holz und braunem Balg von der Leine und reichte ihn Elbelin. »Ich glaube, der steht dir gut, probier mal.«

Elbelin blies mächtig in das Mundstück. Der Balg füllte sich, doch es kam kein Ton heraus.

»Du musst auch drücken, Junge«, belehrte ihn Johann und presste ihm den Ellenbogen nach innen. »Ohne Kraft wird das nichts.«

»Lass mich mal, Kleiner.« Gottfrid schob den Händler beiseite und nahm seinem Freund das Instrument ab.

»Ausgerechnet du«, keuchte Elbelin. »Du hältst ja nicht mal eine Strophe auf der Flöte durch.«

Gottfrid stellte sich in Positur und begann zu pusten. Der Bordun sprang an, schließlich fand er auch einen Ton auf der Spielpfeife. Als er jedoch einen flotten Lauf probierte, geriet sein Klanggebäude ins Wanken.

Katherine kicherte. Gottfrids Gesicht färbte sich so rot wie sein Haar, und sein Spiel verklang in einem traurigen Quietschen.

»Ich glaube, du bleibst wirklich besser beim Kleingestrichenen«, sagte Elbelin und streckte die Hand nach dem Sack aus.

Johann fragte scheinheilig dazwischen: »Soll ich euch das Rohrblatt leichter einstellen?«

Elbelin schüttelte den Kopf. »Lass mal, wir werden uns schon einig.« Er nahm das Instrument wieder auf und blies. Diesmal fand er einen stabilen Ton und spielte ein getragenes Amen.

»Na also«, sagte Johann. »Meine Instrumente kann jeder spielen.«

»Ich auch?«, fragte Katherine.

»Nein, du nicht.« Kurz und kalt zerriss die Antwort die bisher heitere Stimmung.

Elbelin gab dem Händler sein Instrument zurück. »Ich überlege mir das noch einmal.« Er nahm das Bündel mit seinem zerstörten Dudelsack auf und ging. Gottfrid und Katherine eilten ihm nach.

»Überleg nicht zu lange«, rief Johann. Eine Weile schaute er hinter ihnen her. Dann wandte er sich an seinen Standnachbarn, der Fideln und Bögen verkaufte: »Weißt du, wer das Mädchen ist?«

Der andere schüttelte den Kopf. »Kann mich nicht erinnern, dass ich sie schon mal getroffen hätte. Aber dieser Gottfrid sollte sein Geld bei mir lassen, nicht bei dir.«

Johann Schure entdeckte den Stand des bayrischen Harfenbauers bald. Noch verhandelte der Mann mit einem dünnen Kerlchen, das die Harfe neben ihm kaum überragte. Johann hielt sich in der Nähe, betrachtete die Waren der anderen Instrumentenbauer, bis der Kleine gegangen war. Dann fragte er: »War heute eine Spielfrau bei dir, die eine Harfe kaufen wollte?«

Rüdiger vom Lech nickte.

»Weißt du, wer sie war?«

»Aus Schottland.«

»Hat sie eine Tochter?«

Rüdiger nickte wieder.

»Hat sie einen Mann?«

Nicken.

»Wie heißt er? Wo wohnt er?«

»Robert Pfeifer, neben den Franziskanern.«

Nach dem Essen blieb es still in der Gaststube. Gedankenverloren betrachtete Franz seine Drehleier. Was würde er tun, wenn sich jemand so darüber hermachte wie über Elbelins Dudelsack? Er strich über den Deckel, ließ die Tasten leise klacken. Viel konnte er selbst richten, aber längst nicht alles. Die 70 Heller, die er von Herrn Heinrich von Alzey für ein neues Instrument erhalten hatte, müsste er darauf verwenden, das alte wiederherzustellen.

Er schüttelte den Kopf. Wichtiger war es, dafür zu sorgen, dass es nicht so weit kam. Aber wie? Er konnte den unförmigen Kasten nicht den ganzen Tag umgehängt lassen und gleichzeitig die Laute mit sich herumtragen. Dabei hatte kaum einer in der Runde das Herz, sein Instrument auch nur zum Essen beiseitezulegen.

»Wir sollten einen Wächter anstellen«, sagte Marjorie in die angespannte Stille.

Robert nickte. Er hatte zwar kein teures Instrument, um das er fürchten musste, aber Marjories Harfe war sehr anfällig für üble Streiche.

»Wie stellt ihr euch das vor?«, fragte Alheit dagegen. Sie hielt ihre Schalmei unschlüssig in der Hand, als ob sie nicht wüsste, wohin sie sie packen sollte. »Er müsste Tag und Nacht drei Räume und den Stall bewachen.«

»Das können wir nicht bezahlen«, sprang Gottfrid ihr bei.

»Und auf wen von uns soll der Wächter hören?«, fuhr Elbelin fort. »Da sagt ihm Franz – nur zum Beispiel –, er soll den oberen Raum bewachen, dann kommt ein anderer und schickt ihn hinunter …«

Dafür, dass er der Geschädigte war, schien er sehr ruhig und überlegt.

Marjorie erwiderte: »Kostet ein neues Instrument so viel weniger? Und er soll natürlich dem folgen, auf den wir alle hören: Meister Wolfram.«

»Wir müssen sowieso ein neues Instrument bezahlen«, erinnerte Gottfrid.

Franz stellte sich vor, wie der steife Alte mit den Augengläsern einem Waffenknecht Anweisungen erteilte. Er schlug vor: »Dort in der Ecke steht eine eisenbeschlagene Truhe mit festen Schlössern …«

Weiter kam er nicht. »Wir sollen dem Juden unsere Instrumente in die Hände liefern?«, rief Gottfrid.

»Was diese Sippschaft einmal in ihren Truhen hat, gibt sie nicht wieder heraus«, pflichtete Elbelin ihm bei.

»Er wird uns gar nicht erst heranlassen«, meinte Robert. »Gibt es hier keine Obrigkeit, die solche Unzucht zu verhindern hat? Wir sollten dem Vogt oder Schultheißen Bescheid geben.«

Lene widersprach sofort: »Um uns Fahrende kümmert sich die Obrigkeit nicht, und das ist auch besser so.«

»Herr Heinrich kommt doch sicher noch«, vermutete der Apotheker. »Was sagt ihr dazu, Tamas? Meister Wolfram?«

Der Meister zuckte die Achseln und brummte. Es hörte sich an wie »selber aufpassen«.

Tamas lachte, wie immer. »Wir legen Instrumente in Stall. Bär passt auf. Kostet nichts, hört nur auf mich.«

Nach kurzem Nachdenken erschien das allen als die beste Lösung. Pfeifend ging Tamas der Gruppe voran in den Stall. Dort stellte er sich zu seinem Mazko, fidelte und sang auf Ungarisch, damit das Vieh ruhig in seiner Ecke blieb. Lene dagegen behielt die Tür im Auge und verspottete alle, die eintraten, ob sie nun Angst zeigten oder nicht.

Elbelin brachte sein Bündel als Erster. Es war groß und schwer und schien außer seiner Rotta auch Gottfrids Instrumente zu enthalten. Alheit wunderte sich ein wenig, dass er so bereitwillig auf diesen Plan eingegangen war, obwohl doch der Ungar im Verdacht stand, seinen Dudelsack zerstört zu haben. Vermutlich hatten sich die beiden Jungen etwas Eigenes ausgedacht, um einem Einbrecher bei seinem nächsten Versuch das Leben schwer zu machen.

Dann kam Robert mit Marjories Harfe, angespannt beobachtet von seiner Frau, die jedoch keinen Fuß in den Stall setzte. Er dagegen stellte das Instrumenten ab, blieb dabei stehen und sah zu, wie Meister Wolfram nacheinander zwei Holzkästen hereinschleppte und sorgfältig aufeinandersetzte. Wie Franz zögernd, die Kiepe auf dem Rücken und die Drehleier im Arm, möglichst nah an der Wand zu den anderen Instrumenten schlich, hastig alles absetzte und wieder hinauseilte. Bei seinen schnellen Bewegungen hob der Bär den Kopf und brummte bedrohlich. Lene lachte umso lauter, Tamas verstellte seinem Tier die Sicht auf den Eindringling.

Dennoch kehrte Franz einige Zeit später mit Robert zurück. Sie trugen die schwere Truhe mit dem Vorhängeschloss, in der Israel seine Instrumente verwahrte.

»Brauchen Decke«, sagte Tamas, als alle gegangen waren. »Machen großen Berg Heu über alles.«

Alheit brachte ihren abgewetztesten Filz zum Vorschein, und der Ungar schob mit Händen und Füßen Streu darauf.

Reminiscere

ALHEIT FIELEN DIE PAAR SCHRITTE zur Franziskanerkirche fast schwer. Lieber wäre sie gleich weitergelaufen ins Paulusstift. Sie wollte hören, wie Elbelin und Gottfrid dort vor den Stiftsherren spielten. So erging es ihr nicht allein. Katherine lief mit langen Schritten neben den Jungen her und vergaß ganz, wo sie abbiegen musste. Erst, als ihre Mutter sie anrief, blieb sie stehen, verabschiedete sich und kehrte um.

Alheit atmete hörbar aus. Für Katherine mochte dieses Verhalten noch durchgehen, sie selbst machte sich nur lächerlich damit. Stattdessen erinnerte sie sich an ihren Vorsatz, Ausschau nach neuen Reisegefährten zu halten.

Die Menge der Spielleute in der Kirche war kaum überschaubar. Viele von ihnen schienen sich gar nichts aus dem Geschehen vorn am Altar zu machen. Sie drängten hierhin und dorthin, begrüßten einander und erzählten sich freudig ihre Erlebnisse. Von den braven Bürgern, die das ganze Jahr über hier zur Messe gingen, war kaum etwas zu sehen. Nur gelegentlich bahnte sich eine Familie mit angewiderter Miene hastig einen Weg durch die Fremden, hin zu den vertrauten Nachbarn.

Alheit hörte von allen Seiten zusammenhanglose Fetzen aus den Gesprächen der fahrenden Gesellen. Die Geschichte von Elbelins Dudelsack schien die Runde zu machen. Alheit spitzte die Ohren, als die Gerüchte in ihre Nähe kamen.

»Der Jude natürlich, wer sonst«, sagte einer verächtlich.

»Ich habe gehört, es war ein Bärenführer«, widersprach ein anderer. »Das sind doch auch noch halbe Heiden dort unten.«

»Der hat sogar behauptet, Elbelin hätte ihm Geld gestohlen«, wusste ein Dritter.

»Was, Elbelin?«, wunderte sich der Erste wieder.

»Was für Geld?«, spottete der Zweite. »Wo keins ist …«

Ein weiterer Mann stieß zu ihnen und ließ sich die Geschichte wiederholen.

Lene war es gleichgültig, was man über Tamas erzählte. Mochten sich die Leute das Maul zerreißen. Sie hielt Ausschau nach Friedrich zum Rad, dem Platzmeister – welch ein stolzer Titel. Er würde ihre Fassung der Geschichte hören, und das sollte genügen, um ihnen Ruhe zu verschaffen, solange sie noch in der Stadt waren. Den Juden hatte er ohnehin im Auge. Lene kam mit ihren Methoden allerdings nicht weiter bei Israel und seiner Mischpoche. Deshalb musste Friedrich hier einen anderen einsetzen. Ob der mehr Erfolg hatte?

Als sie die langen grauen Locken erblickte, hob sich Lene auf die Zehenspitzen. Dieses Wesen neben ihm, bei dem man vor lauter Haube und Gebände kaum etwas vom Gesicht sah, musste wohl seine Frau sein. Daneben eine Reihe besonders hässlicher Mädchen. Wenn die nach der Mutter kamen … Lene kicherte. Das großväterliche Vermögen würde kaum reichen, sie alle zu verheiraten. Da musste der Vater sehen, wie er eine Mitgift schaffte. Und sie würde dafür sorgen, dass manch ein Heller vorher den Weg in ihren Beutel fand.

Vor der Kirchentür beobachtete sie den höflichen Abschied des Platzmeisters von seiner Familie und schlug in sicherer Entfernung hinter ihm den Weg zum Stadthaus ein. Nachher erwartete sie der hübsche Turmwächter. Es würde ein schöner und einträglicher Sonntag werden.

Nach der Messe zerstreute sich die Gruppe. Man hatte Bekannte getroffen, neue Gesellen kennengelernt, mit denen man sich ausgiebig unterhalten wollte. Erst als die Essenszeit näher rückte, sammelten sich die Spielleute wieder im Wilden Mann. Das Agnus Dei der Franziskaner pfeifend, ging Tamas daran, den Bären von seinem Mauerring im Stall loszumachen. Dass Lene noch gar nicht da war, schien ihm nicht aufzufallen. Erst draußen im Hof schaute er sich suchend um, als erwarte er, dass jemand von den Umstehenden ihre Rolle übernehmen würde.

Franz bemerkte erschrocken, dass niemand vor ihm stand und Tamas ihn auffordernd anstrahlte. Hastig schob er sich hinter Robert und seine Familie und überließ den Tanz mit dem Bären Elbelin, der eben mit Gottfrid vom Paulusstift zurückkehrte.

Der Junge drehte sich lachend zu ihm um. »Hast du Angst vor Meister Petz? Dabei hat er doch schon gezeigt, wie höflich er sich benehmen kann. Sogar Damen gegenüber.«

Alheit reckte den Hals. Was hatte Elbelin mit dem Bären vor? Oder hatte Tamas den Jungen als Opfer ausgewählt? An einen Zufall wollte sie nicht glauben. Sie schob sich in die Nähe der Küchentür, wo das Brennholz aufgesetzt war, und nahm hinter ihrem Rücken ein Scheit in die Hände. Vielleicht würde es nicht viel helfen, aber sie wollte etwas zum Werfen haben.

Mit einer Verbeugung grüßte Elbelin den Bären. »Guten Tag, Meister Petz. Eure Dame ist heute leider auf Venusfahrt, Ihr müsst mit mir Vorlieb nehmen.«

Leichtfüßig sprang er um den Bären herum, der sich auf den Hinterbeinen um sich selbst drehte. Tamas nickte zufrieden und begann, Elbelin verschiedenes Spielzeug zuzuwerfen. Der sah sich die Dinge kurz an, dann animierte er Petz zu denselben Bewegungen, wie Lene es in den vergangenen Tagen getan hatte. Er trug die Rotta noch bei sich. Darauf zupfte er nun eine der Melodien, die Tamas immer für seinen Mazko fidelte, und führte den Bären im Reigen um den Hof. Gottfrid schloss sich ihnen mit dem Rebec an, dann kam Tamas dazu und Robert mit der Flöte.

Franz konnte sich dennoch nicht überwinden. Er folgte dem Zug, bis er die Treppe zur Schlafkammer erreicht hatte, und eilte hinauf. Dabei sah er noch, dass Wolfram es ihm gleichgetan hatte. Dieser spuckte verächtlich aus, bevor er das Kaminzimmer betrat.

Elbelin tanzte vor der Reihe her, auf die Tür des Schankraums zu. Als er die Küchentür passierte, trat

Klaus mit dem Kessel und der Schöpfkelle heraus und schlug kräftig zu. Der Bär erschrak vor dem Lärm. Mit einem Prankenhieb, der Elbelin knapp verfehlte, fiel er auf alle viere und galoppierte in Richtung Stall. Alheit schleuderte ihr Holzscheit hinter ihm her. Katherine schrie auf. Die Spielleute sprangen hastig auseinander. Voller Angst schlug Klaus noch einige Male heftig auf den Kessel, während er sich in die Küche zurückzog.

Tamas wartete, bis sich die erste Aufregung gelegt hatte, dann ging er fidelnd und auf Ungarisch singend hinter dem Bären her zum Stall. Das Wiegenlied, das er auch am Freitagabend gespielt hatte, klang noch eine Weile durch die offene Tür. Dann endete die Musik. Tamas kam heraus und schloss ab. Da erst verließ Franz seinen Posten oben an der Treppe und folgte dem Ungarn in den Schankraum.

»Bringen Instrumente später in Stall«, verkündete der drinnen, »ist besser.«

Inzwischen war Lene wieder aufgetaucht, als ob sie die Gesellschaft gar nicht verlassen hätte. »Wieso? Was hat es denn gegeben?«

Elbelin und Gottfrid erzählten abwechselnd von dem Auftritt, und Lene hörte bewundernd zu.

Alheit überlegte indessen, ob wirklich nur Klaus mit seinem Kessel den Bären erschreckt hatte. Doch sie konnte sich an keine unbedachte Bewegung Elbelins erinnern, auch nicht an einen Befehl von Tamas. Vielleicht hatte Franz doch recht, wenn ihm dressierte Tiere unheimlich waren.

Montag nach Reminiscere

DER RUHETAG HATTE WIRKLICH RUHE in die Gesellschaft gebracht. Am Montag saßen sie so einträchtig beim Frühstück, als gäbe es keinen Zwist unter ihnen. Tamas war bereits auf dem Fischmarkt gewesen und hatte einen Korb voll absonderlichem Getier aus dem Rhein für seinen Bären geholt.

»Musst du heute Abend wieder mit Mackó tanzen«, wandte er sich an Elbelin. »Wird noch Bärenführer aus dir.«

Doch der schüttelte lachend den Kopf. »Ich tanze lieber mit einem schönen jungen Fräulein.«

Tamas erwiderte sein Lachen. »Schöne Jungfer wird auch alt und brummig, genau wie Bär. Bär ist ehrlich, macht gleich so.«

Trotz der offensichtlichen Heiterkeit fühlte Alheit Unbehagen bei diesem Wortwechsel. Doch sie wollte nicht vorschnell urteilen. Wenn die anderen nach dem Frühstück zu musizieren begannen, hatte sie gut zwei Stunden Zeit. Die wollte sie nutzen, um zu erfahren, wer Elbelins Dudelsack zerstört hatte und warum. Dann würden sie alle ruhiger schlafen können.

Alheit entschied, dass es ihr nicht helfen würde, hinter Lene herzulaufen. Dabei würde sie kaum etwas erfahren, was sie nicht schon wusste. Wenn sie dagegen den Buckligen finden konnte, der am Freitag in der Dämmerung Israel verfolgt hatte … Der Jude war schließlich aus gutem Grund kein Freund von Elbelin.

Ob der heimliche Beobachter auch heute vor dem Hoftor lauerte? Alheit ging hinaus, die Gasse hinauf und hinunter, doch sie entdeckte nichts, was sie an den Buckligen erinnerte. Den Wirt konnte sie kaum fragen, wo sich sein geheimer Bote versteckte. Sie wiederholte ihren kurzen Weg und schaute aufmerksam in jede Nische. Da bemerkte sie vor sich eine Bewegung. Mit zwei schnellen Schritten war sie an der Stelle und packte eine Handvoll lappigen grauen Stoff.

Der Bucklige knurrte sie an wie ein Hund.

»Keine Angst«, sagte Alheit. »Ich will dich nur etwas fragen.«

»Alle fragen immer mich«, erwiderte ihr Gefangener noch immer grollend. »Dabei gibt es so viele gelehrte Leute in der Stadt.«

Alheit nahm eine Münze aus ihrem Beutel. »Die wissen aber nicht, wo der Jude am Freitagabend hingegangen ist.«

Schnell langte der Bucklige zu, aber nicht schnell genug. »Dann sind sie selbst schuld …« Der Mann brach ab, als er seinen Fehlgriff bemerkte.

»Warum?«, fragte Alheit und hielt die Münze wieder hin.

»Dafür musst du noch etwas drauflegen.«

»Ach komm. Wie viele Leute bezahlen dich denn schon dafür, dass du hier stehst?«

Der Bucklige knurrte wieder.

»Was hältst du von einem Mantel?«

»Besser als nichts.« Der Mann seufzte. »Er ist natürlich ins Judenviertel gegangen, ins Haus zur Sonne, Baruch ben Jakob.«

»Geradewegs, ohne noch einmal umzukehren?«

»Schnurstracks.«

Alheit nickte und reichte ihm den halben Heller. »Ich hole den Mantel.« Sie beeilte sich, aus ihrem Handwagen die alte Decke hervorzuziehen, die ihr im vergangenen Winter als Mantel gedient hatte.

Indessen holten die Spielleute ihre Instrumente aus dem Stall und gingen in den Schankraum. Als Franz die Laute aufnahm, erinnerte ihn ein Ziepen im linken Handgelenk daran, dass er am Samstag schon einmal Schmerzen beim Spielen gefühlt hatte. Aber das war ohne Arznei wieder vergangen. Er musste sich nur ein wenig zurückhalten.

Auch Israel hatte sich wieder eingefunden. Meister Wolfram verweilte diesen Morgen ausgiebig bei der Musik als Heilmittel gegen Melancholie und den süßen Klängen von Saiteninstrumenten. Dabei diente ihm die Guiterne häufig als Beispiel, und Israel zeigte, was er konnte.

Endlich spielte und sang Meister Wolfram seinen Schülern die Stimmen einer Motette vor. Zunächst mussten alle den Text lernen. Französisch. Franz hatte viel von dem vergessen, was er einst gekonnt hatte. Er war beruhigt, dass nicht nur er Schwierigkeiten damit hatte. Tamas sprach dem Meister frohgemut sein Kauderwelsch nach, wie er es verstand. Als Wolfram ihn zurechtwies, antwortete er: »Verstehe nicht. Mach mir neuen Text, wenn ich brauche.« Franz grinste und beschloss insgeheim, es ihm nachzutun.

Robert und seine Frauen hatten keine Schwierigkeiten mit der Sprache. Sie folgten dem Text, als ob sie ihn bereits kennten.

Es dauerte eine Weile, bis sie mit dem Singen beginnen konnten. Die Frauenstimmen fügten sich nicht in den Satz, wie ihn Meister Wolfram aus seinem Buch vortrug. Der Meister verschoss viele böse Blicke in Marjories Richtung und ließ die Sänger immer wieder von Neuem beginnen. Schließlich nahmen die beiden Harfe und Rebec auf – nach einem zustimmenden Nicken von Gottfrid – und begleiteten damit die Männer.

Für Franz hätte das Lied ewig so weitergehen können. Er ließ sich mit der Melodie treiben wie in einem klaren Strom. Obwohl keiner die Sprache richtig beherrschte, sang er mit Tamas und Israel wie ein Mann, bis die unterschiedlichen Läufe im gleichen Punkt zur Ruhe kamen. Für Franz war das Ende des Liedes wie die Rückkehr aus einer anderen Welt. Tamas erging es ebenso, seinem ernüchterten Gesicht nach zu urteilen.

Meister Wolfram dagegen hatte sogleich etwas daran zu ändern. »Dies ist ein Liebeslied, kein Messgesang, und ihr tretet meist allein auf. Daher müsst ihr euch auf eurem Instrument begleiten.« Er zeigte auf der Laute, was er meinte. Dass Marjorie und Katherine das bereits getan hatten, erwähnte er nicht.

Franz überlegte. Wenn er Alheit überreden könnte, etwas Leiseres zu spielen als die Schalmei – zum Beispiel den Sopran auf der Flöte …, aber diese Stimme hatte es in sich. Er probierte auf der Laute und musste feststellen, dass er noch viel zu langsam war.

Meister Wolfram nickte seinen Schülern ernst zu. »Ich glaube, ihr habt es begriffen. Übt das Stück allein, in einer Stunde treffen wir uns wieder.«

Nach dem Gespräch mit dem Buckligen war Alheit nicht sogleich auf den Boden über dem Kaminzimmer zurückgekehrt. Zwar wollte sie die Stücke der vergangenen Woche auf der Flöte probieren. Doch mit den Gedanken war sie nicht bei der Sache. Sie hing noch dem nach, was sie von dem Buckligen erfahren hatte. Wenn der heimliche Beobachter nicht log, war der Jude wohl unschuldig. Es erschien ihr außerordentlich merkwürdig, dass Elbelin nicht selbst sofort auf diesen Gedanken gekommen war.

Da ging sie lieber in die Stadt und hörte, was die Spielleute über ihresgleichen zu erzählen hatten. So machte nun Lenes Gerücht, dass Elbelin den Ungarn bestohlen hätte, überall die Runde. Viele plapperten es nach und bliesen es weiter auf, einige schienen es in der Tat zu glauben, andere verteidigten den Jungen. Darunter Johann Schure, der Dudelsackbauer. Alheit wusste nicht, auf welche Seite sie sich schlagen sollte. Sie hatte Elbelin und Gottfrid beim Geld zählen beobachtet. Doch die Erklärung, die sie dafür erhalten hatte, war glaubhaft. Inzwischen hatten ihr mehrere Spielleute bestätigt, dass die beiden im Dienst des reichen und mächtigen Erzbischofs von Trier gestanden hatten. Wieder zählte Johann Schure zu denen, die Bescheid wussten.

Er bot eine andere Erklärung an: »Wenn mir jetzt jemand sagte, er hätte einem die Frau oder die Tochter verführt – ja, das würde ich eher glauben.« Dabei zwinkerte er, doch Alheit hatte nicht den Eindruck, dass er im Scherz sprach. Wer käme da infrage?

Eifersucht auf Lene erschien ihr unwahrscheinlich. Katherine verbrachte viel Zeit mit den beiden Burschen, meist aber unter den Augen ihrer Eltern.

Blieb noch Franz. Diesen Gedankengang verbot sie sich. Lieber wollte sie nachdenken, wie der Freitag verlaufen war, wer wann Gelegenheit zu dem zerstörerischen Werk gehabt hatte.

Lene tanzte mit dem Bären. Hatte Alheit nicht selbst festgestellt, welch eine gute Ablenkung das war? Sie versuchte sich das Bild auszumalen. Lene und Tamas waren vor aller Augen beschäftigt. Franz stand an der Tür zum Schankraum. Er würde sich nicht über den Hof bewegen, solange der Bär tanzte.

Die anderen waren ebenfalls dort versammelt, Elbelin und Gottfrid ganz vorn. Die Küchentür war umlagert von Leuten, die eigentlich drinnen bei der Arbeit sein sollten. Wenn nun jemand von ihnen den Spielleuten gram wäre? Die Köchin, die von dem Lärm ganz krank wurde, wie Klaus behauptet hatte? Der Junge selbst, weil er sie beschützen wollte?

Alheit schüttelte den Kopf. Sie hatte die Bruchstücke des Dudelsacks gesehen. Jemand hatte ihn fachmännisch auseinandergenommen und die einzelnen Teile zerstört.

Sie kehrte wieder zum Verlauf des Freitags zurück. Beim Essen waren alle versammelt gewesen. Dann hatten sie ihre Instrumente wieder hervorgeholt und weitergespielt.

Und Franz war dabei merkwürdig lange ausgeblieben.

Lene auch.

Dieser Gedanke brachte Alheit schlagartig in die Gegenwart zurück. Wenn es zur Sext läutete, sollte sie wieder im Wilden Mann sein. Und es war nicht gut, dass sie ihren Mann so lange aus den Augen ließ.

Franz hatte sich in die Küche zurückgezogen. Dort war es wärmer als auf dem Hof, und das kommende Essen duftete anregender als die Abortgrube. Er setzte sich mit untergeschlagenen Beinen in eine Ecke, wo er hoffte, dass er die Küchenmägde nicht störte. Zwar mochte die Köchin angeblich keine Dudelsackmusik, aber mit den zarten Klängen der Laute würde sie sich wohl anfreunden können. Er probierte die Verzierungen, die er in seine Stimme der Motette einbauen sollte. Zuerst spielte er so, wie er ohnehin spielen würde, doch er merkte selbst, dass er dem Stück damit nicht gerecht wurde. Langsam und konzentriert zupfte er dann die Formen, die Meister Wolfram ihm vorgegeben hatte.

Die beiden Küchenmägde kneteten eifrig den Teig für das Brot zum Essen. Dabei warfen sie kaum einen Blick auf Franz, sondern redeten über die hübschen jungen Burschen, die sie auf dem Markt gesehen hatten.

Franz sang seine Stimme noch einmal mit allen Verzierungen, so gut er den französischen Text eben zurechtbrachte. Vielleicht sollte er doch für eine Weile ins Elsass und weiter nach Frankreich hinein ziehen. Dann würden all die vergessenen Worte zurückkehren.

Schließlich wurde es ihm zu bunt. Er war nicht hier, um auswärts singen oder gar reden zu lernen, sondern seine Finger sollten sich an die neuen Verzierungstechniken auf der Laute gewöhnen. Die konnte er auch mit anderen Liedern üben.

Er spielte eine leichte Tanzweise als Überleitung und begann eine anzügliche Ballade über Tristan und Isolde.

Die Küchenmägde hielten in ihrer Arbeit inne und schauten ihn an. »He, du kannst ja auch richtige Musik machen«, rief die eine, und beide brachen in haltloses Kichern aus.

Franz gab sich Mühe, nicht selbst loszulachen, sondern die traurige Geschichte mit dem nötigen Ernst zu Ende zu bringen und dabei die richtigen Verzierungen einzubauen.

»Spiel doch mal das von der hübschen Küchenmagd und ihrem Verehrer«, verlangte das vorlaute Mädchen, als die beiden Liebenden im Tod vereint waren.

»Aber natürlich«, erwiderte Franz und rieb sich den Bauch. »Nur, vergesst nicht: Die Spielleut essen, trinken gern.« Dieser Spruch war heraus, ehe er sich besinnen konnte. Alheit hätte dagegen sicher Einwände erhoben.

Die Küchenmägde schauten sich nur kichernd an. Dann nahm die eine eine Handvoll von ihrem Teig, formte ihn schön rund zu einem kleinen Brot und schob ihn in den Ofen. »Ich muss doch sehen, ob die Glut recht ist zum Backen«, erklärte sie.

Franz nickte verständig und begann die übermütige Geschichte von dem geschenkten Gürtel. Dann folgten weitere Loblieder auf die Freuden des Sommers.

Als genügend fröhliche Paare über den grünen Anger gesprungen waren, holte die eine Küchenmagd das kleine Brot aus dem Ofen. »Pass auf, das ist heiß. Nicht, dass du deine kostbaren Finger verbrennst.«

Franz wickelte die Finger in den Saum seiner Cotte, brach das Brot in zwei Teile, tunkte sie in die Soße, die auf dem Herd köchelte, und ging damit hinaus zu Alheit.

»Komm ruhig öfter vorbei!«, rief die eine Magd hinter ihm her.

»Da steckst du!« Alheit rannte ihrem Mann entgegen. »Was soll das?«

Breit grinsend hielt er ihr seine Beute aus der Küche hin. »Da, ein Vorgeschmack aufs Mittagbrot.«

Doch Alheit ließ sich nicht ablenken. »Was treibst du mit den Küchenmägden?«

Er schaute sie ratlos an. »Da drin ist es warm, da werden die Finger nicht so steif. Und es gibt was zu essen.«

»Bei uns oben war es auch warm«, fauchte sie. »Warum bist du nicht gekommen?«

Franz zuckte die Schultern. »Ich dachte, du spielst wieder Dudelsack.« Er winkte ab. »Ach so, das geht ja gar nicht mehr.«

»Eben.«

»Aber das war doch …«

»Lene, meinst du?«

Franz schüttelte den Kopf und atmete tief auf. »Ich war am Freitag nach dem Essen noch einmal oben«, begann er.

»Und?«

»Ich habe nicht darauf geachtet, vielleicht war der Dudelsack da schon zerbrochen. Es waren Holzsplitter auf dem Boden. Aber ich habe nicht nachgeschaut.«

Holzsplitter? Die waren ihr nicht aufgefallen. Sie schnaubte unwillig und lief davon.

Franz sah auf das Stück Brot, das inzwischen gut durchgeweicht war, und steckte es in den Mund. Dann betrat er als Letzter den Schankraum.

Alheit eilte die Treppe hinauf, ließ die Tür weit offen stehen und suchte den Boden ab. Doch in dem Stroh, das ihr Lager bildete, war nichts mehr zu entdecken. Zu viele Leute waren inzwischen hin und her gegangen, hatten mehr oder weniger ruhig geschlafen.

Und wenn sie etwas fände, was würde ihr das sagen? Nichts Neues.

Sie nahm die Schalmei aus dem Korb und blies sich die Wut aus dem Leib.

Obwohl Franz das ganze Brot aufgegessen hatte, blieb ihm ein hohles Gefühl im Bauch. Alheit. Sie waren nun schon einige Jahre zusammen unterwegs, aber in der Bruderschaft der Spielleute war sie noch nicht angekommen.

Doch ihm blieb keine Zeit, weiter zu grübeln. Meister Wolfram setzte sie wieder in den Stimmen zusammen wie vorher, doch diesmal sollte nur einer singen, die anderen beiden spielen.

Der Meister bestimmte Israel, Robert und Elbelin als Sänger – offenbar gab er doch der Sprachkunst den Vorzug vor der Stimmgewalt. Marjorie und Katherine suchten sich selbst ihren Platz in der Gruppe.

Im zweiten Durchgang, als die Sänger schwiegen, kam der Schmerz zurück. Franz verzog vielleicht das Gesicht, ließ sich aber sonst nicht beirren. Er konzentrierte sich darauf, die rechte Hand mit dem Plektrum so leicht und flink zu bewegen, wie es sein musste, auch wenn das Gelenk stach und biss. Dann setzten die Sänger wieder ein. Obwohl seine Ohren und sein Verstand ihm sagten, dass sie hier ein großartiges Klanggebäude errichteten, konnte Franz sich diesmal nicht dem Zauber des Gesangs überlassen. Er hatte Mühe, seine Stimme sicher auf den Schlusspunkt zu lenken, an dem sich alle trafen.

Der scheppernde Gong zum Essen kam wie eine Erlösung. Franz legte die Laute so hastig beiseite, wie er es sonst nie tat. Ob er morgen lieber mit der Flöte kommen sollte? Schließlich wollte er Alheit die drei Stimmen beibringen, da war es besser, wenn er ihr genau vormachen konnte, was zu tun war.

»Nimm es nicht zu leicht«, warnte Robert.

»Was?«

»Was auch immer dich dazu bringt, den Löffel so vorsichtig anzuheben, als wäre er aus Glas.«

Franz schluckte. Er brauchte sich gar nicht umzusehen, um zu wissen, dass Alheit das Gespräch genau verfolgte.

Robert fuhr fort: »Du hattest vorhin schon Schwierigkeiten mit der Laute, nicht wahr? Nach der Übepause?«

Wider Willen nickte Franz.

»Also, wenn ich wüsste, dass es in der Stadt einen guten Apotheker gibt, würde ich dir eine alkoholische Einreibung mit Geißfuß empfehlen.«

»Eine alkoholische … was ist das?«

»Oh, eine Art, die Essenz von Kräutern zu gewinnen, die hierzulande noch kaum bekannt ist.« Robert grinste, als ob es damit noch eine andere Bewandtnis hätte. »Jenseits der Alpen und der Pyrenäen ist sie aber schon weit verbreitet. Nicht zu vergessen jenseits der Irischen See!« Jetzt lachte er laut heraus.

Franz nickte zu Roberts Vorschlag, als ob er ihn ausführen wollte. Apotheker kosteten vor allem Geld, und morgen früh würde der Schmerz wieder aufhören, genau wie heute. »Ja, wenn es hier einen guten Apotheker gäbe«, seufzte er.

Alheit hielt Burkhard an, der eine neue Kanne Wein auf den Tisch gestellt hatte. »Kannst du uns eine Apotheke in der Stadt empfehlen?«

Der Wirt warf einen schnellen Blick auf Franz. »Die Kettenapotheke am Dom.« Das klang nicht recht überzeugt. »Aber geht vielleicht besser zu den Wilhelmiten im Heilig-Geist-Spital vor der Neuen Pforte.«

»Na, na«, protestierte Robert, »Klostermixturen kann ich hier am Tisch zehn zusammenrühren, ohne dich oder mich zu ruinieren.«

»Wieso? Was verstehst du denn davon?«, fragte Burkhard.

»Mehr als so ein Kuttenbruder auf jeden Fall«, behauptete der Pfeifer. Seine Frau zupfte ihn nachdrücklich am Ärmel. Die misstrauischen Blicke von allen Seiten entlockten ihm dennoch eine Erklärung: »Ich war ein paar Jahre bei einem Apotheker im Dienst, in Heidelberg. Da habe ich mir das eine oder andere abgeschaut.«

»So arm seid ihr doch nicht«, fuhr Robert nach einer unbehaglichen Pause fort. »Geh zum Stadtapotheker, Franz, du brauchst deine Hand noch.«

Aber Franz fürchtete, dass ihn dieser Besuch teuer zu stehen kommen würde. Sein Geld konnte er für andere Zwecke besser gebrauchen. Nach dem Essen lockerte er gründlich seine Hände. Vielleicht ging es ja doch noch gut.

Alheit erinnerte ihn an seinen Vorsatz vom Samstag. »Wolltest du nicht Herrn Heinrich melden, was geschehen ist?«

»Oh ja, das ist wahr.« Er schien es völlig vergessen zu haben. »Ich dachte, er kommt wieder einmal zu uns zum Musizieren. Auf jeden Fall sollte Elbelin dabei sein.«

Dieser schien ihn nicht zu hören. Als Franz ihn direkt ansprach, verzog er unwillig das Gesicht und sah sich im Schankraum um. »Es wird mir nicht viel anderes übrig bleiben«, gab er zu. »Aber du weißt, wie viel geschehen muss, damit ein Spielmann auch nur den Schatten einer Buße erhält?«

»Auch dann, wenn er für den Erzbischof von Trier spielt?«

Elbelin stand der Zweifel ins Gesicht geschrieben. »Das könnte vielleicht helfen. Wenn wir bei diesem Ritter nichts erreichen, schicke ich eine Nachricht an Herrn Balduin.«

»Morgen früh gehen wir zu ihm«, entschied Franz. Insgeheim hoffte er, dass Herr Heinrich sich doch noch im Wilden Mann sehen lassen würde.

Als es wenig später klopfte, trat jedoch ein Fremder ein. Er war klein und mager, braungrau von Kopf bis Fuß. Und allzu fremd war er nicht.

»Werner!« Franz lief ihm entgegen. »Was führt dich hierher?«

Werner antwortete nicht, setzte sich zu den anderen an die Tafel und warf sehnsüchtige Blicke in die leeren Schüsseln. Lene schenkte ihm einen Becher Kräuterwein ein.

»Kannst du den bezahlen?«, fragte Alheit spitz.

Der kleine Mann sackte in sich zusammen.

»Also nicht.«

Es wurde unbehaglich still.

Zu guter Letzt warf Meister Wolfram eine große Silbermünze auf den Tisch. »Was dieser elende Zwerg isst und trinkt, will ich schon noch bezahlen.«

»Danke, Herr«, murmelte Werner mit gesenktem Blick.

»Wolfram Lautenschläger«, ergänzte der Sänger.

Unsicher sah Werner ihn an und griff dabei nach der Münze. »Danke«, wiederholte er. »Gott segne Euch.«

In die Stille hinein begann Marjorie ihre Harfe zu stimmen. Sie zog die Augenbrauen hoch, fast bis zum Rand ihrer Haube, als Katherine ohne zu fragen Gottfrids Rebec aufnahm. Doch der nickte dazu und richtete sich aufs Zuhören ein. Elbelin tat es ihm mit einem breiten Grinsen nach.

Alheit griff zur Flöte, auch wenn sie nicht wusste, ob sie spielen würde. Franz umfasste seine rechte Hand mit der linken. Er wollte sich schließlich zurückhalten.

Dafür streckte Werner die Hand nach der Laute aus. »Ich darf doch?«

»Hast du kein Instrument?«, fuhr Alheit ihn an.

Sein Arm schnellte zurück wie von einer Peitsche getroffen.

Meister Wolfram nahm seine Laute aus dem Kasten und reichte sie Werner mit einer feierlichen Geste. Dieser bedankte sich unterwürfig und machte sich ans Stimmen.

Alheit stellte sich zu Marjorie und Katherine, und die drei spielten eine Folge von Tanzweisen, die sie in der vergangenen Woche gelernt hatten. Robert schaute Alheit mit traurigem Kopfschütteln an, dann versuchte er, sie mit ausgefallenen Verzierungen zu übertönen. Als sie endeten, richteten sich alle Blicke erwartungsvoll auf Werner.

Er fuhr über die Saiten der Laute und begann ein Spottlied über den Niedergang der Grafen von Katzenelnbogen.

Alheit lauschte beeindruckt seiner Stimme. Franz hatte recht; der Kerl mochte ein Jammerlappen und Betrüger sein, dafür aber auch ein großer Sänger. Ihr Mann lächelte zufrieden, als habe er es schon immer gewusst. Lene kicherte über den anzüglichen Text.

»Gib her!« Bei der zweiten Strophe riss Meister Wolfram dem Sänger die Laute aus der Hand. Er hüllte das Instrument in seinen Mantel und schritt hinaus.

»Was war das?«, fragte Werner verwundert.

»Oh, Wolfram hat schon vor Kaisern und Königen gespielt«, erklärte Lene großspurig. »Und zuletzt für die Grafen von Katzenelnbogen«, fügte sie hinzu.

Werner schien noch kleiner zu werden. »Das wusste ich nicht, wirklich. Warum sagt mir das keiner?«

»Komm, trink noch einen«, tröstete Lene. »Das Geld hat er dir ja gelassen.«

Dienstag nach Reminiscere

AM NÄCHSTEN MORGEN, als die anderen ihren Haferbrei aßen, musste Franz wieder sehr vorsichtig mit dem Löffel hantieren. Mehr als einmal verzog er schmerzlich das Gesicht, schließlich versuchte er es mit der Linken. Nach dem Frühstück entschuldigte er sich bei Meister Wolfram.

Dieser sah ihn gequält an. »Dann soll deine Frau zu mir kommen.«

Franz war zu verdutzt, um zu widersprechen oder nachzufragen.

»Nur, solange du nicht spielen kannst«, fügte der Meister hinzu.

»Das werden wir ja sehen!«, murmelte Alheit und lief mit den anderen zum Bärenstall, um ihre Instrumente zu holen.

Obwohl Elbelin nicht bei ihm war, ging Franz zunächst die Kämmerergasse hinauf zum Hof des Herrn von Alzey, um ihm den Zwischenfall vom Freitagabend zu melden. Doch er hatte kein Glück. Der Wächter am Tor beschied ihm, dass Herr Heinrich nicht in der Stadt sei und erst am Abend zurückkehren wolle.

Also machte Franz sich auf zum Heilig-Geist-Spital vor der Neuen Pforte, südlich der Stadt.

Trotz des Sonnenscheins wirkte das Kloster mit seinen hohen Mauern düster, ein Ort zum Sterben. Es widerstrebte Franz, hineinzugehen. Er dachte an die Lieder, die er nicht spielen konnte, und nahm all seinen Mut zusammen. Der Pförtner wies ihn zu einem Nebengebäude an der Ostmauer, umgeben von Beeten, die auf die erste Frühjahrsarbeit warteten.

Ein Bruder Benedikt nahm sich seiner an. Auch wenn die Männer mit ihren geschorenen Köpfen gleich viel älter aussahen, wirkte dieser eher jung.

An der Tür zu seiner engen Werkstatt besah er sich Franz' Handgelenk von allen Seiten und drückte mehrmals auf besonders schmerzende Stellen. Dabei machte er Franz keine Vorhaltungen wegen seines Berufs, riet ihm aber, das Spielen für eine Weile sein zu lassen. »Ich weiß ja, dass es nichts fruchtet, aber sagen muss ich es trotzdem.«

»Wie lange wäre eine Weile?«, fragte Franz.

Bruder Benedikt hob die Schultern. »Drei, vier Tage, höchstens eine Woche. Bis es nicht mehr weh tut.«

Franz grinste. »Das kann schon morgen sein.«

»Hab ich's nicht gesagt?« Der Mönch trat in seinen Arbeitsraum und kam kurz darauf mit einer dunklen Glasflasche zurück. Daraus goss er eine klare, honigfarbene Flüssigkeit in eine Schale, tränkte ein Tuch damit und legte es um Franz' Handgelenk. Es roch scharf und fühlte sich kalt an. Dann wickelte er feste Leinenstreifen darum, der Geruch verschwand, und die Hand wurde wärmer.

»Was ist das?«, fragte Franz.

»Ein alkoholischer Podagraria-Auszug«, erklärte Bruder Benedikt.

Das klang doch ähnlich wie das, was Robert gesagt hatte. Franz versuchte sein Glück: »Habt ihr das aus Venetien?«

Der Mönch nickte zaghaft. »Ich weiß, dass der Apotheker zur Kette selbst brennt. Aber er verdirbt dabei mehr, als er gewinnt.« Er befestigte den Verband mit einem Knoten. Dann füllte er etwas von der Flüssigkeit in einen kleinen Steingutkrug und verschloss ihn sorgfältig. »Hier, das reicht wohl für ein paar Tage. Reib dein Handgelenk morgens und abends damit ein.«

»Was bin ich Euch schuldig, Bruder?« Franz ging nicht mehr auf Benedikts gute Ratschläge ein und zahlte die wenigen Heller. Den Krug wickelte er in die Filzdecke, in der er sonst die Laute trug.

»Aber nicht trinken!«, mahnte Bruder Benedikt noch. »Davon kannst du blind werden.«

Dann machte Franz sich auf den Weg durch die Stadt. Wenn er nicht spielen sollte – und im Augenblick fühlte er sich auch nicht danach –, hatte er Zeit. Er konnte über den Markt streifen und sich die fremdartigen Waren betrachten, die dort angeboten wurden.

Zuerst ging er zum unteren Markt und behielt die Umgebung aufmerksam im Auge. Hier irgendwo hatte er Werner gesehen. Er würde sich gern noch einmal mit ihm treffen, die Abenteuer der letzten Jahre besprechen, den berühmten Wein des Wormsgaus genießen. Alheit hatte Werner gestern heftig abgefertigt, nur gut, dass sie heute nicht dabei war.

Er traf Werner vor dem Stand des Thüringer Schalmeibauers, der seine minderwertige Ware als Arbeit von

Timo Widner ausgab und teuer zu verkaufen suchte. Doch während dort Emich der König Instrumente ausprobierte, bei jedem den Kopf schüttelte und seine riesige Gestalt immer bedrohlicher aufrichtete, stand Werner mit großen Augen abseits. Franz trat neben ihn. »Man könnte hier den ganzen Markt leerkaufen, nicht?«

»Eine Schalmei würde mir schon reichen.« Ein tiefer Seufzer begleitete Werners Antwort.

»Hattest du nicht eine, von Timo Widner?«

»Die ist hin.«

»Und was spielst du jetzt?«

»Psalter.«

»Na, das ist ein Unterschied. Wie bist du denn dazu gekommen?« Franz entfernte sich langsam von dem Stand der Verlockungen und hielt auf ein Weinhaus zu.

Werner folgte ihm zögernd. »Ohne Instrument habe ich eine Weile gebettelt. Dann wollte ein Zisterzienserpater wissen, ob ich überhaupt singen kann …«

Franz lachte auf.

»Ja, eben.« Werner blieb neben der Tür des Weinhauses stehen. »Er hat mich ein paar Messen singen lassen und meinte, ich sollte doch das gottlose Leben aufgeben.«

»Jetzt geh schon hinein.« Franz drängte ihn sanft in Richtung Tür.

»Erlaubt dir dein Drache so etwas?«

»Ach komm, wir müssen doch unser Wiedersehen begießen.«

»Ja, aber einer von uns muss dafür bezahlen.«

»Das mach ich schon. So armselig war die Fastnacht in Mainz nun auch wieder nicht.« Franz betrat die Weinstube.

»Für mich schon«, murmelte Werner, ging aber mit seinem alten Gefährten hinein.

Der bestellte einen heimischen Weißen und forderte Werner auf: »Und jetzt erzähl weiter von deinem Zisterzienser und dem Psalter.«

»Ja, dieser Kantor war schwer enttäuscht, dass ich nicht als Laienbruder bei ihnen schuften wollte, damit ich fünfmal am Tag die Messe singen darf.«

»Aber?«

»Aber er ließ mich dann doch ziehen und schenkte mir für meine Mühen den Psalter. Ein altes Teil, nur die Saiten waren neu und stimmten überhaupt nicht.«

Franz nickte verständnisvoll. »Aber du hast ihn wieder zurechtgemacht.«

»Soweit es ging, ja. Aber er ist einfach sehr leise. Natürlich singe ich dazu, aber draußen auf der Straße …«

»Hast du keinen Gesellen?«

Werner schüttelte den Kopf.

»Und das Fräulein in Prag?«

Mit einer wegwerfenden Handbewegung antwortete Werner: »Die hat andere Gesellschaft gefunden.«

»Und was machst du hier?«

»Psalter spielen.« Werner verzog das Gesicht. »Ich bin in einem Haus voller Sänger, die um die Wette Verse schmieden. Dabei begleite ich sie.«

»Und, hier?« Franz rieb die Finger der rechten Hand aneinander.

»Unterkunft und Verpflegung.«

»Heilige Kümmernis. So kommst du nie zu was.«

»Immerhin war mal ein Bad drin …«

Gedankenverloren starrte Franz an die Decke. »Kannst du keine gebrauchte Schalmei irgendwo bekommen?«

»Und ein gutes Rohr dazu?«

»Ach, ist das alles …«

Eine Weile blickten sie schweigend in ihre Weinbecher. Schließlich fragte Werner: »Und bei dir?«

Franz lächelte unwillkürlich. »Ach, weißt du, wir sind vor, na, ungefähr zwei Jahren mit Herrn Heinrich von Alzey zusammengekommen, der hier im Martinsviertel wohnt. Für den sind wir ab und an auf Reisen, jetzt zahlt er für unseren Unterhalt hier. Ein paar Dutzend Heller für Instrumente hat er uns auch überlassen …«

Werner atmete resigniert ein. »Ja, es ist schon besser, Verbindungen zu einem Herrn zu haben. Meinst du nicht, du könntest deinen Drachen überreden, dass ich mit euch weiterziehe?«

Franz zögerte. Wenn er heute, wo er ein einigermaßen gutes Leben führte, über Werners Flucht mit der Reisekasse lachen konnte, so hatte sie ihn damals doch in arge Schwierigkeiten gebracht. In Amberg hatte er sich seitdem nicht mehr sehen lassen, weil er noch Schulden beim Wirt hatte. Er war froh, dass er Alheit vorschieben konnte.

»Ich werd's versuchen«, sagte er etwas lahm, »aber versprechen kann ich dir nichts.«

Werner sah ihn mitleiderregend an. »Danke.«

Alheit war stolz, nun auch in dieser auserwählten Runde zu spielen. Die anderen schienen über ihre Anwesenheit nicht weiter erstaunt. Dafür berieten sie, wo Israel stecken mochte.

»Vielleicht ist er krank. Er war doch am Samstag auch nicht da«, vermutete Katherine.

»Am Sabbat kommt er natürlich nicht zu uns«, erwiderte Alheit.

Katherine schaute sie verwirrt an.

»In England leben keine Juden«, erklärte ihr Vater. »Ihre Sitten sind dort wenig bekannt.«

»Glückliche Insel«, murmelte Gottfrid. Elbelin und er tauschten einen verschwörerischen Blick.

»Der Jude wird heute nicht kommen«, sagte Meister Wolfram, als ob er nicht weiter darauf eingehen wollte. »Lasst uns noch einmal die Motette von gestern spielen.«

Alheit schloss sich Marjories Stimme an, doch ihr Lehrmeister war damit nicht zufrieden. Sie sollte Tamas begleiten. Mit einem zweifelnden Blick auf ihren neuen Gesellen versuchte Alheit, sich auf diese Stimme einzustellen. Die Flöte klang viel höher als die Fidel des Ungarn. Außerdem schienen alle Grifflöcher von ihren Plätzen verrutscht, und die Töne kamen nicht in der Reihenfolge, die Alheit gestern gelernt hatte. Sie mussten mehrmals neu ansetzen, bis die Melodie ins Fließen kam. Dass Robert immer, wenn er Gelegenheit hatte, hämisch herübergrinste, machte die Sache nicht leichter.

Kaum hatte Meister Wolfram seine Schüler zum Üben geschickt, da verließen Elbelin und Gottfrid den Hof.

»Wo wollt ihr hin?«, rief Robert ihnen nach.

»Spazieren gehen«, antwortete der eine, »Israel holen«, der andere.

»Faules Pack«, schimpfte der Meister. »Als ob die es nicht nötig hätten.« Missmutig zog er sich in sein Quartier hinter den Vorhang im Kaminzimmer zurück.

Elbelin und Gottfrid liefen inzwischen die Kämmerergasse hinunter, als ob sie dort, am Nordostende der Stadt, eine besondere Freude erwartete. In der Tat hörten sie bald Musik und fröhlichen Lärm, der umso lauter wurde, je näher sie der Judengasse kamen. Doch ehe sie die Quelle dieser Klänge erreicht hatten, wurden sie von einem Wächter mit der Hellebarde aufgehalten. »Bleibt da weg«, gebot er. »Gute Christen haben beim Gelage der Juden nichts verloren.«

Elbelin wies auf Gottfrids Schalmei. »Wir sind Spielleute und …«

Der Wächter schob sie mit dem Schaft der Hellebarde zurück. »Ich weiß, anscheinend besteht gerade die ganze Stadt aus euch Lumpenpack. Aber hier kommt keiner von euch vorbei. In den Fasten wird nicht zum Tanz aufgespielt.«

Gottfrid und Elbelin sahen einander an. »Dort ist doch Musik«, wandte Gottfrid ein.

»Dann brauchen sie euch auch nicht.« Der Wächter trat einen weiteren Schritt nach vorn.

»Aber wir brauchen das Geld.« Elbelin schaute ihn kläglich flehend an.

»Verschwindet.«

»Hartherziger Hund«, murmelte Elbelin, gerade so laut, dass der Wächter ihn noch hören konnte. Dann zogen die beiden ohne weitere Widerworte davon.

Als sie den Wilden Mann erreichten, blieb ihnen nur noch wenig Zeit, das Stück einmal zu spielen, das sie hätten üben sollen.

»Und, wo ist Israel?«, fragte Alheit.

Gottfrid zuckte die Schultern. »Oh, die Juden feiern ein großes Gelage«, erklärte Elbelin. »Da wird er wohl dabei sein.«

»Ein Gelage? Wieso das?«, wollte Katherine wissen.

»Das tun sie immer um diese Jahreszeit«, erklärte Alheit. Auf diesen Gedanken hätte sie schon früher kommen können. »Das ist so ähnlich wie die Fastnacht für uns Christen.«

Franz wanderte noch eine Weile durch die Stadt. Fröhlicher Lärm lockte ihn nach Norden, zur Judengasse. Zwar verwehrten ihm Wächter, die das Lilienwappen der Herren von Dalberg trugen, den Zugang, aber er blieb in der Nähe und hörte der ausgelassenen Feier zu. Ein paar Melodiefetzen setzen sich in seinem Kopf fest, die er im Lauf des Sommers sicher brauchen konnte.

Erst spät am Nachmittag kehrte er in den Wilden Mann zurück. Aus dem Schankraum hörte er keine Musik mehr. Vorsichtig ging er hinein, gerade rechtzeitig zu Meister Wolframs abschließendem Spruch:

»Singt dem Herrn ein neues Lied, singt dem Herrn alle Welt. Amen.«

Aus der Küche drangen bereits verführerische Düfte, Klaus mit dem Kessel und der Kelle konnte nicht mehr weit sein.

Elbelin und Gottfrid begannen eine fingierte Rauferei. Das lange Stillsitzen behagte ihnen nicht. Kopfschüttelnd blieb Meister Wolfram eine Weile bei ihnen stehen, als wagte er nicht vorbeizugehen. Doch dann bückte er sich steif, um etwas vom Boden aufzuheben, und verließ den Raum.

Tamas tastete seinen Gürtel ab. »Wo ist mein Schlüssel?«, fragte er ins Leere und durchsuchte seine Beutel, dann die Lederhülle für die Fidel.

»Was suchst du?«, fragte Franz.

»Schlüssel für Stall. Bär muss tanzen.«

Franz schluckte. Es behagte ihm gar nicht, dass ausgerechnet dieser Schlüssel verschwunden war. »Hat ihn vielleicht Lene?«

Tamas zuckte die Achseln. »Lene nicht da. Hat Bär gefüttert heute Morgen.«

»Komm, wir schauen in unserem Schlafraum nach.« Ein unruhiger Bär hinter einer dünnen Holztür war Franz noch unheimlicher als der Schlüssel zu dieser Tür in den falschen Händen. Er ging dem Ungarn eilig voran die Treppe hinauf. Dann zögerte er jedoch, dessen Bündel zu durchwühlen.

Tamas kam in gemächlicherem Schritt herein und griff zielsicher in den linken Stiefel, der neben Lenes Lager stand. Breit grinsend hob er den Schlüssel hoch. »Lene macht immer, wenn ich finden muss.« Er summte das zuletzt gelernte Lied vor sich hin und ging hinunter in den Stall.

Franz hatte keine Eile, ihm zu folgen. Von draußen hörte er Robert über den Hof rufen: »Und, wo war er?«

»Linke Schuh von Lene«, antwortete Tamas fröhlich.

Franz lauschte, ob er die Stalltür gehen hörte. Vielleicht wartete er lieber, bis Alheit ihn zum Essen holte. Die jungen Leute verspotteten ihn immer, weil er sich vor dem Bären fürchtete, mit dem es sogar die zierliche Lene aufnahm. Aber Franz konnte nicht dagegen an, er war Spielmann und kein Jäger. Es war sein Stolz, dass die Leute wegen seiner Musik zusammenliefen, nicht, weil er ein possierliches oder gefährliches Tier mit sich führte.

Mittwoch nach Reminiscere – St. Matthias' Tag

Der Bär lag auf seiner Streu und schlief, auf der Seite zusammengerollt fast wie ein Mensch.

Langsam und leise öffnete sich die Stalltür. Ein menschlicher Schatten schlich sich an das Tier heran, das ihm den Rücken zuwandte. Er tastete mit der rechten Hand nach dem Halsband des Bären. Der brummte schläfrig und schlug mit dem Kopf. Der Schatten zuckte zurück, doch der Bär regte sich nicht mehr. Da griff er wieder zu, Metall klickte leise auf Metall. Noch immer lag der Bär friedlich im Schlaf.

Der Schatten zog sich lautlos zur Tür zurück. Dort nahm er ein Werkzeug aus dem Gürtel, hob es auf Augenhöhe und zielte auf die dunkle Masse im Stroh. Ein Stein flog aus der Schleuder, gleich darauf brummte der Bär und kam auf die Beine. Er witterte und lief in Richtung Tür.

Der Schatten eilte rückwärts davon und schoss ein zweites Mal. Der Bär brummte wieder und verfolgte ihn. Doch im Hof traf ihn ein anderes Geschoss. Er stellte sich auf die Hinterbeine, brüllte und schlug blindlings zu. Als er nichts erwischte, galoppierte er zum Tor, das weit offen stand.

Aus dem Raum im Obergeschoss kam Lene gelaufen, nackt, wie sie zu Bett gegangen war. Gleich hinter ihr folgte ihr Mann mit ebenso wenig Stoff am Leib.

»Mackó«, rief er und versuchte, an Lene vorbeizukommen.

Die beiden hatten gerade die offene Stalltür erreicht – Tamas fluchte auf Ungarisch – da kam das nächste Paar im Hemd die Treppe herunter. Alheit und Franz trugen Laternen.

»Der Bär ist weg«, sagte Lene atemlos. »Jemand hat die Tür aufgemacht.«

»Wer hat denn den Schlüssel?«, fragte Alheit gleich dagegen.

»Der Ungar.«

»Sonst niemand?«

Lene schüttelte den Kopf.

Alheit hob ihre Laterne zum Riegel an der Stalltür und dem Schloss, das ihn sichern sollte. »Es ist noch ganz. Jemand hat aufgeschlossen.«

Franz war mit Tamas in den Stall gegangen. Vor lauter Aufregung konnte der Ungar nur seine Muttersprache sprechen. Gestikulierend redete er auf die Wände ein und hob vorwurfsvoll das leere Ende der Kette hoch.

»Komm, zieh dir erst etwas an«, mahnte Franz. »So kannst du ihn nicht suchen.« Er fasste den Fidler an der Schulter und schob ihn zur Stalltür.

Doch der bückte sich und begann im Stroh zu wühlen. Franz zog ihn wieder hoch. »Nicht, lass alles liegen. Wir sehen genau nach, wenn es hell ist.«

Jetzt gab Tamas nach. Als er das offene Hoftor sah, ließ er sich überzeugen, dass er besser bekleidet hinter dem Flüchtigen herlaufen sollte.

Dolf der Fischerbursche traute seinen Augen kaum. Das zottige braune Tier, das die Straße herunter auf ihn zu trottete, war kein großer Hund, auch kein unförmiges Maultier, sondern ein wirklicher und wahrhaftiger Bär.

»Heiliger Korbinian, steh uns bei!« Er schlug das Kreuz und rannte ins Haus. »Meister! Meister! Ein Bär! Draußen auf der Straße!«

Der Meister jedoch hob nur einmal kurz den Kopf von der Waschschüssel. »Ich habe genug von deinen Ausreden, Dolf! An welchen Straßenköter hast du den Fisch verfüttert?«

Wütend trat Dolf gegen den Tisch, auf dem die Schüssel stand. Der Meister schlug ihm kurzerhand den nassen Lappen um die Ohren.

»Was ist denn hier wieder los?« Die Meisterin kam aus der Küche gelaufen.

Draußen auf der Straße schrie ein Kind.

»Nickel!« Dolf stürmte wieder hinaus.

»Hast du ihn wieder allein hinauslaufen lassen?«, fragte der Fischer ungehalten seine Frau.

»Die Anna ist bei ihm, und in der Küche kann ich ihn nicht brauchen.« Die Fischerin kehrte dorthin zurück.

Das Geschrei auf der Straße hatte sich inzwischen um eine Frauenstimme vermehrt. Nun fand es der Fischer doch angezeigt, einmal nachzuschauen.

An der Tür zur allgemeinen Räucherkammer draußen auf dem Platz stand ein zottiges braunes Wesen und hieb auf das Holz ein. Es würde nicht mehr lange standhalten. Die Magd mit dem kleinen Nickel auf dem Arm wagte es nicht, an dem Vieh vorbei ins Haus zu flüchten.

Auf der anderen Seite hüpfte Dolf herum, schrie »He,

Bär, ho!« und warf Steine nach ihm, doch das Tier ließ sich nicht ablenken.

»Pass auf, dass er mir nicht an die Aale geht!«, rief der Meister dem Knecht zu, aber Dolf schien ihn gar nicht zu hören.

Nachbarn, deren Ware ebenfalls in der Kammer hing, liefen herbei und stimmten in das Wehgeschrei des Fischers ein.

Der Bär hatte indessen sein Ziel erreicht. Die Tür splitterte unter seinen Pranken, als er den ersten Spalt so lange erweiterte, bis sein Kopf hineinpasste.

»Jetzt lauf, Anna!«, schrie Dolf.

Die Magd warf noch einen zweifelnden Blick auf das langhaarige Hinterteil und rannte ins Haus.

»Ich hab dir doch gesagt, du sollst das Vieh von den Aalen fernhalten!« Der Meister stieß Dolf fast zu Boden, als er an ihm vorbeistürmte. »Das zieh ich dir vom Lohn ab!«

Dolf lief auf die Rückseite der Räucherkammer, zur Feuerung. Er schob Späne und Holz hinein, dann eilte er mit einem Span in die Küche und entzündete ihn am Feuer unter dem Kessel.

»Dolf!«, schrie die Meisterin hinter ihm her. »Jesus, Maria, kannst du einmal machen, was man dir sagt?«

»Gleich«, murmelte Dolf in das Feuerloch und legte den brennenden Span hinein. Jetzt war es Zeit, ins Haus zu gehen und die Türen zu schließen.

»Die Anna sagt, da draußen wäre ein Bär«, empfing ihn die Meisterin.

»Stimmt«, antwortete Dolf. Nickel kaute inzwischen

friedlich auf seinem Zulp, Anna lehnte blass und schwer atmend an der Wand.

»Wo ist der Herr?«, fragte die Meisterin weiter.

»Ich weiß es nicht. Er hat mich fast über den Haufen gerannt, dann ist er weiter zur Stadt hinaus.«

»Und der Bär?«

»War in der Räucherkammer. Ich habe Feuer gemacht.«

»Lieber Gott.«

Der Fischer lief eilends zur Pfauenpforte und alarmierte dort die Wächter. Das wollte er jedenfalls, doch die Bewaffneten sahen ihn ebenso ungläubig an wie er zuvor Dolf.

»Das wird ein großer Hund gewesen sein, Meister Fischer«, sagte der Wortführer. Er gehörte zu den Metzgern vom oberen Markt, die nahmen die Fischer sowieso nicht für voll.

»Ein Hund, der auf den Hinterbeinen steht und die Tür einschlägt? Jetzt macht endlich, das Vieh frisst uns die Räucherkammer leer.«

Noch immer schienen die Männer zu zweifeln. Vielleicht wollten sie auch nur ihre Wachstube mit dem Feuer im Kamin und dem Weinkrug nicht verlassen.

»Ich schick euch jeden Tag den Burschen mit gerauchtem Aal vorbei.«

Das zeigte Wirkung. Die drei Wächter deuteten den Jüngsten von ihnen aus, den Ritter Heinrich von Alzey zu holen. Wenn die Stadt ihn schon dafür bezahlte, dass er ihr in Waffen beistand, konnte er auch im Namen der Bürger auf die Jagd gehen.

Wilhelm Fischer atmete auf.

»Da, trinkt einen Wein auf den Schrecken.« Der, den Meister Wilhelm als Metzger erkannt hatte, nahm den Krug heraus und füllte die Becher.

Meister Wilhelm leerte schon den zweiten Becher, als der Wächter mit dem Ritter wiederkam. Dieser hatte sich wohl gerüstet. Auf seinem Wappenrock prangte eine Laute. Er trug eine Armbrust auf dem Rücken, zwei Knechte mit starken Spießen folgten ihm. Vor ihren Füßen lief ein halbes Dutzend Hunde durcheinander.

Doch als Wilhelm Fischer und die Jäger den Fischmarkt erreichten, war der Bär bereits verschwunden. Rauch quoll aus der zerstörten Tür der Räucherkammer.

»Was ist da los?«, fragte der Fischer ins Blaue hinein.

»Da hat jemand einen guten Gedanken gehabt«, erwiderte Herr Heinrich. Er ging zur Räucherkammer, betrachtete das zersplitterte Holz und die Spuren im Schlamm des Hofes. Die Hunde wedelten aufgeregt mit den Schwänzen und gaben Laut. Sie zerrten an den Leinen in Richtung Stadt.

Der Jäger nickte seinen Knechten zu, und sie folgten der bellenden Meute die Gasse hinauf. In den Höfen winselten Hunde, Kinder weinten, und die Erwachsenen riefen aus den Fenstern im ersten Stock: »Ein Bär! Dort entlang!« Dabei deuteten sie in unterschiedliche Richtungen und erhoben noch lauteres Geschrei, weil der Jäger lieber seinen Hunden folgte als den Fingerzeigen der Zuschauer.

Der Bär hielt auf das Paulusstift und die Rupertikirche zu. Natürlich weiter den Fischmarkt hinauf und dorthin, wo viele Leute umherliefen. Der Jäger winkte seinen Knechten, sich zu beeilen. Noch hatte das Tier keinen ernsten Schaden angerichtet, es schien die Menschen, die vor ihm flüchteten, gar nicht zu bemerken. Es trabte stetig auf den Torturm an der Rheinseite zu.

Dort blockierte ein Fuhrwerk den Durchgang. Das schwere Zugpferd scheute und bäumte sich auf. Der Bär erhob sich auf die Hinterbeine und schlug nach dem Pferd. Dieses wollte zur Seite ausbrechen, fand aber keinen Platz.

Die Torwächter rannten mit ihren langen Spießen herbei und kreisten den Bären ein. Das Tier hieb noch einmal nach dem Pferd, schlug aber nur die Deichsel des Fuhrwerks entzwei. Das Pferd nutzte die neue Bewegungsfreiheit und keilte aus.

Mit wütendem Gebell jagten die Hunde heran. Der Bär wandte sich ihnen zu und hieb den ersten, der ihn ansprang, zu Boden.

Ein Armbrustbolzen fuhr ihm in die Brust. Der Bär sackte auf alle viere und griff die Verfolger an. Die Hunde bissen sich in seine Flanken, die Spieße der Torwächter stachelten ihn weiter auf. Doch Herr Heinrich hatte gut gezielt. Die Bewegungen des Tieres wurden immer ungelenker und langsamer. Nun rammte er ihm den ersten Speer in den Hals. Ein Blutstrom schoss hervor, der Bär schlug in einem letzten zornigen Angriff einen weiteren Hund nieder, trabte einige Schritte auf den Waffenknecht zu, der die Armbrust lud, und fiel dann hin.

Der Fuhrmann sprang triumphierend von seinem Bock. »Der heiligen Jungfrau sei Lob und Dank! Aber was macht so eine Bestie hier in der Stadt?«

»Das wüsste ich auch gern«, erwiderte Herr Heinrich. Er musste nicht lange auf eine Antwort warten.

Die Spielleute liefen die Hahngasse hinunter zum Fischmarkt. Dort würden sie den flüchtigen Bären sicher antreffen. Noch bevor sie die Gasse mit den geschlossenen Fischbuden erreichten, schien es, als habe Lene sich abgesetzt, um ihren eigenen Geschäften nachzugehen. Doch sie hatte sich nur gebückt, richtete sich schnell wieder auf und kam hinter den anderen her. Alheit glaubte, einen boshaften Glanz in ihren Augen zu entdecken.

Auf dem Fischmarkt standen trotz der Arbeitsruhe zu Ehren des Apostels Matthias Grüppchen beisammen und redeten aufgeregt durcheinander. Alheit brauchte nicht nach dem Weg zu fragen. Der Bär und sein Fluchtweg waren in aller Munde. Ohnehin war es besser, nicht verlauten zu lassen, dass das Tier zu ihnen gehörte.

Sie waren noch nicht weit in die Richtung gegangen, in die alle eifrigen Erzähler deuteten, da hörten sie Geschrei beim großen Stadttor. Das erregte Bellen der Jagdhunde ließ nichts Gutes ahnen. Alheit lief der kleinen Gruppe voran. Überall standen Menschen im

Weg, die Vermutungen austauschten, was die Unruhe zu bedeuten habe. Andere drängten in die Richtung, aus der der Lärm erklang, um es mit eigenen Augen zu sehen. So kam es, dass der Platzmeister – im langen, dunkelgrünen Feiertagskleid und begleitet von zwei Waffenknechten – fast gleichzeitig mit den Spielleuten am Torturm anlangte.

Der Bär lag in seinem Blut auf der Straße. Die Hunde zerrten an den Leinen, aber ihr blutiges Werk war vollbracht. Die Jäger hielten sie zurück.

Tamas liefen dic Tränen über das Gesicht. Lene klammerte sich an ihn und verfluchte alle Umstehenden.

»Das ist ja Franz!«, rief Herr Heinrich verwundert. »Aber dir gehört der Bär doch nicht.«

»Nein, Herr.« Er schob Tamas nach vorn. »Dieser ist der Bärenführer.«

Der Platzmeister nahm ihn sogleich ins Verhör. »Wie heißt du?«

Leise nannte Tamas seinen Namen.

»Woher kommst du?«

»Szegedin.«

»Das liegt in Ungarn, nicht wahr?«, fuhr der Platzmeister fort. »Wie kommst du hierher?«

»War in Aachen.«

»Und den Bären hast du die ganze Zeit mit dir geführt? Wie lange?«

Tamas antwortete nicht gleich, sondern schaute Lene an. Sie flüsterte ihm etwas zu. »Ein Jahr«, sagte er dann.

Der Platzmeister hielt den Blick starr auf Tamas

gerichtet. »Und bisher ist der Bär fromm an seiner Kette geblieben?«

Wieder flüsterte Lene ihrem Mann etwas zu. Er nickte.

»Jemand hat die Kette gelöst«, ergänzte Lene. Der Platzmeister nahm ihren Einwurf nicht zur Kenntnis, sondern schaute Tamas an, als warte er auf eine weitere Erklärung.

»Kann es nicht sein, dass der Bär sich losgerissen hat?«, fragte Herr Heinrich an seiner Stelle.

»Kommt mit und schaut es euch an«, fauchte Lene. Herr Heinrich nickte.

Da der Platzmeister immer noch tat, als gäbe es Lene gar nicht, wiederholte Alheit die Aufforderung: »Kommt mit uns in den Wilden Mann, Herr. Der Bär wurde nicht durch die Unachtsamkeit seines Besitzers freigelassen, sondern mit Absicht. Jemand will uns schaden.«

»Macht das unter euch aus«, schnitt der Platzmeister ihr das Wort ab. »Gebt Meister Wilhelm Fischer und dem Fuhrmann jeweils zehn Heller für ihren Schaden, zahlt den Jägern jedem einen Heller und ersetzt dem Herrn von Alzey seine Hunde. Dann will ich vom Wilden Mann nichts mehr hören.«

»Nein, nein, das ist nicht nötig«, wehrte Herr Heinrich sogleich ab. »Wer auf Bärenjagd geht, läuft immer Gefahr, seine Hunde zu verlieren.«

Zugleich schrie Lene: »Was? Man bringt uns um unser Eigentum, und wir sollen noch dafür bezahlen?«

»Schweig!«, fuhr sie einer der städtischen Waffenknechte an und stieß sie mit der Stange der Hellebarde weg.

»Ich komme mit euch«, sagte Herr Heinrich begütigend. »Ich will genau wissen, wie dieses Tier in die Stadt gekommen ist.«

Er winkte einem seiner Knechte, ihn zu begleiten. Der andere machte sich mit dem Fuhrmann daran, den Bären wegzuschaffen.

Tamas sah ihm mit großen Augen zu. Er schien nicht zu bemerken, dass Franz auf ihn einredete und versuchte, ihn zum Heimgehen zu bewegen.

Herr Heinrich und sein Jagdknecht waren ihnen schon weit voraus. Erst vor dem Tor der Herberge sammelte sich die Gruppe wieder und trat gemeinsam ein. Im Hof herrschte Ruhe, nur aus der Gaststube klang leise Musik.

Lene ging mit wiegenden Hüften voran in Richtung Stall. Herr Heinrich folgte ihr. Stirnrunzelnd prüfte er das Schloss. »Seid ihr sicher, dass sich niemand daran zu schaffen gemacht hat?«

Alheit trat neben ihn. Nun, bei Tageslicht, entdeckte sie die Kratzspuren, die im Morgengrauen nicht zu sehen gewesen waren. »Aber er hat kein Glück gehabt«, stellte sie fest, »bis er mit dem Schlüssel wiedergekommen ist.«

»Und wo hat er den her?«

»Aus Lenes Schuh.«

Auf den misstrauischen Blick des Ritters keifte Lene: »Na und? Glaubt ihr, ich bringe meinen Mann selbst um sein Handwerkszeug? Jetzt kommt endlich herein.«

Im Stall reichte Lene Herrn Heinrich die Kette. Er betrachtete den Knebelverschluss genau von allen Seiten. Nein, die Kette war nirgends gebrochen, jemand hatte den Verschluss mit geschickten Fingern geöffnet.

Draußen vor der Stalltür kniete Alheit nieder. Ihr war ein dunkler Fleck aufgefallen. »Ist das hier nicht Blut?«, fragte sie und hob etwas feuchte Erde auf. Ihre Finger färbten sich rot.

Herr Heinrich war sogleich bei ihr. »Bär oder Mensch?«, fragte er.

Alheit roch an ihrem Fund. »Bär, nehme ich an. Aber es gibt hier bestimmt einen gelehrten Medicus, der das genauer sagen kann.«

»Ich fürchte nur, der Stadtarzt wird sich damit nicht befassen«, erwiderte der Ritter. »Dafür sorgt schon der Herr zum Rad.«

»Wenn jemand den Bären losgemacht und verletzt hat, ist er für den Schaden verantwortlich, nicht Tamas«, erklärte Alheit. »Er hat sein Tier sicher untergebracht und gut versorgt.«

»Und wer sollte das gewesen sein?«

»Vielleicht derjenige, der Elbelins Dudelsack zerstört hat.«

»Was? Das musst du mir genauer erzählen. Burkhard wird wohl ein warmes Zimmer und etwas zu trinken für uns haben.«

Nachdem der Wirt das Verlangte beschafft hatte und sie bei Kräuterwein am Kamin saßen, erzählten Alheit und Franz, was sich bisher zugetragen hatte.

Herr Heinrich strich sich übers Kinn. »Wollt ihr

damit sagen, dass es jemand auf euch Spielleute abgesehen hat?«

»Scheint es nicht so?«, fragte Alheit dagegen.

Doch Lene war mit dieser Erklärung nicht zufrieden. »Vielleicht will auch jemand Unfrieden unter uns stiften«, sagte sie böse.

Der Ritter schaute sie an. »Einer von euren Leuten, meinst du?«, fragte er, als ob er sie nicht recht verstanden hätte.

Alheit wollte widersprechen, doch Lene war schneller. »Ja, das meine ich. Einer, der sich für so viel besser als die anderen hält, und doch seinen Gefährten …«

Herr Heinrich unterbrach sie. »Dann kann ich euch nicht helfen. Macht das unter euch aus, wie Platzmeister Friedrich gesagt hat. Wenn aber ein Fremder hier eingedrungen ist, wird er sich wohl oder übel darum kümmern müssen.« Er trank noch einen Schluck Wein. »Könnt ihr bezahlen, was er von euch verlangt?«

»Was sollen wir bezahlen?«, fragte Robert Piper, der mit seiner Familie in der Tür stand. Bei diesen Worten drängte sich auch Meister Wolfram heran.

Alheit wiederholte mit lauter Stimme die Entscheidung des Platzmeisters.

»Was soll das für ein Recht sein?«, brauste Wolfram auf. »Wir alle sollen für die Nachlässigkeit eines Einzelnen aufkommen? Ich will damit nichts zu tun haben. Ich stehe im Dienst des Grafen von Katzenelnbogen, ich bin kein fahrender Lump, mit dem Ihr umspringen könnt, wie Ihr wollt.«

»Katzenelnbogen?«, fragte Herr Heinrich. »Das ist

aber schon ein Weilchen her. Als ich Herrn Eberhard zum letzten Mal getroffen habe, waren Zwillingsbrüder aus der Gascogne bei ihm.«

Darauf erwiderte Wolfram nur noch einen finsteren Blick.

»Aber wenn ihr das Geld nicht zusammenbringt, gebt mir Bescheid«, fuhr der Ritter fort, »dann rede ich noch einmal mit dem Herrn zum Rad, notfalls mit dem Stadtrat.« Er schaute in die Runde. »Fehlen hier nicht zwei? Ach ja, sie sind natürlich im Paulusstift, um den Tag des Apostels Matthias würdig zu feiern.«

Wolfram schnaubte.

»Und wo geht ihr zur Messe?«, fragte Herr Heinrich, »bei den Franziskanern?«

Robert nickte.

Der Ritter lieh sich die saubere Cotte von Franz und führte sein buntes Gefolge stolz zur Kirche. Als Letzter schloss Tamas sich ihnen an.

Nach dem Gottesdienst verabschiedete sich Herr Heinrich von den Spielleuten. Mit leisem Misstrauen schaute Alheit ihm nach, als er mit ihrem besten Kleidungsstück davonging. Wenn er sich nun wieder tagelang nicht sehen ließ?

Wenige Augenblicke später stieß Werner zu der Gruppe. Alheit gab sich Mühe, ihn nicht zu beachten. Sie wollte diesen Menschen nicht als neuen Reisegefährten haben. Unwillkürlich hielt sie nach Elbelin Ausschau. Ja, wenn Gottfrid und er sich ihnen anschließen wollten, das wäre etwas anderes. Aber diese beiden hatten ihre eigenen Pläne, die zu hoch waren für Alheit und Franz. Sie beschloss, weiter auf dem Markt und in der Kirche die Augen offenzuhalten. Vielleicht entdeckte sie noch einen geschickten Spielmann oder Gaukler.

»Die Instrumentenbauer hier sind nicht unbedingt die erste Riege«, hörte sie einen hageren, dunkelhaarigen Spielmann zu Marjorie und Robert sagen. Ohne es zu merken, hatte Alheit zu der Gruppe aufgeschlossen.

»Seien wir ehrlich«, antwortete Robert, »wir spielen auch nicht alle an Fürstenhöfen.«

»Aber doch einige«, wandte Marjorie ein.

Alheit ließ sich wieder zurückfallen. Trotz allem schien es ihr wichtiger zu hören, was Franz und Werner zu bereden hatten.

»Ja, Emich hat vielleicht eine Stelle für mich«, sagte Werner gerade. Alheit hätte das für eine gute Nachricht gehalten, doch seine Stimme klang vorwurfsvoll. »Als Schalmeispieler.«

»Das ist doch das Richtige für dich«, ermunterte ihn Franz.

»Mag sein, aber ich habe kein Instrument.«

»Kann das nicht dein neuer Herr kaufen?«

Keine Antwort. Vielleicht schüttelte er den Kopf.

»Oder hol dir eine gebrauchte.«

Jetzt sagte er wohl etwas, das Alheit jedoch nicht verstand. ›Zu teuer‹, vermutete sie.

»Warst du schon bei Johann Schure?«, fragte Franz. »Ich habe gehört, er lässt sich auf recht großzügige Zahlungsbedingungen ein.«

»Für mich nicht.«

Alheit hatte große Lust, den Mann mit Fußtritten und bösen Worten davonzujagen. Wenn er noch ein wenig jammerte, würde Franz ihm ihre Schalmei schenken. Aber noch war es nicht so weit.

»Dann komm jetzt erst einmal mit in den Wilden Mann, iss und trink mit uns. Vielleicht fällt uns noch etwas ein.«

»Danke.« Das klang, als hätte man ihn gerade vor dem Galgen gerettet.

Die Gruppe bog in die Färbergasse ein und betrat den Hof der Herberge. Gerade waren Elbelin und Gottfrid vom Paulusstift zurückgekehrt.

Werner nahm still einen Platz am Tisch ein. Elbelin begrüßte ihn dafür umso lauter. »Oh, Werner ist wieder da. Bleibst du jetzt bei uns, bis es nach Frankfurt geht?«

»Nein, nein«, versicherte Werner, »ich bin nur heute zu Gast.«

Diesmal musste Werner ausführlicher erzählen, welches Instrument er spielte, wo er schon aufgetreten war, mit wem er die letzten Wochen verbracht hatte. Immer waren es seltsame Unglücksfälle, die ihn sein Instrument kosteten oder ihn zwangen, sich von seinen Reisegefährten zu trennen.

Gottfrid stellte sich als Schalmeispieler vor. Ein vorsichtiges Lächeln erschien auf Werners Gesicht. »Wärst du bereit, mir dein Instrument zu verkaufen?«

Gottfrid schüttelte den Kopf. »Ich wollte mich zwar neu eindecken, aber …«

»… uns ist etwas dazwischengekommen«, unterbrach ihn Elbelin. »Ich muss die 300 Heller von unserem Herrn Erzbischof für einen neuen Dudelsack ausgeben.«

»Ach so. Ah ja«, stammelte Werner. »Schade.« Er schluckte und rang sich zu der Frage durch: »Hast du schon einen gefunden?«

Elbelin wurde rot. »Ich schaue morgen noch einmal.«

»Warum denn nicht?«, zischte Gottfrid. »Johann wird dich schon nicht fressen.«

»Ich sage doch, ich gehe morgen«, verteidigte sich Elbelin.

»Johann Schure verdient nicht schlecht hier«, warf Werner ein. »Jeder, der überhaupt Geld hat, kauft bei ihm.«

Elbelin und Gottfrid schauten sich an. »Nun ja«, begann Elbelin langsam, »seine Dudelsäcke sind auch nicht die schlechtesten.«

»Meine Schalmei hat er auch gebaut«, ergänzte Gottfrid. »Timo Widner ist natürlich besser. Wenn wir also eines Tages nach Thüringen kommen …«

Werner nickte und seufzte tief. »Meine war auch von Timo Widner.«

Alheit musste sich eingestehen, dass sie nicht wusste, wer ihre Schalmei gebaut hatte. Franz hatte es bestimmt schon ein paarmal erwähnt, aber Namen ohne Gesichter dazu blieben ihr nicht im Gedächtnis.

Irgendwie gelang es Werner, zwischen seinen langen Klagen einen großen Teil der gebratenen Fische auf sein Stück Brot zu ziehen und zu verzehren. Die anderen mussten sich beeilen, wenn sie etwas davon abhaben wollten. Auch dem Kräuterwein sprach er reichlich zu.

»Habt ihr von dem Aufruhr auf dem Fischmarkt heute Morgen gehört?«, begann er arglos ein neues Gespräch. »In der Kirche haben sie gesagt, da wäre ein Bär los gewesen.«

Betretenes Schweigen war die Antwort.

»Von mir seht ihr keinen Heller«, polterte Meister Wolfram übergangslos.

Robert hob abwehrend die Hände. »Lass uns nicht heute darüber reden. Morgen, wenn wir noch einmal geschlafen und uns bedacht haben.«

»Ich werde mich nicht anders besinnen«, erwiderte Wolfram.

»Aber andere vielleicht«, wandte Marjorie ein und begann zu spielen. Das zeigte Wirkung. Andere schlossen sich ihr an, das Gespräch war beendet.

Alheit erschien die Zeit viel zu kurz, bis Elbelin und Gottfrid wieder zum Paulusstift aufbrachen. Die anderen verabschiedeten sie und spielten und tanzten weiter, wie jeden Abend.

Werner saß mit leidendem Gesicht dabei und erinnerte an seine vergangenen, besseren Zeiten. Noch elender sah Tamas aus, der stumm am Kamin saß und einen Becher Wein nach dem anderen trank, bis ihm die Augen zufielen. Lene dagegen versuchte, möglichst viele Gefährten zu bewegen, sich an der Zahlung des Bußgeldes zu beteiligen.

Alheit spielte die eine oder andere Melodie auf der Flöte mit. Zu ihrer Überraschung gelang ihr das recht gut. Dennoch würde ihre Abwesenheit kaum auffallen. Als ihr alle gut beschäftigt erschienen, schlüpfte sie über den Hof in den verwaisten Bärenstall. Er war nun nicht mehr abgeschlossen, das Schloss hing offen am Riegel. Alheit schob die Streu beiseite und stellte ihre Laterne auf den freien Platz.

Von der hinteren Wand her wendete sie die Streu um, eine Handbreit nach der anderen. Ausgemistet hatte heute offenbar noch niemand.

Etwa auf der Höhe, wo die leere Kette von der Wand hing, entdeckte sie, was sie suchte – einen glatten, taubeneigroßen Rheinkiesel. Sie atmete auf.

»War das wirklich nötig?«, fragte eine Stimme von draußen. Alheit war nicht sicher, wem sie gehörte. Wer die Antwort gab, war ihr dagegen auf der Stelle klar, und es fühlte sich an wie ein Tritt in den Bauch.

»Ich wollte das Vieh nur vertreiben«, widersprach Elbelin. »Wie soll ich wissen, dass es in der halben Stadt Flurschaden anrichtet?«

Alheit löschte ihre Laterne und zog sich in die dunkelste Ecke des Stalls zurück.

»Es ist eben ein Vieh, ein Raubtier dazu.« Das musste dann wohl Gottfrid sein, auch wenn er sich bisher nicht als Stimme der Vernunft hervorgetan hatte. »Danke Gott, dass es nicht noch Menschen angefallen hat.«

»Warum ich? Das Biest gehört dem Ungarn.«

»Aber wir alle müssen jetzt die Strafe bezahlen.«

Darauf brummte Elbelin. Nach einer Pause fragte er: »Glaubst du wirklich, dass es so weit kommt?«

»Wie sonst? Wir werden Tamas nicht einmal einen halben Heller aus dem Beutel ziehen können.«

»Ihm nicht, aber Lene«, stieß Elbelin ärgerlich hervor.

Gottfrid lachte. »Glaubst du, ihre Reize sind noch so viel wert?«

Wieder brummte Elbelin nur.

Die beiden betraten den Stall nicht. Ihre leisen, langsamen Schritte waren vor der Tür zu hören. Nach einer Weile fragte Gottfrid gedämpft: »Und, was gefunden?«

Die Antwort verstand Alheit nicht.

»Und wenn es jemand anderes entdeckt hat?«

»Wer?«, fragte Elbelin dagegen.

»Unser unmusikalischer Ritter?«

»Es muss hier irgendwo sein. Drüben am Haus habe ich schon alles abgesucht.«

»Aber wir finden es nicht«, stellte Gottfrid fest. »Gehen wir lieber, bevor uns jemand hier entdeckt.«

Die beiden entfernten sich. Alheit wartete noch ein wenig, bevor sie ihre Suche fortsetzte. Doch sie hatte keine Geduld mehr, sich gründlich durch die Streu zu wühlen. Sie stieß nur noch flüchtig den Fuß in das Stroh, bis sie auf einen zweiten Stein stieß. Sie steckte auch diesen ein.

Keiner von beiden hatte dem Bären eine blutende Wunde beigebracht. Das musste der Gegenstand getan haben, den Elbelin suchte.

Schließlich verließ Alheit den Stall und schritt auf die Tür zum Schankraum zu, als komme sie gerade vom Abort. Drinnen nahm sie wieder ihren Platz neben Franz ein und betrachtete nachdenklich die Gesellschaft. Es schien, als müssten sie sich zwingen, zusammenzubleiben und Musik zu machen. Keiner wollte den anderen aus den Augen lassen.

Elbelin hatte also den Bären verletzt und von der Kette gelassen. Warum?

Glaubte er immer noch, dass Tamas seinen Dudelsack zerstört hatte? Das musste es wohl sein. Zum wiederholten Mal rief sich Alheit den Abend ins Gedächtnis. Und wieder kam sie zu dem Schluss, dass die beste Gelegenheit bestanden hatte, während Tamas und Lene den Bären vorführten. Vor allem, wenn sie Franz nicht verdächtigen wollte. Sie warf ihrem Mann einen verstohlenen Blick zu und schüttelte den Kopf. Es ging nicht. Sich über seine Tändeleien mit Lene oder den Küchenmägden ärgern, ja, glauben, dass er heimtückisch handelte und log, nein.

Werner verlegte sich inzwischen aufs Bitten. »Franz, ich brauche unbedingt eine Schalmei, wenigstens zum Vorspielen.«

»Ich kann dir keine geben.« Franz schlug ihm die Bitte ungern ab. »Wir haben nur eine, und die brauchen wir.«

»Kannst du mir Geld leihen, dass ich mir eine kaufen kann?«

Wieder schüttelte Franz den Kopf. »So viel haben wir nicht.« Doch dann fiel ihm etwas ein. »Ich kann für dich mit Johann Schure verhandeln, dass er dir ein günstiges Instrument verkauft.«

»Gerlach von der Heide ist auch hier«, mischte sich Gottfrid ein. »Bei ihm kommst du sicher mit weniger davon. Wie viel kannst du denn bezahlen?«

»Ich kann nicht bezahlen.«

»Ach so.«

Nach einer Pause begann Werner wieder: »Leih mir doch eure Schalmei, nur für den einen Tag, zum Vorspielen«, wandte er sich an Franz. »Oder du, Gottfrid.«

Franz wiegte den Kopf. »Und was passiert, wenn du angenommen wirst?«

»Dann ... dann ... muss der Herr mir ein Instrument kaufen.«

Aber Franz war noch nicht überzeugt. »Glaubst du, du nimmst die Schalmei einfach in die Hand und spielst so flott wie früher?«

»Ach, du hast auch immer eine Ausrede. So viel kann ich schon noch, dass ich den Herrn überzeuge.«

»Probier's erst einmal aus.« Franz nahm die Schalmei aus der Kiepe und reichte sie Werner.

Der sah das Instrument einen Augenblick unschlüssig an und spielte dann mit wackligen Tönen eine kurze Melodie. Gottfrid begann ein längeres Stück, Werner fiel ein. Sein Gesicht färbte sich bald gefährlich rot, und er musste öfter aussetzen, um Luft zu holen. Franz bezweifelte, dass Werner vor Emich dem König bestehen konnte. Alheit sah bei diesem Vorspiel so finster drein wie Meister Wolfram. Franz sollte die Schalmei besser nicht verleihen.

Werner war der Erste, der ging; er wollte rechtzeitig vor der Nachtglocke in seinem Quartier sein. Obwohl er nicht viel zur Musik beigetragen hatte, wurde es danach unbehaglich still.

Schließlich sprach Marjorie die Frage aus, die sie alle beschäftigte. »Wo bringen wir unsere Instrumente sicher unter?«

Die Leute sahen einander betreten an. Einer der ihren hatte doch Elbelins Dudelsack zerstört. Und vielleicht hatte derselbe Übeltäter auch den Bären auf dem Gewissen – er hatte sich freien Zugang zu den anderen Instrumenten verschafft.

Es kam nun darauf an, wer wem vertrauen wollte. Marjorie schaute Alheit an und öffnete den Mund, als ob sie etwas sagen wollte, schwieg aber doch.

Endlich machte Alheit ihren Vorschlag: »Lassen wir doch alles hier.«

»Im Schankraum, wo jeder hinein kann?«, widersprach Robert.

An der Küchentür regte sich etwas. Burkhard hatte wie immer still in seinem Eck der Musik gelauscht. Ehe er etwas sagen konnte, antwortete Alheit auf die Frage des Pfeifers: »Dann bleiben wir beim Stall. Den Schlüssel gibt es ja noch.« Sie schaute Lene auffordernd an.

»Besorgt euch selbst ein Schloss.« Lene half ihrem Mann auf die Füße und schaffte ihn und seine Fidel aus dem Zimmer.

»Dann tun wir das morgen«, entschied Robert. »Heute Nacht …«

»Wer?«, unterbrach Elbelin.

»Ich«, antwortete Alheit.

Franz nickte ihr zu. Seine Hand schmerzte nicht mehr und fühlte sich wieder gelenkig genug an, um am Unterricht teilzunehmen.

»Ihr könnt schon alles hierlassen«, unterbrach Burkhard ihre Überlegungen. »Ich schlafe hier im Saal.«

Müde, wie sie alle waren, widersprach niemand. Die Instrumente wurden eingepackt und in einer Ecke des Schankraums verstaut. Dann holten sie das, was noch im Stall verblieben war. Von dem Berg Heu, der die Kästen verborgen hatte, war nicht mehr viel übrig. Die Filzdecke lag unbeachtet am Boden. Alheit schüttelte sie aus und faltete sie zusammen. Ein schlammiger Stiefelabdruck prangte in der Mitte. Nur gut, dass sie das alte Zeug genommen hatte.

Elbelins Bündel war heute deutlich kleiner, es enthielt nur noch eine Schalmei. Dafür trug er den Kasten mit Meister Wolframs kleiner Orgel.

Von der Harfe lag das Lederfutteral in der Ecke. Marjorie nahm es an sich. Nun, da der Stall leer war, wagte auch sie die paar Schritte hinein.

Franz hatte keine Instrumente mehr im Stall. Dafür trug er wieder – mit Roberts Hilfe – Israels schwere Truhe mit in den Schankraum.

Obwohl sie Burkhard vertraute, dämmerte Alheit in dieser Nacht nur vor sich hin. Sie meinte, auf dem Hof Geräusche zu hören, die nicht von sich balgenden Katzen stammten. Kam da etwa jemand die Treppe herauf?

Sie versuchte sich abzulenken, indem sie überlegte, was ihr beim Umräumen der Instrumente nicht gefallen hatte, abgesehen von dem Schmutz auf ihrer Filzdecke.

Konnte es sein, dass ein Instrument zu wenig vom Stall in den Schankraum gewandert war? Sie rief sich den Ablauf noch einmal ins Gedächtnis.

Einer der länglichen Holzkästen fehlte. Alheit fuhr halb in die Höhe.

Ausgerechnet eines von Meister Wolframs Instrumenten. Er würde es kaum immer mit sich herumtragen, wenn ihm schon das Auf- und Zuklappen des Deckels so schwerfiel.

Alheit versuchte sich zu erinnern, was er tagsüber im Schankraum dabeihatte. Hinter ihm stand ein aufgeklappter Kasten, der für die Laute, die er gerade spielte. Außerdem die hohe Truhe, die Elbelin für ihn weggebracht hatte. Gab es nicht noch einen dritten?

Aber Meister Wolfram hatte keinen Alarm geschlagen. Das war nicht seine Art. Hatte er den fehlenden Kasten noch nicht bemerkt? Alheit bezweifelte es.

Stand der Kasten vielleicht in seinem Quartier, weil er glaubte, dort sei das Instrument sicherer? Alheit würde am nächsten Morgen nachsehen.

Doch auch nach diesem Entschluss konnte sie weder schlafen noch einen klaren Gedanken fassen, und wälzte sich bis zur Morgendämmerung unruhig hin und her.

Donnerstag nach Reminiscere

AM FOLGENDEN MORGEN war die Stimmung noch immer gedrückt. Tamas und Lene saßen pünktlich beim Frühstück. Sie brauchten keine Fisch- oder Schlachtabfälle mehr zu besorgen. Dennoch schienen sie wie durch eine unsichtbare Wand von den anderen getrennt. Sie sprachen nur miteinander und schauten niemanden an.

Doch während sich Lene wie jeden Tag aufmachte zu ihrer üblichen Beschäftigung, wirkte Tamas wie ein wandelnder Leichnam. Man musste ihn zweimal ansprechen, um seine Aufmerksamkeit zu erhalten, und oft noch ein weiteres Mal für eine Antwort. Schon früher hatte er in Meister Wolframs Unterricht ausgesehen, als wäre er in Gedanken weit weg, hatte dann aber schnell das Erklärte nachgefidelt. Jetzt nahm er wirklich nicht mehr teil. Seine Fidel war nicht gestimmt, der Bogen nicht geharzt. Franz musste ihn schubsen, wenn es ans Spielen ging. Dann hob der Ungar Fidel und Bogen, strich einen unsicheren, schrägen Ton und ließ sie mit traurigem Kopfschütteln wieder sinken.

Doch außer auf Tamas sollte Franz auch noch auf Elbelin achten. Ehe Alheit den Schankraum verlassen hatte, um ein neues Schloss für die Stalltür zu besorgen, hatte sie ihn leise aufgefordert: »Elbelin hat gestern im Hof etwas verloren. Kannst du herausfinden, was?«

Franz glaubte nicht, dass ihm das gelingen würde.

Dennoch behielt er den jungen Mann im Auge. Dieser hatte alles, was er brauchte, um seine Rotta zu stimmen und zu spielen. Das war kein bedeutendes Ergebnis. Ob Alheit damit etwas anfangen konnte?

Meister Wolframs Ausbruch riss Franz aus seinen Gedanken. »Heilige Cäcilia! Werft endlich diesen widerspenstigen Bärenführer hinaus. Da hat ja das Weib noch weniger Ärger gemacht!«

Doch es regte sich niemand, um seine Anweisung auszuführen.

Nach kurzem Schweigen fragte Israel: »Spielen wir das Stück noch einmal?«

Als der Unterricht begonnen hatte, lugte Alheit noch einmal in den Schankraum. Es sah fast genauso aus, wie sie sich in der Nacht erinnert hatte. Hinter Meister Wolfram standen zwei Kästen für seine Instrumente.

Alheit überquerte den Hof und schlug im Kaminzimmer den Vorhang zurück, hinter dem Meister Wolfram sich niedergelassen hatte. Dabei wusste sie nicht einmal, was sie genau suchte. Sie hatte Wolfram nie etwas anderes spielen sehen als seine Laute.

Während sie Wolframs Mantel hochhob und sein Bündel durchsuchte, stieg ihr ein scharfer Geruch in die Nase, ähnlich wie das Zeug, mit dem Franz neuerdings seine Hände einrieb. Damit versuchte der Sänger wohl, seine steifen Finger gefügig zu machen. Alheit nahm die kleine Tonflasche in die Hand und roch daran. Ja, das war dieses Geißfuß-Wasser. Anscheinend schloss der Kork nicht mehr dicht, wenn der Geruch aus solcher Entfernung zu bemerken war. Alheit stellte das Fläschchen aufrecht an seinen Platz. Einen Kasten, wie sie ihn suchte, fand sie jedoch nicht. Er war also doch gestohlen.

Vermutlich plante Wolfram einen großen Auftritt vor viel Publikum, bei dem er den Dieb bloßstellen konnte.

Oder die Diebin. Alheit musste sich eingestehen, dass Lene und sie selbst die beste Gelegenheit hatten, Instrumente aus dem Stall verschwinden zu lassen.

Lene – hatte sie einen Grund, Wolfram zu bestehlen? Brauchte sie Geld, weil ihr Geschäft schlecht lief? Wenn das der Grund war, hatte sie das Instrument wohl verkauft. An wen? Johann Schure? Oder einen anderen, der mit der richtigen Sorte Instrument handelte und bei den Spielleuten weniger bekannt war? Was immer es war, es sollte besser nicht wieder auftauchen, solange Wolfram sich in der Stadt befand.

Alheit beschloss, zuerst Johann Schure aufzusuchen. Wenn er das Instrument auch nicht selbst gekauft hatte, wusste er mit Sicherheit, wer sonst infrage kam.

In sicherem Abstand nach Lene verließ Alheit die Herberge. Der Bucklige hatte seinen Posten wieder bezogen und winkte ihr verstohlen zu. Was mochte er seinem Auftraggeber zu berichten haben? Israel kam nach dem Frühstück und ging nach dem Essen. An jüdischen wie christlichen Feiertagen blieb er ganz weg. Er sprach nur das Allernotwendigste, in der Regel mit Meister Wolfram, kaum mit einem der anderen. Was hatte den Platzmeister überhaupt bewogen, diesen Wächter auf ihn anzusetzen? Alheit beschloss, noch einen halben Heller darauf zu verwenden, zu erfahren, wo Israel den vergangenen Tag verbracht hatte. Doch das konnte sie auf dem Rückweg tun. Zunächst brauchte sie einen Schlosser.

Unterwegs hörte sie die Geschichte von der Bärenjagd. Waren es anfangs nur drei oder vier Zugpferde, die das Tier erlegt haben sollte, so hieß es später, näher am Fischmarkt und der aufgebrochenen Räucherkammer, ein Kind sei verletzt oder gar getötet worden. Alheit musste ihre Gefährten drängen, möglichst bald die verlangte Buße zu bezahlen, vor so viel Volk und angesehenen Herren, wie sie auftreiben konnten.

»Das kann so nicht weitergehen«, sagte Elbelin zu Gottfrid und Franz, als sie sich zum Üben zerstreuten und Tamas wie gewohnt den Weg zum Stall einschlug. »Meister Wolfram bringt den Ungarn noch um.«

»Das wohl nicht«, meinte Franz. »Aber es wäre schade um ihn, wenn er gehen müsste. Er spielt wirklich gut. Können wir ihm nicht helfen?«

»Robert hat doch bestimmt etwas, das die Melancholie vertreibt«, schlug Gottfrid vor.

Unwillkürlich rieb sich Franz das Handgelenk. Ihm hatte Roberts Rat geholfen. Wenn es auch streng roch, so schmerzte es doch nicht mehr.

Elbelin lachte. »Nimmt man dafür nicht Spielleute in Dienst?«

»Doch«, sagte Franz, »aber nicht sogleich, wenn jemand …« – gestorben ist, hatte er sagen wollen, als sei der Bär ein Christenmensch gewesen.

»Jedenfalls werden wir uns alle das Bußgeld teilen«, begann Elbelin langsam. »Und dann reicht unser Geld vielleicht noch für eine Messe zu Ehren des Heiligen Korbinian.«

»Geht das denn?« Franz bekreuzigte sich.

»Hat nicht ein welscher Priester die Heuschrecken in den Bann getan, die im letzten Sommer die Felder verwüstet haben?«, erwiderte Gottfrid. »Dann steht auch dem Bären eine Messe zu.«

Elbelin nickte. »Fragen wir die anderen, sonst reicht uns das Geld doch nicht.«

»Vielleicht wenden wir uns lieber an die Franziskaner denn an die Stiftsherren«, schlug Franz vor.

»Auch wieder wahr.« Mit langen Schritten, sodass Franz Mühe hatte, ihnen zu folgen, liefen die beiden zum Quartier von Robert Piper und seiner Familie.

»Darüber haben wir auch schon nachgedacht«, antwortete Marjorie, als Elbelin seinen Vorschlag unterbreitete.

»Veilchen«, warf Robert ein. »Am besten kandierte. Aber vielleicht gibt es jetzt auch schon frische …«

»Und wie willst du Tamas kandierte Veilchen beibringen?«, fragte Gottfrid.

»Das lass nur meine Sorge sein«, entgegnete Robert. »Dafür habe ich schließlich mein Handwerk gelernt.«

»Nicht nur das eine oder andere abgeschaut?«, wunderte sich Franz leise. Robert ließ sich nicht anmerken, ob er ihn gehört hatte.

In einer schmalen Gasse in der Nähe des Paulusstifts fand Alheit, was sie suchte. Der Schlosser gab ihr den guten Rat: »Schließt Eure Vorräte nur gut ein, wenn sich so viel Lumpenpack in der Stadt versammelt hat.«

Alheit nickte und suchte sich unter den drei Schlössern, die der Meister ihr vorlegte, das kräftigste aus.

»Ist halt nicht mehr viel da«, bemerkte er. »Vor Euch sind schon viele andere auf diesen Gedanken gekommen.«

Sie zahlte und kehrte zum Wilden Mann zurück. Sie würde wohl nicht mehr zurechtkommen, bevor Meister Wolfram und seine Schüler die erste Pause einlegten. Aber zum Mittagbrot wollte sie wieder da sein.

Wer sollte den Schlüssel verwahren?

Burkhard. Oder? Immerhin hatte er in dieser Nacht die Instrumente bewacht.

Alheit hatte ihn und seine Leute als Übeltäter ausgeschlossen, weil die Sackpfeife von einem Menschen zerstört worden war, der wusste, was er tat. Aber Burkhard kannte fremdartige Instrumente, über die sich selbst Spielleute wunderten. Und er beobachtete jeden Abend sehr genau seine Gäste, hörte sich ihre Melodien und Erzählungen an.

Meister Wolfram kam ihr in den Sinn. Doch konnte man ihm wirklich trauen? So, wie der Alte meist auftrat, glaubte sie eher, dass er mit Freuden alle ihre Instrumente verbrennen und nur denen, die er für würdig befand, neue beschaffen würde.

Da war Burkhard auf jeden Fall der bessere Schlüsselbewahrer.

Unterdessen hatte sie den Marktplatz fast wieder erreicht. Ein ungeübter Dudelsackspieler probierte ein neues Instrument aus. Die schrägen Töne wiesen unmissverständlich den Weg zu Johann Schure. Alheit beobachtete, wie der junge Spielmann enttäuscht davonzog. Dann beschrieb sie dem Händler Lene. Doch er schüttelte nur langsam und ausdauernd den Kopf. »Die hat mit mir noch keine Geschäfte gemacht. Um was für ein Instrument geht es denn?«

»Das wollte ich von dir erfahren«, erwiderte Alheit. »Ich weiß nur, dass es in einem Kasten aus dunklem Holz steckt.« Sie zeigte die Größe mit den Händen.

Immer noch schüttelte Johann den Kopf. »Das ist zu wenig. Damit kann ich dir noch keinen Rat geben, an wen du dich wenden sollst.«

Wieder glaubte Alheit, Erkennen in seinen Augen gesehen zu haben, als sie den Kasten erwähnte. Sie konnte schlecht jeden beschreiben, der sich im Wilden Mann aufhielt, und ihn damit als Dieb hinstellen.

Beim Essen saß die Gruppe um den Tisch wie bei einem Leichenschmaus. Tamas war anwesend, er musste nicht mehr mit seinem Bären üben, er starrte aber nur vor sich hin. Lene schnitt ihm Brot ab und füllte Mus in seine Schale, doch er rührte nichts davon an, ebenso wenig den gewürzten Wein.

Alheit sah Elbelin und Gottfrid zu. Gottfrid schnitt für seinen Freund das Brot und legte sein Messer anschließend zwischen die beiden. War es etwa das, was sie gestern Abend gesucht hatten? Alheit schaute sich um, ob noch jemand dasselbe bemerkt hatte. Lene. Wenn sie nicht mitleidig auf Tamas sah, beobachtete sie die Jungen mit einem schadenfrohen Grinsen. Als es zum zweiten Mal ans Brot schneiden ging, legte sie das Messer, das sie in der Hand hielt, mit großer Geste beiseite und zog ein anderes aus dem Gürtel.

Gottfrid gab sich den Anschein, nichts gesehen zu haben. Elbelin dagegen zuckte bei dem Anblick zusammen.

Was würde Lene damit anfangen? Wohl kaum zum Platzmeister gehen, auch wenn der einer Beschwerde von ihr vielleicht aufgeschlossener sein mochte als der anderer Leute.

Immer noch erschien es Alheit am besten, so schnell es ging die Buße zu bezahlen. Aber ausgerechnet Lene sperrte sich dagegen. Sie beharrte darauf, dass einer allein an dem Unglück schuld war und dieser zahlen musste. Und nun wusste sie, wer.

Während Alheit noch überlegte, was zu tun war, brachte Meister Wolfram erneut sein Anliegen vor. »Hat der Ungar die 20 Heller Buße schon bezahlt?«, fragte er, als sei Tamas gar nicht anwesend.

»Warum sollen wir das zahlen?«, giftete Lene und fuchtelte mit dem Messer. »Spielen dürfen wir nicht, der Bär ist tot, und man wird im eigenen …« Sie brach ab.

»… Haus noch bestohlen?«, fragte Alheit. »Meinst du das? Dann sag es auch.«

Lene funkelte Elbelin an. »Von demselben Kerl, der auch den Bären auf dem Gewissen hat.« Nun warf sie das Messer auf den Tisch.

Er fuhr auf. »Wo hast du das her?«

»Gefunden.«

»Wo?«, fragte Alheit nach.

»Draußen auf der Gasse, vor dem Hoftor. Sieh das Blut an der Spitze.«

»Und wann? Gestern Morgen, nicht wahr?«

Lene nickte. »Darum geht es doch.«

»Elbelin hat sein Messer schon vorgestern verloren«, warf Gottfrid ein.

»Du musst das ja sagen«, wehrte Lene ab.

»Er hat aber Recht«, sagte Alheit, und Katherine nickte heftig.

»Mir ist es beim Essen aufgefallen«, erklärte das Mädchen. »Gottfrid hat immer …«

»Schlamperei!«, platzte Meister Wolfram dazwischen. »Erst gibt er seinen Dudelsack von einem zum anderen, bis nichts mehr davon übrig ist, jetzt hat er gerade im rechten Augenblick sein Messer verloren.«

»Ausrede!«, rief Lene.

»Das mag sein, aber wir wissen es nicht«, erwiderte Robert. »Oder hast du einen Zeugen?«

Sie schüttelte den Kopf. »Hat er denn einen?«

Gottfrid wollte etwas sagen, besann sich aber. »Mir glaubt ihr ja doch nicht.«

»Man hat ihn beobachtet«, meldete sich Meister Wolfram wieder zu Wort. »Er hat mit einer Schleuder auf den Bären geschossen.«

»Seht ihr?«, triumphierte Lene.

»Wer hat das gesehen?«, fragte Alheit. »Und wie

schießt man dieses Messer mit einer Schleuder?« Unwillkürlich griff sie nach den beiden Kieseln in ihrem Beutel.

»Dieser jämmerliche Küchenjunge hat ihn gesehen«, behauptete Wolfram.

Alheit rümpfte die Nase. Klaus hätte das sicher nicht Wolfram erzählt.

»Und wer hat das Messer geworfen?«, fragte Franz, der bisher schweigend weitergegessen hatte, als ginge ihn das alles nichts an.

»Warum sollte das ein anderer gewesen sein?«, erwiderte Wolfram. »Außerdem ist das doch nicht mehr von Bedeutung.«

»Doch.« Alheit führte weiter aus: »Wenn mehr als einer Schaden verursacht hat, muss auch mehr als einer zahlen.«

»Ich habe mit Kieseln geschossen«, gab Elbelin zu. »Aber das Messer habe ich nicht geworfen. Ich weiß nicht, wann und wo ich es verloren habe.«

»Vielleicht hier drin?«, schlug Franz vor. »Bei einer Rauferei mit Gottfrid?«

Elbelin schaute Gottfrid an, der zuckte die Schultern.

Franz lächelte traurig und nickte Alheit zu. »Wie viel sollen wir noch mal zahlen?«, fragte er weiter.

»Je zehn Heller an den Fischer und den Fuhrmann und je einen an die beiden Jagdknechte«, zählte Alheit auf.

Meister Wolfram warf ihr einen Blick zu, als habe er ein störendes Insekt brummen hören.

»Wie viel können wir zahlen? Wenn jeder einen Heller gibt ...«, schlug Franz vor.

»Zwei«, verbesserte Alheit.

Robert nickte bedächtig.

Lene knurrte. »Da bringt man uns um unser Eigentum, und wir sollen auch noch Buße dafür zahlen.«

»Das sagst du jedesmal, wenn die Rede darauf kommt. Du kannst ja beim Platzmeister ein gutes Wort für uns einlegen«, schlug Alheit vor.

»Wenn der uns nicht auch noch beklaut hätte ...« Lene deutete auf Elbelin.

Da meldete sich zum ersten Mal Tamas zu Wort: »Hat Lene neue Gürtel, oder nicht?«

»Was hat das damit zu tun?«, fauchte Lene. Doch die anderen lachten sie aus.

Alheit nahm drei Münzen aus ihrem Beutel und legte sie auf den Tisch. Robert folgte ihrem Beispiel. Meister Wolfram zögerte, schloss sich dann aber doch an.

Gottfrid hingegen wandte ein: »Der Jude soll auch zahlen!«

»Ich frage ihn morgen«, antwortete Robert.

Widerstrebend legten auch Gottfrid und Elbelin ihren Beitrag zu den anderen. Dann gab Tamas noch vier Heller.

Alheit sammelte das Geld in einen besonderen Beutel und band ihn an ihren Gürtel, ehe Lene danach greifen konnte. »Das bringe ich morgen früh zu Herrn Heinrich, und wir gehen gemeinsam zum Platzmeister.«

Werner schien es im Wilden Mann gut gefallen zu haben. Diesmal kam er gerade rechtzeitig, dass noch nicht alles abgetragen war. Ehe jemand ihm wehren konnte, hatte er schon ein mit dicker Soße getränktes Stück Brot erwischt und seinen Becher mit dem letzten Rest Kräuterwein im Krug gefüllt.

»Sieh da, der Schalmeispieler ohne Schalmei ist wieder da!«, begrüßte ihn Elbelin.

»Hast du bei Johann Schure schon etwas erreicht?«, fiel Gottfrid gleich ein.

Werner schüttelte betrübt den Kopf, während er noch an dem Stück Brot kaute.

»Aber wir«, erwiderte Elbelin. »Ich habe einen neuen Dudelsack bestellt.«

»Dann halt nur dein Geld zusammen, bis du ihn abholst«, mahnte Alheit.

Doch der Junge schien sie nicht zu hören. Er wandte sich wieder an Werner: »Aber du hast heute deinen Psalter dabei, das ist doch ein Fortschritt.«

Werner nickte mit einem schwachen Lächeln und machte sich ans Stimmen. Franz setzte sich neben ihn, um die Laute mit dem Psalter in Einklang zu bringen. Da raunte ihm Werner zu: »Passt auf, da schleicht einer durch euren Hof. Er ist kurz vor mir hereingekommen.«

Die plötzliche Stille zeigte an, dass nicht nur Franz ihn gehört hatte.

»Wer war das?«, fragte Alheit.

Werner schaute angstvoll zu ihr auf. »Ich … ich weiß es nicht. Ein … Schatten …«, stammelte er.

»Dann müssen wir nachsehen!«, rief Elbelin.

Der Wirt brachte Laternen, und die Männer gingen hinaus, um den Hof zu durchsuchen. Alheit folgte ihnen bis zur Tür, doch bei den vielen Menschen, die nun herumliefen, konnte sie keine verdächtige Bewegung ausmachen. Nach einiger Zeit kehrten die Männer unverrichteter Dinge zurück.

Meister Wolfram machte dem Wirt Vorhaltungen, weil er keinen Hofhund hatte, der den Eindringling verbellen könnte.

»Pah, wenn ich nach jedem Hundegebell rennen wollte, käme ich nicht mehr zum Ausschenken. Wofür haben wir denn die Nachtwächter?«

»Man sieht doch, wo das hinführt«, murmelte der Sänger gerade laut genug.

»Na, anscheinend war es ja gar nichts«, erwiderte Burkhard. Er brachte noch einen Krug Kräuterwein und zog sich wieder in seine Ecke zurück.

Meister Wolfram blieb in der Nähe der Tür. Die anderen nahmen den Spuk offenbar weniger ernst, sie kehrten an ihre Plätze zurück und machten Musik. Alheit setzte sich zu Tamas an den Kamin und hörte mit geschlossenen Augen zu. So konnte sie fast vergessen, welchem hinterlistigen Wiesel diese wunderbare Stimme gehörte, die das Lob der Jungfrau Maria sang.

Wenig später betrat Herr Heinrich von Alzey den Raum, gefolgt von seinem Knappen mit der Laute. Meister Wolfram, der gerade zeigte, wie viel er seinen Schülern noch voraus hatte, schaute nur einmal kurz auf und sang ungerührt weiter. Die anderen rückten zusammen, um dem Ritter einen guten Platz zu bieten. Burkhard lief um seinen besten Wein.

Herr Heinrich ließ sich die Laute geben und stimmte. Als Meister Wolframs Lied endete, begann Franz eine Tanzweise, von der er wusste, dass ihr Gastgeber sie kannte. Dieser spielte eifrig mit und leitete dann zu einem neuen beliebten Stück über. Katherine tanzte dazu. Schließlich brachte Herr Heinrich die Tanzfolge zu Ende, als er immer wieder neue Melodien versuchte, aber nicht über die ersten Takte hinauskam.

Meister Wolfram, der die ganze Zeit unruhig hin und her gerückt war, fragte ihn sogleich: »Habt Ihr etwas von einem Eindringling im Hof bemerkt?«

Der Ritter dachte kurz nach und schüttelte den Kopf. »Oder du, Ewald?«

»Nein, Herr«, erwiderte der Knappe, der etwas unbehaglich noch immer eine rot-grüne Cotte über dem Arm trug.

Alheit nahm sie ihm ab und steckte sie zu den Instrumenten in die Kiepe. Dann nestelte sie den Beutel von ihrem Gürtel, in den sie das Bußgeld gesammelt hatte. Sie überreichte ihn Herrn Heinrich. »Bitte bringt das Geld möglichst bald zum Platzmeister.«

Er schaute auf. »Wollt ihr das nicht selbst tun? Am Sonntag nach der Messe, mit Schalmei und Dudelsack?«

»Ja, das ist besser«, gab Alheit zu. »Nur haben wir zurzeit keinen Dudelsack.«

»Nicht?« Verwundert sah er sich um, sein Blick blieb an Meister Wolfram hängen. Der starrte ins Feuer, als hörte er gar nicht zu. »Hast du noch kein neues Instrument, Elbelin?«

»Erst bestellt«, antwortete der Junge. »Ich bekomme es nächste Woche.«

Herr Heinrich schüttelte den Kopf. »So lange sollten wir nicht warten.« Er lächelte in die Runde. »Bis Sonntag fällt euch bestimmt etwas ein.«

»Bestimmt«, antwortete Alheit.

Robert pfiff die ersten Töne eines Liedes, das seine Frau eifrig aufgriff. Der Text war nicht zu verstehen, aber sie bedachten den Ritter dabei mit verächtlichen Blicken.

Als der dritte Krug Wein zu Ende war, gab Herr Heinrich seinem Knappen ein Zeichen, und der packte die Laute ein. Die Spielleute taten es ihm nach und trugen die Instrumente in den Bärenstall. Alheit blieb an der Tür stehen, bis der Letzte seine Kostbarkeiten gut verstaut hatte.

»Gute Nacht«, wünschte Werner und ging zum Tor.

»Gute Nacht.« Alheit hatte geglaubt, er wäre schon längst gegangen. In der Dunkelheit waren die vielen Leute im Hof kaum zu unterscheiden.

Sie schloss ab und brachte den Schlüssel zu Burkhard. Auf dem Weg zu ihrer Schlafkammer glaubte sie ein Flüstern zu hören, das wie »Robert« klang.

In der Tat drehte sich der Apotheker vor ihr hastig in die Richtung um, aus der das Geräusch kam.

Alheit konnte nicht stehen bleiben und zuhören.

Erst recht konnte sie keine Stimme erkennen. Doch der Name Elbelin fiel. Und Katherine. Oder täuschte sie sich? Sie ging die Treppe hinauf, und ihre Holzschuhe klapperten laut auf den Stufen. Nun gab es nichts mehr zu hören.

Freitag vor Oculi

NACH DEM FRÜHSTÜCK sperrte Burkhard den Stall auf. Einer nach dem anderen holten die Spielleute ihre Instrumente heraus und trugen alles in die Gaststube. Zum Schluss trat Alheit ein und nahm die Flöte aus der Kiepe. Die Schalmei fehlte. Franz hatte sie nicht mitgenommen, das wäre ihr aufgefallen. Sie untersuchte den Inhalt des Korbes genauer, wieder ohne Erfolg.

Hatte er sie etwa gestern Abend doch Werner gegeben? Auch das wäre nicht unbemerkt vonstatten gegangen. Aber Werner hätte leicht selbst das Instrument an sich nehmen können, ohne zu fragen.

Das schien ihr die wahrscheinlichste Erklärung. Den Schlüssel zum Stall hatte der Wirt über Nacht wohl sicher verwahrt.

Hatte Werner gesagt, wo er wohnte? Irgendwo südlich des Marktplatzes, dort hatten sie ihn zuerst gesehen. Das genügte nicht, um ihn wiederzufinden. Alheit hatte große Lust, Franz aus der Gaststube zu holen und von ihm zu erfahren, was geschehen war. Aber sie konnte ebenso gut Johann Schure fragen, ob er Werners Quartier kannte. Den Streit mit Franz verschob sie lieber auf später.

»Ich gehe auf den Markt und suche nach ihm«, verkündete sie, obwohl niemand zu sehen war.

»Wieso? Was fehlt?«, fragte Burkhard hellhörig.

Alheit fuhr herum. Sie hatte den Wirt ganz vergessen. »Meine Schalmei«, antwortete sie.

»Gottes heiliger Schwanz!« Burkhard griff nach seinem Schlüsselbund. »Aber da war heute Nacht keiner dran.«

»Die hat gestern Abend schon jemand mitgehen lassen«, erwiderte Alheit düster.

»Doch nicht der große Unbekannte?« Burkhard glaubte offenbar nicht an den Eindringling.

»Nein, ich kenne ihn wohl recht gut. Und jetzt gehe ich ihn suchen.«

»Ach so, der.« Burkhard grinste. »Da wünsche ich viel Glück.«

»Wieso? Weißt du, wo er steckt?«

»Nein, aber Kerle von dieser Sorte kommen öfter hier vorbei. Bei denen ist nichts zu holen.«

»Ich muss es jedenfalls versuchen.« Damit ließ sie ihn stehen.

Ein kalter Wind fegte durch die Gasse, als Alheit vor das Hoftor trat. Sie zog ihren Mantel enger um sich und lugte unter der Kapuze hervor, ob sie wohl den Buckligen entdecken konnte, doch er war nicht auf seinem Posten. Den Juden, den er belauern sollte, hatte sie auch noch nicht gesehen. Sie kehrte zurück zur Gaststube und öffnete vorsichtig die Tür.

Meister Wolfram dirigierte mit viel Schwung seine Sänger, dass die Falten seiner langen Cotte nur so flogen. Israel war nicht unter ihnen. Was hatte das nun wieder zu bedeuten? Noch ein jüdischer Feiertag?

Alheit schloss die Tür leise und eilte hinaus auf die Kämmerergasse und zum Marktplatz. Der Wind trieb sie schneller voran, als ihre Füße sie tragen wollten. Wieder musste sie nur den kurz angespielten Melodien nachgehen, mit denen Spielleute einen Dudelsack ausprobierten. Als sie den Stand, wo sie sich Auskunft erhoffte, entdeckte, ging Alheit schnurstracks auf den Händler los. »Wo wohnt Werner?«

Johann Schure warf ihr einen kurzen Blick zu und erklärte seinem Kunden, was er mit dem einfachen Rohrblatt der Bordunpfeife tun konnte und was er besser unterlassen sollte.

Wütend schaute sich Alheit um, ob nicht ein anderer ebenso Auskunft geben könnte. Da gab es doch diesen Schalmeibauer, von dem alle so schlecht redeten. Er sollte näher am Marktplatz zu treffen sein. Sie machte kehrt und entdeckte in der Tat bald ein schmutzig graues Zelt, in dem Schalmeien in allen Größen zu sehen waren. Mitten darin saß ein ebenso grauer, magerer Mann und schabte seelenruhig an einem Rohrblatt. Kundschaft hatte er keine. Das musste dieser Gerlach von der Heide sein.

Alheit eilte zu ihm. »Wo wohnt Werner?«

Der Händler sah von seiner Arbeit auf. »Welcher Werner?«

Alheit atmete hörbar aus. »Werner, der früher Schalmei gespielt hat, aber sein Instrument verloren oder versoffen oder verspielt hat und deshalb jetzt Psalter spielt.« Sie musste überlegen, wie der Kerl überhaupt aussah.

»Der immer hier herumlungert, als wollte er etwas kaufen, aber kein Geld hat?«, fragte der Händler nach.

Alheit nickte hoffnungsvoll.

»Das weiß doch ich nicht, wo der wohnt. Der soll mir nur vom Leib bleiben.«

Ohne ein weiteres Wort wandte sich Alheit ab und lief zurück zu Johann Schure, der sich streckte, um einen Dudelsack zurück auf die Leine zu hängen. Als das geglückt war, wandte er sich zu ihr um.

»So, wen suchst du denn? Hat's Ärger gegeben?«, begann er gönnerhaft.

Alheit schluckte und erklärte etwas ausführlicher, zu wem sie wollte.

»Ja, Werner.« Johann seufzte theatralisch. »Der weiß schon, dass er zu mir nicht mehr kommen muss. Ich verkaufe an ihn nur noch gegen harte Münze, auf die Hand.«

Alheit nickte. Was machte er so lange Kunstpausen?

»Er hat jetzt irgendwie Emich umgarnt – also, Emich den König, nicht irgendeinen. Aber der Schwarze Bär ist kein Quartier für Werner. Der kann das nicht bezahlen.«

Alheit schnaubte. Diese Auskunft half ihr nicht weiter.

»Vielleicht liegt er irgendwo in einem Wagenschuppen«, schloss Johann.

»Dann gehe ich jetzt zu Emich.« Wo war der Schwarze Bär noch gleich? Ein gutes Stück entfernt, bei der Judenpforte.

»Vielen Dank für die Auskunft«, sang Johann Schure hinter ihr her.

Alheit wusste zwar nicht, wie Emich aussah, aber im

Schwarzen Bären würde sie schon jemanden finden, der Werner kannte.

Die kleinen Seitengassen mit ihren schmalen Fachwerkhäusern lagen hinter ihr. Entlang der Kämmerergasse erstreckten sich nun die Mauern und Tore großer Adelshöfe, als sie der Judengasse näher kam.

Alheit überlegte flüchtig, ob sie Herrn Heinrich aufsuchen und um seine Hilfe bitten sollte. Wahrscheinlich würde sie ebenso unverrichteter Dinge weggeschickt werden wie Franz vor wenigen Tagen. Sie ballte die Faust unter ihrem Mantel.

Zu guter Letzt sah sie ein Schild, das einen schwarzen Bären zeigte. Das Tor neben diesem Haus stand offen für alle Reisenden, die hier einkehren wollten. Aus allen Ecken erklangen Melodien auf Dudelsack und Schalmei. Alheit folgte der Musik in den Hof und seine einzelnen Winkel. Werner konnte sie jedoch nicht unter den Musikern entdecken. Als sie auf ihrer Suche die Gaststube betrat, saß dort ein wohlbeleibter Mann mit schwarzem Bart am Feuer. Er beobachtete den Tanz der Flammen und summte behaglich vor sich hin.

»Gott segne dich«, grüßte Alheit.

Er wandte sich zu ihr um und erwiderte lächelnd ihren Gruß.

»Ich suche Werner mit dem Psalter.«

Der Mann lächelte noch breiter. »Ach, hat er wieder einmal etwas ausgefressen? Ich habe ihm doch gesagt, dass er sich vor Sonntag nicht erwischen lassen soll. Er muss mit einem meiner Schüler vorspielen.«

Dann war das wohl Emich der König. »So ist es.«

Emich musterte Alheit. »Deine Tochter hat er wohl nicht umgarnt – da hat die kleine Ratte wenig Aussichten …«

Unwillkürlich schüttelte Alheit den Kopf. »Er hat mich bestohlen!«

»Und dein Mann?«

»Der sitzt bei Meister Wolfram …«

»*Meister* Wolfram?« Emich lachte. »Von dem will er doch hoffentlich nicht das Sackpfeifen lernen?«

»Sackpfeifen?« Alheit konnte ihre Verwunderung kaum verbergen.

»Oh, als er jung war, konnte er das wohl noch. – Aber du suchst ja Werner. Der ist bei Albrecht Hoppetanz in der Gans und schlägt den Psalter.« Sein Gesicht verriet, was er von diesen Musikern hielt.

Immerhin hatte er einen nützlichen Hinweis gegeben. Über Wolfram und seine Pfeifenkünste konnte Alheit unterwegs nachdenken. »In der Gans?«

»Wenn du dich hier nach Süden wendest, an St. Paul vorbei, dann in die Stadt hinein … so ungefähr jedenfalls.«

Alheit dankte ihm und machte sich auf den beschriebenen Weg.

Die Gans wirkte schon von außen recht heruntergekommen. Das Haus passte zu Werner. Zwei hölzerne Stufen führten von der Gasse zur Haustür. Musik war nicht zu hören, nur leise Gespräche. Alheit öffnete die Tür und trat in eine düstere Stube mit Kamin, in dem ein winziges Feuer brannte. Aus dem Halbdunkel richteten sich die Augen von gut einem halben Dutzend Männern auf Alheit. Werner saß allein und zusammengesunken in einer Ecke. Als er Alheit sah, krümmte er sich noch tiefer ein.

»Gott grüße euch«, begann Alheit. »Ich möchte mit eurem Psalterspieler reden.«

Einer der Männer stand auf, einen Kopf kleiner als Alheit und blond gelockt. »Was willst du von Werner? Und wer bist du überhaupt?«

Zwei weitere Sänger drängten Werner aus seiner Ecke.

»Er hat meine Schalmei gestohlen.«

Alheit ging nicht auf das ungläubige Gelächter der Männer ein, sondern schaute Werner verächtlich an. Wie ein Küchenjunge, der den besten Topf zerbrochen hat, stritt er alles ab.

»Nein, ich habe deine Schalmei nicht genommen«, beteuerte er. »Das würde ich doch nie tun.«

»Du hast deinem Gefährten auch schon Geld gestohlen.«

Werner schaute sie verwirrt an, doch dann verstand er, was sie meinte, und sein Blick wurde hart. »Das war etwas ganz anderes.«

Finster erwiderte Alheit seinen Blick. Sie hatte nicht vor, jetzt stundenlang darüber zu streiten. »Das war genau das Gleiche. Zeig mir dein Bündel.«

»Bist du toll, Weib?«, platzte der kleine blonde Sänger dazwischen. »Niemand hier muss dir antworten, und schon gar nichts zeigen. Verschwinde.«

»Dieser Mensch hat mich bestohlen«, sagte Alheit,

so ruhig sie eben konnte. »Ich will mein Eigentum wiederhaben.«

»Unser Knecht stiehlt nicht«, erwiderte ein anderer, »und er geht auch nicht ins Frauenhaus.«

Werner verzog das Gesicht.

»Wartet, bis eure Beutel Beine bekommen«, fauchte Alheit. »Aber dann ist es zu spät.«

»Geh doch zum Schultheißen, wenn dir so viel dran liegt«, schlug der Mann vor.

Werner konnte eine unruhige Handbewegung nicht unterdrücken. Das nahm Alheit als Eingeständnis. Dennoch ahnte sie, was herauskommen würde, wenn sie in ihrer Not zum Platzmeister ginge.

»Wann musst du vorspielen?«, wandte sie sich an Werner.

Er antwortete nicht gleich. Dafür fragte der Wortführer der Sänger nach. »Du willst vorspielen? Bei wem?«

»Das hat er uns jedenfalls erzählt«, bestätigte Alheit. »Werner will bei einem hohen Herrn Dienst nehmen, obwohl er kein Instrument hat.«

»Er hat einen Psalter, und er spielt für uns«, entgegnete der Sänger. »Also verschone uns mit deinen erfundenen Mären. Wir haben noch zu tun.«

»Bocks …« Alheit brach ab. Sie würde nicht fluchen wie Lene. »Dann nehmt euer Geld in Acht, mehr kann ich euch nicht sagen.«

»Das ist mehr als genug. Bist du noch nicht weg?«

Alheit warf Werner einen wütenden Blick zu und verließ das Haus zur Gans.

Mit langen Schritten stürmte sie auf die Gasse. Sie

war nicht weit vom Wilden Mann entfernt. Doch dort würde sie keinen finden, an dem sie ihre Wut auslassen konnte. So nahm sie einen Umweg und kehrte zurück, wie sie gekommen war.

Sie kam jedoch nicht weit. Langsam zog eine Prozession dunkler Gestalten zur Judenpforte hinaus und draußen an der Stadtmauer dahin. Sechs Männer trugen einen verhüllten Leichnam auf den Schultern. Ein Vorsänger rezitierte klagend in einer fremden Sprache, die anderen antworteten dumpf. Christen gingen dem Leichenzug aus dem Weg und bekreuzigten sich. Dafür sorgten zwei Waffenknechte mit Stäben, die dem Zug voranschritten. Auch das Ende wurde von zwei Stäblern in Wappenröcken mit weißen Lilien angezeigt.

Noch ehe der Zug die Stadt ganz verlassen hatte, rief jemand aus einer Seitengasse: »Da ist Israel!«

»Was hat der sich da vor der Stadt herumzutreiben?«, erwiderte eine andere Stimme. »Und wir warten auf ihn!«

Alheit kniff die Augen zusammen und schritt eilig in die Richtung, aus der sie den Ruf gehört hatte.

Die Trauernden dagegen beachteten den Lärm nicht.

Dann begannen die beiden Stimmen zu singen, ein Spottlied auf einen jüdischen Wucherer, der Geschäfte mit dem Teufel macht und von diesem schließlich überlistet wird.

Wie Alheit erwartet hatte, schlossen sich Elbelin und Gottfrid dem Zug an. Der eine schlug die Rotta, der andere strich das Rebec. Immer neue, immer frechere Verse sangen sie, im Wechsel oder gemeinsam.

Die Stäbler am Ende des Zuges schritten mit unbewegtem Gesicht geradeaus. Was sich hinter ihnen abspielte, ging sie nichts an.

Der Gesang der Trauernden dagegen geriet ins Wanken. Zwar waren sie zu zehnt in der Überzahl, doch einigen blieb der Gesang im Halse stecken. Erst recht, als den Spottversen höhnisches Gejohle vom Straßenrand folgte. Dafür erhob sich eine andere Stimme aus der Gemeinde umso lauter, eine Stimme, die den Psalm ein klein wenig anders sang.

Alheit drängte sich durch die Umstehenden, lief den beiden unverschämten Gesellen nach und packte Elbelin am Mantel. »Was macht ihr hier? Seid ihr verrückt geworden?«

»He!« Widerstrebend drehte sich der Junge zu ihr um.

Dann blieb auch Gottfrid stehen. »Israel war heute schon wieder nicht da. Deshalb sind wir ihn suchen gegangen«, erklärte er vorwurfsvoll.

Elbelin ergänzte: »Und wo die Leute hier alle so griesgrämig herumlaufen, wollten wir sie ein wenig aufheitern.«

»Aufheitern!«, fauchte Alheit. »Stellt euch vor, es wäre eure Mutter, die da zu Grabe getragen wird.«

»Aber das sind doch Juden!«, widersprach Gottfrid empört.

»Umso schlimmer«, erwiderte Alheit. »Zu wissen, dass ihre Verwandten auf ewig verdammt sind …«

»Pah, die schlachten doch ihre eigenen Kinder ab.« Gottfrid ließ sich nicht beirren.

»Hier offensichtlich nicht«, beharrte Alheit, »und überhaupt solltet ihr zwei im Wilden Mann sein. Vorwärts!« Sie gab beiden einen groben Stoß zur Stadt hin.

Kaum waren sie in die Zwerchgasse eingebogen, da bemerkte Elbelin ein junges Mädchen, das mit seinem schweren Korb offenbar vom Markt heimkehrte. Er grüßte mit einer tiefen Verbeugung und stimmte ein französisches Liebeslied an.

Das Mädchen schüttelte den Kopf. Alheit knuffte den Sänger noch einmal in die Seite, deutlich weniger heftig als beim ersten Mal.

Sie kamen gerade rechtzeitig im Wilden Mann an, als Klaus das Mittagbrot verteilte.

Elbelin und Gottfrid gaben ihr Abenteuer zum Besten und wurden dafür von Meister Wolfram und Robert Piper mit Vorwürfen bedacht.

Alheit hatte keine Gelegenheit, sich am Schelten zu beteiligen. Burkhard nahm sie beiseite. »Und, hast du deine Schalmei wiederbekommen?«

Alheit schüttelte den Kopf. »Der Kerl streitet alles ab.« Sie erzählte, wie es ihr ergangen war.

Burkhard seufzte. »Spielleute sind ein Lumpenpack. Aber das brauche ich dir ja nicht zu sagen.«

»Nein, inzwischen kenne ich sie.«

»Pass auf«, begann Burkhard nach einer Weile, »ich kann dir vielleicht eine Schalmei verschaffen.«

Alheit sah ihn erstaunt an.

»Die hat mir einer von eurem Gelichter zurückgelassen, als er seine Zeche nicht zahlen konnte.«

Sie kniff die Augen zusammen. Wo war der Haken an dieser Geschichte? Vorerst schien der Wirt jedenfalls auf eine Antwort zu warten. »Was willst du dafür haben?«

Burkhard wandte sich von ihr ab, als schämte er sich ein wenig. »Bring mir alles bei, was du spielen kannst.«

Das musste ein Vorwand sein. Dennoch erwiderte Alheit: »Wenn's weiter nichts ist …«

Der Wirt lächelte in sich hinein und ging in die Küche. Eine Frauenstimme rief ungehalten nach ihm. Ein wenig später winkte er Alheit vom Hof her. Da die Spielleute sich allmählich wieder um ihren Meister scharten, folgte sie dem Wink. Der Wirt reichte ihr eine unterarmlange Schalmei aus hellem Holz. Am unteren Rand klebte ein wenig Wachs. Das Rohrblatt schien noch intakt zu sein. Alheit nahm es in den Mund.

Burkhard schaute sie erwartungsvoll an.

Sie probierte die ersten Töne. In ihren Ohren klangen sie richtig. Vielleicht würde Franz später die Fehler dabei finden. Sie spielte eine einfache Melodie, und auch diese gelang. »Ich hoffe, der Spielmann, der sie zurücklassen musste, hat eine große Zeche gemacht.«

Burkhard zuckte die Schultern. »Wenn du nur etwas damit anfangen kannst.«

Endlich war Wolfram seine Schüler los. Warum hatte er sich darauf eingelassen, diese Stümper zu unterrichten? Weil es eine Ehre war, den Platz eines Meisters aus Paris einzunehmen? Lange schaute er auf sein Instrument hinab. Er sollte jetzt niederknien, die Laute aufnehmen, sich zurechtsetzen, stimmen und spielen, die filigranen Verzierungen üben, die er seinen Schülern jeden Tag vorsetzte. Doch sein Körper gehorchte ihm nicht. Er sah alle Bewegungen vor sich, hörte die Musik, aber er stand noch immer aufrecht vor dem Kasten.

Schließlich schob er ihn wieder ins Stroh und ging. Wenn man einen warmen Mantel hatte, so wie Wolfram, war es ein schöner Tag, klar und blau. Der nahende Frühling machte sich bemerkbar. So viele Lieder hatte Wolfram schon darüber gesungen, über den bitteren Winter, der dem grünen Maien weichen muss. Doch insgeheim bezweifelte er, dass mit der Sonne und der Wärme auch die Beweglichkeit seiner Finger zurückkehren würde.

Während er die Kämmerergasse entlangging, wanderte sein Blick über die Stände der Instrumentenbauer. Bunt gekleidete Jüngelchen feilschten mit den Händlern, als ginge es um ihr ewiges Seelenheil. Dabei hatten sie das schon längst verspielt. Aber reichlich irdisches Leben vor sich. So viele Instrumente zu probieren, so viele Stücke zu lernen, so viele Zuhörer zu erfreuen. So viel, was Wolfram nicht getan hatte und nicht mehr tun würde.

Er steuerte einen Weinausschank an. Das war vielleicht das beste Heilmittel für seine Melancholie. Er ließ sich auf einer der Bänke nieder, wo noch niemand saß, und schaute einer Gruppe Handwerksburschen beim Würfelspiel zu. Ein Mädchen brachte ihm einen Krug Wein mit Minze. Als er den ersten Becher halb geleert hatte, trat Regino ein. Wolfram hatte ihn lange nicht gesehen und hätte ihn weiter im Südosten vermutet, doch er war froh, den kleinen blonden Bayern hier zu treffen. Noch ehe Wolfram auf sich aufmerksam machen konnte, setzte sich der Mann zu ihm.

»Gott grüße dich, Wolfram. Was treibt dich hierher? Doch wohl nicht die Notwendigkeit, deine Kunst zu verbessern.«

Wolframs gemurmelter Gruß ging in der Frage unter. »Nein, im Gegenteil. Hier sollte ein Meister Wilhelm aus Paris lehren – ihn vertrete ich.«

»Ach, der Meister aus Paris.« Reginos Stimme klang bewundernd. »Da wollten einige hin, die nicht angenommen wurden.«

Wolfram verzog bitter das Gesicht. Nur nach Fähigkeit war die Auswahl sicher nicht erfolgt.

»Und wie kommst du mit deinen Schülern zurecht?«

Wolfram schüttelte den Kopf. »Ich dachte, da kommen keine Straßenmusikanten. Nun ja, der eine oder andere kann vielleicht noch etwas werden.«

Regino grinste. »Das klingt nicht danach, dass du deinen Grafen Eberhard verlassen und nur noch lehren wolltest.«

»Ich weiß noch nicht, wo ich als Nächstes hingehe«, antwortete Wolfram. »Vielleicht nach Trier.«

Regino nickte. »Aber denk dran, Mainz ist auch nicht weit, und den Rhein hinunter nach Köln kommt man gut.«

»Ist es das, was du vorhast?«, fragte Wolfram.

»Ja, schon. Wollen wir uns zusammentun?«

Ohne dass er es verhindern konnte, zog Wolfram die Mundwinkel nach oben. Dennoch antwortete er vorsichtig: »Das wäre eine Möglichkeit. Ich werde darüber nachdenken.«

»Wir haben ja noch eine Weile Zeit. Zuerst geht es wohl nach Frankfurt.« Regino füllte seinen Becher und schenkte auch Wolfram nach. »Die Leute, mit denen ich hier zusammen spiele, sind eher Kartäuser als Spielleute. Da finde ich keinen, mit dem es sich lohnen würde, auf Reisen zu gehen.«

Wolfram lachte. »Ja, im Wilden Mann sind auch etliche, die mehr wollen als können. Nach Reisegefährten muss ich mich woanders umsehen.«

»Du kannst ja mit in mein Quartier kommen«, schlug Regino vor. »Dann sehen wir, wie wir das zusammenbringen, was wir können.«

»Abgemacht. Ich muss nur mein Instrument holen.«

Zum Essen fand sich die zerstreute Gesellschaft wieder ein. Robert setzte sich neben Elbelin. Das war ungewöhnlich, denn meist wetteiferten die Frauen um diesen Platz. Doch der Engländer schob Lene einfach beiseite; seine Tochter verscheuchte er mit einem Blick. Katherine sah ihn ebenso herausfordernd an und setzte sich neben Gottfrid.

Nun unterhielt sich Robert angelegentlich mit Meister Wolfram über den Krieg in Frankreich. Zumindest versuchte er es, doch der Meister brachte das Gespräch immer wieder auf die Auseinandersetzungen der gelehrten Herren an der Sorbonne, die sich dort zu seiner Zeit abgespielt hatten. Es war deutlich, dass er keinen von denen kannte, die heute das Leben in Paris bestimmten.

Alheit wollte eigentlich Elbelin im Auge behalten, doch sie hatte das Gefühl, dass Lene sich nicht nur mit dem jungen Mann ihr gegenüber beschäftigte, sondern auch mit dem älteren an ihrer Seite. Franz hörte den beiden Jungen zu, die abwechselnd einen Schwank aus Flandern nacherzählten und dabei wild mit den Löffeln gestikulierten. Wie gebannt folgten auch Lene und Katherine den Löffeln mit den Augen.

Und Robert, mitten in einer Erklärung über das Exil des schottischen Königs in Frankreich, hob die linke Hand über Elbelins Schüssel und ließ etwas hineinrieseln. Ehe Alheit ein zweites Mal hinsehen konnte, um sich zu überzeugen, war die Hand unter dem Tisch verschwunden.

»Was ist?«, fragte Marjorie.

Anscheinend hatte Alheit sich ihre Verwunderung anmerken lassen. Sie fuhr mit der Hand zum Mund. »Ein Stein«, murmelte sie und tat, als wollte sie ihn entfernen.

Elbelins und Gottfrids Erzählung endete in lautem Gelächter.

Franz riss Lenes Arm hoch. »Ich habe hier eine

Hand gefunden, die mir nicht gehört. Will sie jemand haben?«

»Dafür wirst du nicht viel bekommen«, spottete Elbelin.

Lene rückte wütend von Franz ab. Meister Wolfram auf ihrer anderen Seite schob sie grob zurück.

Alheit hatte Mühe, bei all dem Trubel noch auf Robert zu achten, doch der aß seinen Hirsebrei und lauschte Meister Wolframs Ausführungen über die neun Chöre der Engel, als sei ihm das völlig neu. Elbelin hatte eine weitere Geschichte von den Haimonskindern begonnen. Er schien nichts Ungewöhnliches zu bemerken, weder am Geschmack seines Breis noch an seinem Körper. Was war es gewesen, das der Engländer seinem Nachbarn ins Essen gekippt hatte? Alheit müsste sich das Fläschchen beschaffen, das Robert in der Hand gehabt hatte, und dann … und dann einen befragen, der etwas von diesen Dingen verstand. Robert.

Oculi

Am Sonntag nahm Alheit die Schalmei, die Burkhard ihr gegeben hatte, mit zur Messe in die Franziskanerkirche. Sie würde mit Gottfrid spielen, damit die ganze Stadt hörte, dass die Spielleute ihre Schuld bezahlten. Es war ihr gleich, was Meister Wolfram dazu sagen würde. Warum spielte er nicht selbst, wo er doch angeblich ein Sackpfeifer war?

Mit vielen anderen Spielleuten aus diesem Teil der Stadt kam auch Werner zur Messe in die Franziskanerkirche, übersah aber Franz und seine Gefährten, als ob er nie ihren Kräuterwein getrunken hätte. Stattdessen hielt er sich an einen kräftigen jungen Spielmann mit braunen Locken, der eine kurze blaue Cotte mit üppigen Falten und weiten Ärmeln trug. Werner in seinem abgerissenen grauen Wams sah dagegen recht ärmlich aus.

»Das ist aber nicht Emich der König«, bemerkte Franz beim Hinausgehen.

»Nein, sondern ein Schüler von ihm«, erwiderte Alheit. »Sie sollen heute zu Mittag ihrem angehenden Herrn vorspielen.«

»Dürfen sie das denn?«, mischte sich Katherine ein.

»Oh, dem Herrn wird schon ein Grund einfallen«, entgegnete Franz. »Es ist ja nur zur Probe und nicht zu seiner Kurzweil.«

»Hat Werner denn jetzt eine Schalmei aufgetrieben?«, fragte Alheit misstrauisch.

Franz zuckte die Achseln. »Es scheint so, wenn er mich noch nicht einmal anschaut.«

»Du weißt also nicht, wo er sie herhat?« Alheit ließ nicht locker.

»Na ja, trotz allem Gezeter wohl von Johann Schure«, vermutete Franz. Seine Worte klangen, als glaubte er, was er sagte. Alheit drängte ihren Ärger zurück, denn sie sah Meister Wolfram mit finsterem Gesicht auf einen fremden Spielmann zugehen. Er war klein und blond, wie Albrecht Hoppetanz, der neben ihm stand. Zwei weitere Burschen lachten über das, was er erzählte. Meister Wolfram dagegen bemerkte er offenbar gar nicht. Alheit machte Franz auf den Fremden aufmerksam. Der nickte. »Ja, das ist Regino aus Passau.«

Als Meister Wolfram näher kam, bemerkte ihn Regino und machte Anstalten, ihm auszuweichen. Doch Wolfram ließ ihn nicht entkommen. »Wann brechen wir auf?«

Alheit spitzte die Ohren. Dieses Gespräch durfte sie nicht verpassen.

»Ich gehe mit Albrecht und seinen Gesellen nach Spanien«, antwortete Regino strahlend. »Wir ziehen erst nach Speyer, und nach Ostern geht es weiter in den Süden.«

»Nach Spanien«, wiederholte Wolfram, »doch nicht nach Mainz oder Köln?«

»Ich dachte, da wolltest du hin?«

»Wollten wir nicht zusammen dahin?«

Regino schüttelte den Kopf, dass seine blonden Locken nur so flogen. Seine neuen Begleiter beobachteten gespannt die Auseinandersetzung. »Mein Ziel ist Toledo. Etwas anderes hatte ich nie vor.«

»Dann muss ich dich falsch verstanden haben.« Meister Wolfram wandte sich ab. Als er zu seinen Gesellen aus dem Wilden Mann aufschloss, wurde ihm klar, dass auch sie genau zugehört hatten.

Sogar Elbelin und Gottfrid, die eben erst zu ihnen gestoßen waren, wussten Bescheid. »Wenn du den Rhein hinunter willst, dann können wir doch zusammen reisen«, bot Elbelin an. »Wir gehen nach Geldern.«

»Sei dir da nicht zu sicher, mein Junge«, wies Meister Wolfram ihn ab.

Vor der Kirchentür erwartete Herr Heinrich von Alzey die Spielleute. Zwei Waffenknechte und ein übellaunig aussehender Gelehrter im langen dunkelblauen Mantel begleiteten ihn. Meister Wolfram ließ Gottfrid auf der Schalmei einen Bußpsalm anstimmen.

Alheit warf einen finsteren Blick auf Werner. Ob er jetzt ein Instrument hervorholen und mitspielen würde?

Nein, er ging mit seinem neuen Genossen hastig davon.

Offenbar war der Meister aber der Ansicht, dass die Musik so noch nicht genügte. Mit säuerlicher Miene winkte er Alheit heran. »Spiel du mit, wenn du kannst.«

Das ließ sie sich nicht zweimal sagen. Sie nahm die Schalmei vom Gürtel. Es schien, als hätte das Rohrblatt einen feinen Riss. Hoffentlich ließ es sie nicht im Stich.

Gottfrid spielte schlicht die Melodie, bis Alheit sich hineinfand. Dann erging er sich in Verzierungen, als wollte er alles zeigen, was er inzwischen gelernt hatte.

Trotz der Kälte war viel Volk auf der Gasse unterwegs, denn der Wind der vergangenen Tage hatte den Nebel vertrieben. Die Sonne strahlte vom klaren blauen Himmel. Spielleute und Stadtbewohner bildeten eine Gasse für sie und überboten sich mit Vermutungen, was wohl geschehen sein könnte. Manche kamen richtig auf den ausgebrochenen Tanzbären, der auf dem Fischmarkt Schaden angerichtet hatte.

Auf dem Platz vor dem Stadthaus mussten sie eine Weile stehen und spielen, bis der Platzmeister sich herbeibequemte. In seinem Sonntagsstaat sah er größer und mächtiger aus als sonst. Zwei mit Spießen bewaffnete Männer folgten ihm, wahrscheinlich zünftige Wächter. Kaum war er erschienen, wollte Lene sich in den Vordergrund drängen. Alheit blieb fest auf ihrem Platz stehen und ließ sie nicht vorbei.

Alheit und Gottfrid beendeten ihren Psalm mit einem lang gezogenen Kyrieleis.

Herr Heinrich trat mit dem Gelehrten vor und übernahm es, für die Gesellschaft zu sprechen. »Die Spielleute aus dem Wilden Mann sind gekommen, um die Buße zu bezahlen, die Ihr ihnen auferlegt habt.«

Der Platzmeister warf einen Blick in die Runde, der wohl gleichgültig sein sollte. »Welche Buße war das?«

Alheit war sicher, dass seine Erinnerung ohne Weiteres bis Mittwoch zurückreichte. Dennoch erklärte Herr Heinrich noch einmal, worum es ging.

»Ich erinnere mich«, sagte der Platzmeister. »Ihr wart so großzügig, auf eine Entschädigung für die getöteten Hunde zu verzichten. Seid Ihr sicher, dass Ihr Euch das leisten könnt?«

»Ich bin weder Fischer noch Fuhrknecht«, entgegnete Herr Heinrich. »Diese beiden haben das Geld nötiger als ein Ritter von Alzey.«

Der Platzmeister verzog spöttisch das Gesicht und gab einem der Wächter mit leiser Stimme einen Auftrag. Der Mann entfernte sich, wohl um die beiden Geschädigten zu holen.

»Eure Jagdknechte haben ihren Heller bereits erhalten?«, erkundigte sich der Platzmeister bei Herrn Heinrich.

»Gewiss.«

Als die Verhandlungspause länger dauerte, begannen die Umstehenden zu murren. Der Ruf nach Musik wurde laut. Gottfrid nahm die Schalmei wieder hervor und schaute Elbelin an, wie um zu erfahren, was sie spielen wollten. Meister Wolfram winkte ärgerlich ab. Die Zuschauer zerstreuten sich nach und nach.

Schließlich kehrte der Stadtknecht mit einem älteren Mann in einer verwaschenen graublauen Cotte und einem bärtigen Fuhrknecht wieder. Jetzt nickte Meister Wolfram Gottfrid zu. Alheit und er wiederholten den Psalm, den sie zuvor gespielt hatten. Der Blaugekleidete starrte mit finsterem Gesicht Lene an.

Der Platzmeister begrüßte Wilhelm Fischer und den Fuhrmann Kuno aus Aschaffenburg und verkündete, welche Buße zu zahlen war. Als Erster trat der Meister der Fischerzunft vor und hielt die Hand auf. Herr Heinrich nahm den Beutel mit den eingesammelten Hellern vom Gürtel, wartete, bis der Gelehrte neben ihm stand und auch der Platzmeister genau sehen konnte, was vorging. Dann zählte er die Münzen vor. Der Platzmeister bestätigte mit unbewegter Miene den Betrag. Meister Fischer zählte mit gerunzelter Stirn nach und steckte brummend das Geld ein.

Nun war Kuno an der Reihe. Der behauptete, sein Schaden sei damit nicht ersetzt. »Ich habe eine neue Deichsel gebraucht, ich habe vier Tage verloren, mein Pferd ist zuschanden …«

Alheit schnappte nach Luft. Wollte der Kerl etwa seinen leeren Säckel auffüllen lassen? Der Platzmeister war imstande, ihm Recht zu geben. Am Ende würde doch noch Lene eingreifen müssen.

Der Gelehrte neigte sich zu Herrn Heinrich und flüstere ihm etwas zu. Dieser unterbrach den Fuhrmann: »Langsam, langsam. Dein Gaul war wohlauf, als ich den Bären erlegt habe. Wenn er dir inzwischen verreckt ist, haben meine Leute damit nichts zu tun.«

Kuno holte Luft, aber der Ritter ließ ihn nicht wieder zu Wort kommen. »Und hast du schon neue Ladung, mit der du weiterfahren willst?«

»Nein, aber …«

»Siehst du, die vier Tage Müßiggang sind also auch dir zuzuschreiben. Die Deichsel ist mit zehn Hellern mehr als bezahlt.«

Der Rechtsgelehrte nickte zufrieden. Alheit atmete hörbar auf.

»Zehn Heller sind festgesetzt«, ergriff der Platzmeister das Wort, »die sollen sie zahlen, und dazu zwei für das Gericht.« Er hielt selbst die Hand auf.

Alheit schnaubte. Auch die Spielleute murrten vernehmlich. Dabei waren sie noch recht glimpflich davongekommen.

Ohne zu überlegen griff Herr Heinrich in seinen Beutel und reichte dem Platzmeister die Münzen. Der warf ihm einen finsteren Blick zu, widersprach aber nicht. Mürrisch verkündete er, die festgelegte Buße sei bezahlt und damit der Schaden ausgeglichen, den der Bär angerichtet hatte. Alheit und Gottfrid bliesen ein Amen hinterher, und die Gesellschaft zog zurück in ihre Herberge. Die neugierigen Beobachtern zerstreuten sich.

Am Tor verabschiedete sich Herr Heinrich: »Ich muss euch jetzt verlassen und nach Alzey zurückkehren. Aber bevor ihr nach Frankfurt aufbrecht, komme ich noch einmal hierher.«

Er ging mit seinem Rechtsgelehrten davon, und Meister Wolfram folgte ihnen. Alheit wartete einen Augenblick und lief ihnen dann nach.

Als sie zwei Häuser vom Wilden Mann entfernt waren, überholte Wolfram die beiden Herren. »Zahlt mir erst meinen Lohn, Herr.«

Heinrich von Alzey griff bereits zum Beutel, doch der Gelehrte antwortete an seiner Stelle: »Den bekommst du am Mittwochabend.«

»Das ist zu spät.«

»Ich habe nicht mehr so viel da«, bedauerte Herr Heinrich.

Der Gelehrte fuhr fort: »Was willst du damit? Den Wirt brauchst du nicht zu bezahlen.«

Da Wolfram keine Antwort gab, vermutete der Gelehrte: »Hast du Schulden beim Juden? Der nimmt das Geld auch noch in Frankfurt.«

Wolfram schüttelte den Kopf und hielt nur noch die Hand auf.

»Lass es gut sein«, sagte Herr Heinrich. »Ich gebe dir das Geld am Mittwoch, wie es vereinbart war.«

»Es war vereinbart, dass Ihr mir die Hälfte im Voraus zahlt.«

»Die hast du doch bekommen«, empörte sich der Gelehrte.

»Nein.«

»Nicht?« Herr Heinrich klang erstaunt. »Aber wie dem auch sei, ich habe das Geld jetzt nicht, du bekommst es am Mittwoch.«

»Ist das Euer letztes Wort?«

Alheit beschloss, kehrtzumachen, bevor Wolfram sie entdeckte. Kaum war sie zwei Schritte gegangen, sah sie Lene am Hoftor stehen. Die grinste ihr frech zu.

Was wollte sie hier? Hören, was es zu hören gab, und dem Platzmeister zutragen? Oder einem anderen, der dafür zahlte?

Und was hatte es zu hören gegeben? Meister Wolfram brauchte dringend Geld. Wofür? All das Unschöne, das in den letzten Tagen geschehen war, hatte niemanden reich gemacht.

Montag nach Oculi

Am folgenden Morgen fand sich bei Meister Wolfram ein neuer Schüler ein. Klaus der Küchenjunge kam zurück in den Saal, nachdem er aufgeräumt hatte. Stolz trug er eine Schalmei vor sich her.

»Was hast du da?«, fragte der Meister streng.

»Eine Flöte«, antwortete der Junge. »Ich bin jetzt auch ein Spielmann.« Er blies kräftig hinein, doch das zerdrückte Rohrblatt gab keinen Ton mehr von sich.

Meister Wolfram riss ihm das Instrument aus der Hand und ohrfeigte ihn. »Hinaus!«

»Lass ihn doch hierbleiben!«, rief Elbelin. »Er kann den Juden vertreten.« Doch Klaus suchte heulend das Weite.

»Dieser Unverstand!« Meister Wolfram betrachtete das misshandelte Rohrblatt kopfschüttelnd. »Wisst ihr, wem das gehört?«, fragte er, als er sich wieder beruhigt hatte, und reichte die Schalmei herum.

»Mir«, sagte Franz, als die Reihe an ihn kam. »Ich frage mich, wo Klaus sie gefunden hat.«

»Hoffentlich ersetzt dir der Wirt den Schaden«, meinte Robert.

»Das könnt ihr beim Essen fragen«, mahnte Meister Wolfram. »Lasst uns jetzt an die Arbeit gehen. Wir haben nur noch wenig Zeit und viel zu lernen.«

Er spielte ihnen eine höfische Tanzweise vor.

Bei der ersten Gelegenheit machte sich Franz auf die Suche nach Alheit. Er fand sie in ihrem Schlafraum. Die Flöte in der Hand, saß sie mit Burkhard am Schlot, und der Wirt versuchte, ihr auf seiner Schalmei den Refrain einer einfachen Estampie nachzuspielen. Er schien erfreut über die Unterbrechung.

Franz hielt Alheit die Schalmei hin: »Hier, schau mal.«

»Wo hast du sie her?«

»Klaus hatte sie heute Morgen in der Hand und wollte mit uns spielen.«

Burkhard schnaubte. Für eine längere Antwort fehlte ihm die Luft.

Alheit betrachtete die Schalmei genauer. »Fehlt deshalb das Rohrblatt?«

Franz nickte. »Wir hätten doch bald ein neues gebraucht. Auf dem Markt …«

»Wie ist Klaus an die Schalmei gekommen?«, unterbrach ihn Alheit.

»Ich weiß es nicht.«

»Der Bub will immer an meine Instrumente«, mischte sich Burkhard wieder ein. »Ich habe sie schon weggesperrt …«

»Dann frage ich ihn eben.« Alheit war schon auf dem Weg zur Tür.

»Das ist besser, als wenn ich frage«, meinte der Wirt. »Mir erzählt er doch nur Märchen.«

Alheit ging in die Küche.

Neben dem qualmenden Herd saß Klaus mit untergeschlagenen Beinen auf dem Boden und knackte Nüsse.

Alheit wollte zu ihm, doch eine der beiden Küchenmägde, die am Tisch Teig kneteten, fing sie gleich an der Tür ab. »Was willst du hier?«

»Mit dem Jungen reden.«

»Nichts da, der soll seine Arbeit machen.« Die Frau rieb ihre mit Teig umhüllten Finger und wich nicht zur Seite. »Und wenn dich jemand bestohlen hat, dann such bei deinesgleichen.«

Alheit, die nur Klaus im Auge gehabt hatte, wandte sich ihr zu. »Wie kommst du darauf?«

»Dieser kleine Rothaarige, der immer mit seinen Fläschchen hantiert, hat dem Wirt Vorhaltungen gemacht. Klaus hätte irgendeine Flöte gestohlen und zerbrochen, oder so. Und Burkhard soll den Schaden ersetzen.«

Alheit nickte. Der Junge, um den es ging, sah nicht von seiner Arbeit auf. Er schien seinen Namen nicht gehört zu haben. »Und was sagt Klaus dazu?«

»Er sagt, er hätte die Flöte draußen am Tor gefunden.«

»Wo da?«, fragte Alheit, als die Küchenmagd Luft holte.

Doch diese redete einfach weiter: »Ich sage, er hat gar keine Flöte gehabt. Die Flausen habt ihr ihm in den Kopf gesetzt. Dabei ist er weiß Gott schon wirr genug.«

Alheit schaute von der Frau zu ihrem Knecht – oder war es ihr Sohn? »Ja, so mag es gewesen sein«, sagte sie unbestimmt. »Ich danke dir.«

Als sie die Küche verließ, saß Franz bereits an seinem Rückzugsplatz nicht weit von der Tür und spielte auf der Laute, etwas, das in Alheits Ohren schnell und schwierig klang. Eine Melodie konnte sie nicht heraushören. Er schaute nicht auf, als Alheit vorüberkam. Nun, sie würde ihn bei seinen Übungen nicht stören. Mit dieser Sache wurde sie auch allein fertig.

Auf der anderen Seite des Hofes öffnete Marjorie ihr schon die Tür zum Kaminzimmer. »Und? Was sagt der Junge?«

»Nichts, die Küchenmagd redet für ihn. Angeblich hat er die Schalmei am Tor gefunden. Wo genau, weiß man nicht.«

»Hauptsache, sie ist wieder da. Jetzt brauchst du nur noch ein neues Rohrblatt.«

Alheit nickte. »Heute Abend gehe ich mit Franz auf den Markt. Der versteht mehr davon als ich.«

»Das musst du ändern. Aber jetzt komm herein. Unser Meister hat noch reichlich Arbeit für uns.«

»Und nachher kommst du mit in die Gaststube«, fügte Katherine hinzu. »Israel ist schon wieder nicht da, da können wir dich brauchen.«

»Israel war am Freitag bei einer Beerdigung«, erklärte Alheit. »Wenn das jemand aus seiner Familie war …«

»Das bleibt sich gleich«, fand Marjorie. »Er fehlt, du kannst seinen Platz einnehmen.«

»Weiß Meister Wolfram das schon?«

»Er wird es gleich merken.«

Bei der Aussicht, das neue Stück bald der ganzen Gesellschaft vorspielen zu müssen, verloren Alheits Finger jede Treffsicherheit. Immer wieder brachen die drei ab und wiederholten dieselbe Stelle, bis Robert kam und es Zeit war, in die Gaststube zurückzukehren.

Meister Wolfram schaute Alheit finster an, doch sie sagte sich, dass er kaum einmal freundlicher dreinblickte. Er murrte, weil ihn niemand gefragt hatte. Der Rest der Gruppe war jedoch mit Alheits Anwesenheit einverstanden.

Nachdem Meister Wolfram seinen Unterricht für diesen Tag beendet hatte, wartete Alheit in der Schlafkammer auf Franz, der noch mit Robert ein neues Stück probierte. Zuerst kamen Elbelin und Gottfrid. Zielstrebig kauerten sie sich vor ihr Lager, mit dem Rücken zum Raum, sodass Alheit nicht sehen konnte, was sie taten. Doch bald richteten sich beide wieder auf und schauten einander betreten an.

Elbelin fingerte noch einmal sämtliche Beutel an seinem Gürtel ab, kniete sich neben sein Lager und untersuchte alle Decken. Immer wieder schüttelte er den Kopf. »Es hilft nichts«, sagte er schließlich, »das Geld ist weg.«

»Heiliger Amandus, was haben wir den Leuten hier denn getan?« Elbelin setzte sich auf sein zerwühltes Lager. »Erst der Dudelsack, jetzt das.«

Gottfrid nickte. »Wenn man nicht einmal mehr seinen eigenen Gesellen von der Landstraße trauen kann …«

»Was ist geschehen?«, fragte Alheit, obwohl sie das Wichtigste bereits gehört hatte.

»Das Geld für Elbelins Dudelsack ist weg«, erklärte Gottfrid.

»Hab ich euch nicht gesagt, ihr sollt darauf achtgeben? Wo war es denn?«

Elbelin schaute sie unglücklich an. »Hier unter dem Stroh.«

Alheit ging zu ihm hinüber und schob die Matratze beiseite. Darunter griff sie in ein mehr als faustgroßes Loch in einem der Balken. Sie sog scharf die Luft ein. Das musste behoben werden. Doch zunächst gab es Wichtigeres. »Nicht das dümmste Versteck. Trotzdem hat es jemand gefunden.«

»Aber wer?«, fragte Gottfrid. »Und warum?«

Alheit dachte als Erstes an Lene. Behauptete sie nicht, von den Jungen bestohlen worden zu sein?

»Jedenfalls muss ich jetzt noch einmal zu Johann Schure und ihm sagen, dass aus unserem Geschäft nichts wird«, stellte Elbelin düster fest.

»Dann gehen wir doch zusammen«, schlug Alheit vor.

Die Jungen wechselten einen Blick, doch da lugte Franz zur Tür herein: »Kommst du?«

»Los, auf geht's!« Alheit trieb die beiden vor sich her.

Draußen auf der Gasse fielen die Jungen zurück und trotteten hinter Alheit und Franz her wie unlustige Knechte, denen eine schwere Arbeit bevorstand. Auf die fröhlichen Anrufe von allen Seiten antworteten sie gar nicht oder nur mit Brummen. Alheit juckte es in den Fingern, ihre Flöte herauszuholen und einen Springtanz zu spielen. Doch nur wenige Schritte vor ihnen entdeckte sie den Graukopf des Platzmeisters. So beließ sie es dabei, anstelle ihrer Begleiter die Spielleute zu grüßen, die sie zu kennen glaubte.

Bald erreichten sie den Marktplatz und die Seitengasse, wo die Instrumentenbauer ihre Waren anboten. Der breitschultrige, schwarzbärtige Kerl bei Johann Schure am Stand konnte nur Emich der König sein. Alheit bezweifelte, dass seine Anwesenheit die Verhandlungen erleichtern würde. Er machte keine Anstalten sich zu entfernen, als die vier herankamen.

Elbelin und Gottfrid warteten offenbar darauf, dass Alheit nun nach einem Rohrblatt für die Schalmei fragen würde. Doch sie trat mit Franz zur Seite, sodass die Jungen freie Bahn hatten.

»Ihr kommt zu spät«, begrüßte sie Johann Schure. »Emich hat den Sack schon gekauft.«

»Gut«, erwiderte Elbelin. »Ich habe nämlich kein Geld. Ich bin bestohlen worden.«

Mit gespieltem Erschrecken wich der Händler zurück. Emich dagegen neigte sich näher heran. »Wie das denn? Erzähl!«, forderten beide gleichzeitig.

Elbelin teilte ihnen das wenige mit, was er wusste. Die beiden Männer tauschten einen Blick, der Alheit nicht gefiel. Wussten sie am Ende von dem Diebstahl?

»Das ist natürlich schlimm«, stellte Emich fest. »Lasst mich überlegen.« Er starrte eine Weile in den Himmel. Was wollte er dort entdecken? Den Dieb etwa? Oder suchte er eine Möglichkeit, als Retter aufzutreten?

Johann Schure übernahm derweil das Reden. »Man

erzählt sich ja allerhand über euch hier in der Stadt. Da mag der eine oder andere wohl neidisch werden.«

»Wieso?«, fragte Gottfrid, als sei er angegriffen worden.

»Ihr seid gut Freund mit den Stiftsherren von St. Paulus«, begann Johann seine Aufzählung, »euer Platz in Geldern ist euch so gut wie sicher, und eine hübsche Jungfer habt ihr auch immer bei euch.«

Unwillkürlich blickte Gottfrid sich um, doch hinter ihm stand nur – Lene.

Wo kam sie jetzt her? Alheit hatte das Gespräch der vier Männer so gespannt verfolgt, dass sie Lene gar nicht hatte kommen sehen.

Emich lachte. »Die ist nicht gemeint, und die schneidige Schalmeibläserin auch nicht. Aber hört zu, wie ihr zu eurem Dudelsack kommt.« Er legte eine bedeutungsvolle Pause ein. »Ihr wollt zu Graf Rainald, habe ich das richtig verstanden?«

Elbelin nickte.

»Gut, da seid ihr am rechten Ort. – Ich habe dieses schöne Stück ja nur gekauft, damit es in bessere Hände kommt. Vielleicht für einen meiner Schüler. Aber bei euch ist es wohl ebenso gut aufgehoben. Was meinst du, Johann?«

Der schaute starr geradeaus an den Jungen vorbei. »Du kannst sie ja einmal spielen lassen.«

»Das hatte ich vor.« Grinsend reichte Emich Elbelin die Sackpfeife.

Jetzt konnte Alheit sie richtig sehen: Der Balg bestand aus rauem, fast weißem Leder, Spielpfeife und Bordun aus nur wenig dunklerem Holz. Beide liefen am Ende in einem Horn aus. Hatte sie dieses Instrument nicht schon einmal gesehen?

Elbelin begann einen der Tänze, die sie an diesem Tag gelernt hatten. Emich sah ihm erwartungsvoll zu.

»Na, das ist doch was Rechtes«, stellte der König zufrieden fest. »Was haltet ihr davon: Ich überlasse euch das Instrument, und ihr bezahlt mich beim nächsten Reichstag?«

Elbelin strahlte. »Das ist ein guter Gedanke.«

»Bist du da nicht zu vertrauensselig?«, mischte sich Alheit ein.

Emich lachte. »Nein, keineswegs. Man nennt mich nicht umsonst den König. Wer mich betrügen will …«

»Von Betrug war keine Rede«, widersprach Alheit. »Aber wer weiß, wer von uns den nächsten Reichstag noch erlebt?«

»Oh, was die welschen Pfeffersäcke können, kann ich schon lange. Die versprechen sich auch, nächstes Jahr in Frankfurt zu zahlen.«

»Bis nächstes Jahr wollte ich schon noch am Leben bleiben«, nahm Elbelin den Faden wieder auf. »Wenn nicht, muss dich Gottfrid bezahlen, mein Erbe.« Er klopfte seinem Freund auf die Schulter.

»Jetzt tut nicht so, als ob ihr kein Geld hättet«, fauchte Lene dazwischen. »Ihr nehmt es doch, wo ihr es kriegen könnt.«

Emich warf ihr einen finsteren Blick zu. »Bist du das, die schon seit Tagen dieses Gerücht verbreitet? Nimm dich in Acht!«

»Vor dir selbst ernanntem König? Pah!« Lene spuckte aus und ging mit großen Schritten davon.

Emich warf einen Stein hinter ihr her. »Gemeines Weib!«

»Seid ihr euch einig?«, fragte Johann Schure.

»Von mir aus, ja«, antwortete Elbelin.

Mit einem Ruck kehrte Emich in die Gegenwart zurück. »Ja, ja.«

»Dann lasst die Instrumente bei mir bis morgen, ich passe euch alles richtig an.«

Gottfrid gab dem Händler seine Schalmei, offenbar mit leisem Widerstreben. Johann packte sie sorgfältig ein und wandte sich dann Alheit und Franz zu: »Und was kann ich für euch tun?«

Dienstag nach Oculi

Der Dienstag verlief erstaunlich ruhig. Nur Meister Wolfram erschien noch ein wenig schlechter gelaunt als sonst. Dafür legte er mehr Gefühl und Raffinesse in seine Verzierungen. Es schien, als wollte er seinen Schülern in diesen letzten beiden Tagen noch alles beibringen, wozu er bisher nicht gekommen war.

Elbelin vollführte ein paar Kunststücke mit Tamas' Fidelbogen, bis der Ungar so etwas wie ein Lächeln hervorbrachte und wie verlangt seine Stimme spielte.

Jedem, der es hören wollte, erzählte der Junge: »Ich bekomme wieder einen Dudelsack. Emich der König hat mir das Geld geliehen. Johann Schure richtet Gottfrids Schalmei passend dazu ein. Heute Abend hole ich ihn.«

Die anderen beglückwünschten Elbelin und scherzten über die Großzügigkeit des ›Königs‹.

Meister Wolfram dagegen schnaubte, als er den Namen hörte. »Der Kerl ist ein Blender und Betrüger. Ich kann nicht verstehen, warum ihm die Leute nachlaufen wie einem Bußprediger.«

Rechtzeitig zum Abendessen, Elbelin und Gottfrid waren noch nicht von ihrem neuerlichen Besuch bei Johann Schure zurück, erschien Werner im Wilden Mann, als ob nichts gewesen wäre. Er setzte sich an den Tisch, nahm den Löffel zur Hand und schaute erwartungsvoll in Richtung Küchentür.

»Wie ist denn dein Vorspiel ausgegangen?«, wollte Franz als Erstes wissen.

Werner schrak zusammen und schüttelte den Kopf. »Dieser Emich hat mich hereingelegt. Er wollte mich nur dabeihaben, damit sein Schüler gut dasteht.«

»Aber eine Schalmei hast du doch noch aufgetrieben?«, unterbrach Alheit. Sie würde nicht aufgeben, bis er sich verraten hatte.

Er nickte. »Kein gutes Instrument, und ich habe lange nicht mehr gespielt ...« Seine Stimme wurde immer leiser.

»Hast du sie dabei?«, fragte Alheit weiter

»Nein, sie war nur geliehen.«

»Von wem?«

Doch niemand achtete mehr auf ihre Frage. Aus dem Hof drang der näselnde Ton eines Dudelsacks herein. Jemand, vermutlich Gottfrid, riss die Tür auf, und Elbelin betrat mit seinem neuen Instrument den Saal. Einmal marschierte er rundherum, dann beendete er das Stück.

Die Anwesenden umringten ihn auf der Stelle und wollten viele Dinge von ihm wissen. Wer das Instrument gebaut hatte – ein Handwerker aus Mainz, dessen Namen niemand kannte –, aus welchem Holz, mit welchem Leder, wie es sich spielte ... Robert musste es einmal ausprobieren, und Elbelin ruhte nicht eher, bis auch Alheit ein paar schräge Töne zum Besten gegeben hatte. Entweder fehlte ihr die Übung, oder diese Sackpfeife forderte sehr viel mehr Luft als Elbelins altes Instrument. Schließlich stimmte Elbelin eine Tanzweise an, und die anderen fielen mit ihren lauten Instrumenten ein. Wolfram stand auf und verließ geräuschvoll den Saal, zügig und aufrecht.

»Holt er noch ein Instrument?«, fragte Werner in den Lärm hinein. Niemand schien ihn zu hören.

Alheit hielt nach Burkhard Ausschau. Die Küchentür war nur angelehnt. Wahrscheinlich stand er mit seiner Schalmei dahinter und versuchte, die schnellen Läufe für seine ungeübten Finger abzukürzen.

Als der Tanz endete, bat Marjorie: »Nun lasst uns aber etwas Leiseres spielen.«

Die Spielleute lachten, nahmen aber doch andere Instrumente zur Hand.

Kurz vor der Vesper erhielt der Platzmeister Besuch von einem jungen Domizellar. Er gab sich Mühe, ihn freundlich zu begrüßen. Dabei brachte ein Vertreter des Domkapitels meist nur Arbeit und Schwierigkeiten. Streng genommen waren sie die Herren der Stadt, auch wenn die Bürger in diesen Zeiten ohne Bischof einiges an Macht gewonnen hatten.

Der Domizellar erwiderte den Gruß des Platzmeisters nicht, sondern brachte sogleich seine Klage vor: »Einer deiner zünftigen Wächter hat eine Frau mit auf den Turm genommen.«

Meister Friedrich nickte, um Zeit zu gewinnen. Es war nicht seine Sache, sondern die der Zunft, zu der der eidbrüchige Wächter gehörte. »Wer war es?«

»Woher soll ich das wissen?«, zischte der Domizellar. »Du kennst doch die Kerle.«

In der Tat hatte der Platzmeister eine Vorstellung. Frowin war bekannt dafür, dass er den Frauen nachstellte. Aber das genügte nicht, um ihn als Eidbrecher zu bestrafen. »Wann war das?«

»Am Sonntag.«

»Tagsüber?«

»Ja.«

»Und wer hat sie gesehen?«

Der Domizellar seufzte. »Der Herr Dekan selbst. Willst du ihn jetzt verhören?«

»Wenn die Frau gefunden und bestraft werden soll …«

Der Geistliche machte eine abweisende Handbewegung. »Jag einfach alle fahrenden Fräulein zur Stadt hinaus. Da wird die Richtige schon dabei sein.«

Indessen überlegte Friedrich eilig, wer der Wächter gewesen sein mochte. In der Fastenzeit waren häufiger die Schlachter an der Reihe, da ihr Geschäft weniger lebhaft war. In dieser Woche waren es die vom unteren Markt. Also nicht Frowin der Schilderer. »Ich werde mit dem Herrn Schultheiß und den Zunftmeistern darüber beraten.«

»Beratet nicht zu lange«, mahnte der Domizellar, »sonst ist das Weib auf und davon, und der Handwerksknecht mit ihr.«

Der Platzmeister nickte würdevoll. »Wir werden sie nicht entkommen lassen.«

Noch immer misstrauisch verabschiedete sich der Domizellar.

Friedrich zum Rad schickte einen Boten zum Zunftmeister der Untermetzger. Dieser war noch nicht wieder zurück, da brachte ein Domschüler einen Brief des Dekans. Er nannte genau den Tag und die Zeit, wann er die Frau auf dem Turm gesehen hatte, und beschrieb die beiden Eidbrecher.

Der Mann war lang und blond gelockt, und trug Eisenhut, Kettenhemd und Hellebarde der bürgerlichen Wächter. Das mochte in der Tat der Schilderer sein. Die Fleischer kannte der Platzmeister nicht gut genug, um der beschriebenen Person einen Namen zu geben.

Die Frau dagegen war Lene. Da gab es keinen Zweifel. Sie musste die Stadt verlassen, so oder so. Wenn sie schnell und unbemerkt verschwand, konnte sie wiederkommen. War die Stadtverweisung erst einmal gegen sie ausgesprochen, war das vorbei. Diese Nachricht konnte Friedrich allerdings keinem Boten überlassen. Er musste selbst gehen.

Ruhelos wanderte er in seiner Kammer auf und ab, bis der Knecht wiederkehrte, den er zum Metzgermeister geschickt hatte. »Und, was hast du erreicht?«, fragte er ihn hastig.

Der Knecht begann vor Schreck zu stammeln. »Also, ich, Meister Paul …«

»Reiß dich zusammen!«

Der Mann nickte und schnappte nach Luft. »Meister Paul sagt, sein Sohn hätte am Sonntag die Wache auf dem Dom gehalten, allein, wie es dem Eid entspricht.«

Friedrich nickte. Mochte sich das Domkapitel die Zähne an der Sache ausbeißen.

»Aber gestern war Frowin der Schilderer oben«, fuhr der Knecht fort, »und von dem hört man ja …«

»Pah, auf das Gerede soll man nichts geben«, wehrte der Platzmeister ab.

»Soll ich ihn nicht herbringen?«, fragte der Knecht verwirrt.

Meister Friedrich überlegte. Den Mann wieder loszulassen, wenn er ihn einmal ergriffen hatte, würde schwierig werden. Und bevor er aussagte, musste Lene verschwunden sein. »Das hat Zeit. Erst müssen wir die Sache mit Meister Paul und seinem Sohn klären. Der Schilderer wird uns schon nicht davonlaufen.«

»Ich kann ihn auch morgen früh von der Arbeit wegholen«, schlug der Knecht vor.

Das würde Aufsehen genug erregen. Die Domherren würden merken, dass Friedrich seine Arbeit tat, die Bürger konnten sich verabreden, um ihre Rechte zu schützen. »Morgen oder übermorgen«, schloss der Platzmeister, »ich werde dir Bescheid geben.«

Als der Knecht gegangen war, legte Meister Friedrich seinen Mantel um, nahm die Laterne und machte sich auf den Weg in den Wilden Mann.

Dort wurde recht laut und offenbar mit viel Wein gefeiert. In Friedrich wuchs der Groll gegen die Ehrlosen, die sich an kein Gebot der Kirche hielten. Gute Bürger wie er dagegen trugen Entbehrungen ohne Ende, um die Gnade Gottes zu erhalten. War es nicht viel einfacher, wenn man ohnehin aus der Gnade gefallen war?

Er betrat den Hof und suchte Deckung unter einer Außentreppe. Die Laterne nahm er unter den Mantel.

Außer Lene durfte ihn niemand sehen. Doch zuerst kamen andere.

Mehr als ein halbes Dutzend Leute betrat johlend und grölend einen Raum etliche Schritte vor der Treppe, unter der Meister Friedrich sich verbarg. Dort legten sie ihre Bündel ab, kamen wieder heraus und gingen entweder durch eine Tür direkt am Fuß der Treppe oder die Treppe hinauf. Einer verließ den Hof ganz.

Dann endlich trat Lene ungehört durch das Tor.

Mittwoch nach Oculi

Es war ihr letzter Tag im Wilden Mann. Morgen früh würden sich alle auf den Weg nach Frankfurt machen, zum Reichstag. Dort würden sie trotz allem etwas verdienen können und vielleicht neue Herren finden. Meister Wolfram kürzte die gewohnten Pausen deutlich ab, dafür beendete er den Unterricht erst, als Burkhard mahnte, er müsse die Gaststube zum Essen herrichten. Alheit bemerkte, wie Robert sich durch das Hoftor davonstahl, obwohl nicht mehr viel Zeit blieb, sich in der Stadt herumzutreiben. Marjorie und Katherine nahmen anscheinend keine Notiz von seiner Abwesenheit.

Robert stand eine Weile allein am Weinausschank. Gedankenverloren hielt er sich an seinem Becher fest, drehte ihn zwischen den Fingern, nippte hin und wieder daran.

Hinter ihm lärmten Spielleute aus aller Herren Länder, sangen, pfiffen, tanzten und überboten einander mit haarsträubenden Erzählungen. Schon viele Jahre reiste er mit ihnen, bald ein halbes Leben. Er hatte es sogar zu einiger Fertigkeit auf der Flöte gebracht und dafür einen neuen Namen bekommen: Piper. Dennoch zog es ihn mehr zu den Gewürz- und Arzneihändlern als zu den Instrumentenbauern. Das war seine Welt. Nur ein böses Geschick hatte ihn daraus vertrieben. Er ächzte leise und ließ seinen Blick noch einmal über die Gesellschaft wandern, ob nicht der gekommen wäre, auf den er wartete.

»Fàilte, Meister Pillendreher, heute ohne Frau unterwegs?« Ein hochgewachsener Rothaariger in einer knielangen dunkelgrünen Cotte war zu ihm getreten.

Robert fuhr herum. »Wo kommst du plötzlich her?«

»Ich schaue dem Treiben schon eine ganze Weile zu. Es ist ein Jammer, so viel Kraft und Witz für Nichtigkeiten vergeudet zu sehen.«

Robert wusste, warum Malcolm in seiner Sprache vom Rand der Welt redete, und er verstand, was er sagte. Eine Antwort vorzubringen fiel ihm jedoch schwer. »Nur deshalb lässt man sie auch dort ein, wo Schwertträger nicht willkommen sind.«

»Du hast ja recht, Robert. Wie steht es, fahrt ihr bald weiter nach Frankfurt?«

Robert sah zweifelnd zu Boden. »Morgen, so war es geplant. Wann tut sich dort etwas?«

»Bald«, erwiderte Malcolm. »Bis Ende der Woche werden die großen Herren wohl eingetroffen sein. Es heißt, dass der Kaiser mit Geldern Großes vorhat.«

»Sieh an, mit Geldern.« Robert strich sich über das Kinn. »Das wird noch mehr Leute interessieren.«

Malcolm hob ein Fässchen auf den Tisch. »Den wolltest du doch haben, oder?«

»Nur eins?«

»Sag erst, was du in Fulda erreicht hast.«

Robert schüttelte den Kopf. »Nicht viel. Niemand kennt das Buch, das Bischof William sucht. Vielleicht muss ich weiter nach Süden.«

Malcolm nickte. Dann fragte er noch einmal: »Wann reist ihr nach Frankfurt?«

»Morgen, übermorgen«, Robert zuckte die Schultern. »Es ist ja nicht weit. Ich muss nur meine Weibsleute überreden.«

»Ich habe noch drei Fässchen davon in meinem Karren. Vielleicht hilft das.«

Robert nickte.

Als es dunkel wurde, versammelte sich die Gesellschaft wieder in der Gaststube zum Abendessen. Eine Eierspeise war es diesmal. Der Herr von Alzey versorgte seine Schüler nicht schlecht. Dennoch gab es einige missmutige Gesichter am Tisch. Nur Lene strahlte geradezu. Alheit rümpfte die Nase. Lenes Einkünfte aus ihrem Nebengewerbe waren wohl gut gewesen. Näheres wollte Alheit sich gar nicht ausmalen.

Sie saßen noch beim Essen, als Elbelin mit einem Mal aufsprang. »Da ist der Jude wieder.«

Alle Köpfe fuhren herum.

Burkhard verließ hinter jemandem, von dem nur noch eine Gewandfalte zu sehen war, die Küche in Richtung Hof. Es mochte Israel sein. Elbelin lief ebenfalls hinaus, die anderen folgten ihm.

»Was machst du hier, Jude?«, rief Elbelin, obwohl niemand zu sehen war.

Zwei fremde Knechte, beide Juden, kamen aus dem Bärenstall. Sie trugen die mächtige Truhe, in der Israel seine Instrumente verwahrte.

Oder auch nicht. Denn eben kam der Spielmann auf

den Hof, aus einer Tür neben der Küche, mit Guiterne und Sackpfeife. Burkhard folgte ihm und schloss die Tür wieder ab.

Israel beachtete die anderen nicht, er sprach nur mit den Knechten und verließ hinter ihnen den Hof.

Noch einmal lief Elbelin ihm nach. »Was soll das? Was hast du dich hier einzuschleichen?«

»Ich hole meine Instrumente.«

»Wo waren sie? Nicht in der Truhe?«

»Nein.«

Einen Augenblick starrten die beiden einander an. Dann sah Israel an Elbelin vorbei und fragte die anderen: »Oder will jemand einen Dudelsack kaufen?«

»Selbst, wenn ich noch Geld hätte – dir würde ich es nicht geben!« Elbelin trat einen Schritt zurück und verschränkte die Arme.

Auch sonst wollte niemand auf das Angebot des Juden eingehen.

»Und du?«, fragte Marjorie den Juden.

Israel schüttelte den Kopf. »Ich werde Handelsknecht bei Baruch ben Jakob.«

»Schade«, sagte Franz. »Das kann jeder vertrocknete Strohwisch.«

Der Jude ließ sich nicht beirren. »Singen und spielen können auch viele, sogar Christen. Geduldige Abakusschieber gibt es weniger.«

Robert nickte vor sich hin. »Lebt im Hause ben Jakob nicht auch eine Rahel?«

»Ja, auch.«

Katherine kicherte.

»Dann wünsche ich viel Glück«, sagte Marjorie.

Alheit ging trotz allem auf Israel zu. Sie wollte sich die Sackpfeife ansehen. Doch er machte keine Anstalten, ihr das Instrument zu geben.

Meister Wolfram drängte sich an ihr vorbei. »Ich kann dir die Guiterne abkaufen, wenn du das Geld brauchst.«

Israel warf ihm einen ungläubigen Blick zu, tat aber, als ob er nichts gehört hätte. »Dann nicht. Lebt wohl.« Damit wandte er sich zum Gehen.

Elbelin rief Flüche hinter ihm her.

Alheit starrte ihm finster nach. Warum bot er seine Instrumente erst an, wenn er sie doch nicht verkaufen wollte?

»Lass gut sein«, riet Franz, der ihr nachgekommen war. »Unser Geld reicht einfach nicht.«

»Wenn ich meinen Dudelsack einmal nicht mehr brauche, bekommst du ihn«, sagte Elbelin. »Das Judenzeug musst du nicht anfassen.«

Wider Willen lächelte Alheit. »Wann wird das sein? Wenn du als zahnloser Greis kaum noch den Sack unter dem Arm halten kannst?«

»Wenn sie ihm endlich die diebischen Finger abhacken!«, giftete Lene. Doch niemand achtete auf sie.

Wolfram hielt einen ausführlichen Vortrag über die Nachteile der Guiterne im Vergleich zur Laute, während sie in die Gaststube zurückkehrten.

Drinnen fischte Klaus Reste aus den verlassenen Schüsseln.

Wenig später erschien Herr Heinrich von Alzey, wie

immer in Begleitung des Knappen, der ihm die Laute nachtrug. Der Ritter ließ sich bei den Spielleuten nieder und stimmte flüchtig. Als Burkhard dem Herrn seinen besonderen Wein einschenkte, ging die Tür auf und ein neuer Gast trat ein. Eine stämmige Gestalt in grauer Kutte, die Kapuze weit ins Gesicht gezogen, gestützt auf einen Pilgerstab.

Alheit wollte schon aufspringen und ihn begrüßen, doch der Wirt war schneller: »Geschlossen. Such dir eine andere Herberge, Schüler.«

»Friede sei mit euch«, grüßte der Neuankömmling. »Ich suche Herrn Heinrich von Alzey, da hat man mich hierher gewiesen.«

Nun konnte Alheit doch nicht mehr sitzen bleiben. »Baldwin!« Sie rannte auf ihn zu und umarmte ihn. Franz folgte dicht hinter ihr.

Schließlich kam auch Herr Heinrich zum Zug. »Wer du auch bist, sei willkommen.«

Burkhard schnaufte nur und deutete mit dem Weinkrug unbestimmt zum Tisch. »Setz dich.«

Elbelin und Gottfrid rückten bereitwillig näher zusammen, Lene zeigte sich hocherfreut, dass Gottfrid nun noch dichter an ihrer Seite saß.

Baldwin legte Mantel und Kapuze ab. Nun war die Tonsur in seinem dichten grauen Haar deutlich zu sehen.

»Willkommen, Baldwin«, sagte Elbelin. »Was führt dich zu uns fahrenden Spielleuten?«

»Wirst du in deiner Kirche nicht vermisst?«, fügte Gottfrid hinzu.

»Meine Kirche ist der Marktplatz«, erwiderte Baldwin. »Dort predige ich und singe das Lob Gottes und der Heiligen Jungfrau.«

Die beiden Jungen lachten laut heraus und sangen ein Stück aus einer Goliardenmesse.

Baldwin beachtete sie nicht weiter.

Dafür fragte Alheit: »Was ist geschehen? Wir dachten, du bist längst sicher in Amt und Würden.«

»Ja, das dachte ich auch.« Baldwin seufzte. »Der Lindenfelser Burgkaplan und ich waren uns schon einig. Die Hauptgottesdienste haben wir gemeinsam gefeiert, die kleinen Horen habe meistens ich gelesen, und er hat sich mehr mit seiner Gemeinde befasst. Die Leute kennen ihn seit Jahrzehnten, sie müssen sich erst an den Gedanken gewöhnen, dass sich bald ein anderer um ihr Seelenheil kümmern wird. Doch dann kam der Sonntag Sexagesimä und mit ihm der Patronatsherr. Er brachte seinen Neffen mit, einen feisten Knaben, der keinen sauberen lateinischen Satz zustande bringt. Aber er ist schon zum Diakon geweiht, spätestens im Sommer soll er Priester werden und dann Pater Antonius ablösen. Mich braucht dabei keiner mehr.« Nach einer kurzen Pause fuhr er fort: »Darum bin ich nun hier. In dieser Stadt mit ihren Stiften und Klöstern und anderen Gotteshäusern kann ich vielleicht den einen oder anderen Altardienst versehen.«

Herr Heinrich nickte verständnisvoll. »Ich werde einmal mit ein paar Herren reden …«

Baldwin hatte seine Geschichte kaum beendet, da drängte ein neuer Gast herein. Der Wirt versuchte schon gar nicht mehr, ihn abzuwimmeln.

Sie, denn es war ein Mädchen im verwaschenen grünen Kleid. Sie ging ohne Mantel, nur mit einem Kopftuch, und barfuß. Weit war sie offenbar nicht gewandert.

»Herr Pater?«, fragte sie schüchtern.

Baldwin wandte sich zu ihr um. »Else! Wie kommst du hierher?«

Alheit starrte sie erschrocken an. Jetzt erkannte sie das Kind wieder. Aber Else war kein Kind mehr. In den acht Monaten, seit sie Lindenfels verlassen hatte, schien sie erwachsen geworden. »Hast du es doch geschafft. Gott sei Dank.«

Else nickte. »Ich bin als Magd bei den Beginen«, erklärte sie. »Ich … ich habe den Herrn Pater gesehen und …«

»Setz dich erst einmal hin und iss«, drängte Alheit und holte eine Schale herbei.

Franz langte nach Brot. »Hier ist das Fastenessen bestimmt besser als im Konvent.«

»Jedenfalls das fürs Gesinde.« Else schaute sehnsüchtig nach der Schüssel, die Alheit für sie füllte.

Von der anderen Seite reichte Elbelin ihr einen Becher. Obwohl er sie freundlich anlächelte, roch sie erst daran. Ihr Misstrauen legte sich dadurch nicht. »Was ist das?«

»Lebenswasser«, erwiderte der junge Mann. »Nicht wahr, so nennst du es, Robert?«

Robert nickte. »Die Iren sind ein ungehobeltes Pack, aber das, das haben sie uns voraus. Slainte!« Er hob seinen Becher und trank.

»Nimm lieber von dem Kräuterwein, Kind«, warnte Franz und schenkte ihr ein. »Und dann erzähl, was dich zu uns führt.«

Inzwischen kam auch Alheit mit dem, was Klaus von den Eiern übrig gelassen hatte, und Else langte zu.

»Ich habe den Herrn Pater gesehen«, nahm sie den Faden wieder auf, »bei der Schwester Pförtnerin. Und da dachte ich, vielleicht …« Sie brachte es doch nicht heraus.

Baldwin nickte. »Ich komme aus Lindenfels. Deine Eltern vermissen dich – und Heinrich auch.«

»Heinrich«, hauchte Else.

»Er hat mich schon ein paarmal nach dem geistlichen Leben gefragt.« Baldwin musste schmunzeln. »Aber noch hämmert er in der Schmiede mit Gert um die Wette und hält sich die schöne Susanna aus Fürth vom Leib.« Nach einer Pause fuhr er fort: »Deiner Großmutter geht es schlecht.«

»Oh.«

»Der Winter war hart, auch im Odenwald haben die Heuschrecken viel zerstört.«

Else nickte abwesend. »Kann ich mit dir zurückkehren, Herr Pater?«

Baldwin schüttelte den Kopf. »In Lindenfels brauchen sie mich nicht mehr. Ich will sehen, ob nicht hier irgendwo ein Vikar vonnöten ist …«

»Du hast dich allein auf der Flucht vor einem Mörder hierher durchgeschlagen«, unterbrach Alheit, »da wirst du doch auch wieder nach Hause kommen.«

Elbelin hörte mit großen Augen zu. »Du bist die tapfere Else, von der Franz erzählt hat?«

»Tapfer?«, fragte Else errötend.

Elbelin nickte so heftig, dass seine blonden Locken flogen.

Schneidend fiel Katherine ein: »Ja, die Geschichte will ich auch hören. Vor allem von diesem Heinrich.«

Franz zog den Kopf ein, als sich die Blicke der ganzen Gesellschaft auf ihn richteten. Dann fragte auch Herr Heinrich nach: »Ihr hattet mit einem Mörder zu tun? Erzähl!«

Alheit sah ihn ungläubig an. Sie waren im vergangenen Herbst, zur Weinlese, in Alzey gewesen und hatten von ihrem Abenteuer berichtet. Wusste der Ritter nun schon nichts mehr davon?

Inzwischen hatte Franz seine Gedanken geordnet und begann zu erzählen. Robert sorgte derweil dafür, dass die Becher stets mit goldbraunem Lebenswasser gefüllt waren. Herr Heinrich gab dazwischen großzügig von seinem edlen Wein ab. Vor allem Elbelin nutzte diese Quelle und fand immer wieder einen Grund, auf die Gesundheit eines der Anwesenden zu trinken.

»Wenn wir nicht nach Geldern gingen, würde ich gern mit euch weiterziehen«, sagte er zu guter Letzt zu Alheit, »wo ihr solche Dinge erlebt.« Dabei strahlte er sie voll Bewunderung an.

Sie wollte eine bissige Antwort geben, doch die Zunge lag ihr schwer im Mund und brachte kein verständliches Wort hervor.

An ihrer Stelle wandte Meister Wolfram ein: »Ihr tut, als ob ihr den Grafen von Geldern schon in der Tasche hättet.«

»Herzog«, verbesserte Robert halblaut.

Doch Elbelin übertönte ihn: »Haben wir auch.« Er begann, an seiner Gürteltasche zu nesteln. »Der Herr Erzbischof hat uns eine so glänzende Empfehlung mitgegeben, da will ich den Grafen sehen, der darüber hinweggeht.« Manche Laute kamen schon recht undeutlich heraus.

Gottfrid fiel ein, als habe er den Satz auswendig gelernt: »Ein geschickter Sackpfeifer und sein Geselle, ein flinker Schalmeibläser.«

»Ach nein, das Ding liegt ja oben«, murmelte Elbelin und zitierte mit einigen Holperern weiter: »Die beiden verstehen sich ebenso vorzüglich auf Gesang und Saitenspiel.«

»Immerhin gibt es im Gefolge des Erzbischofs noch ein paar Christen«, schloss Gottfrid zufrieden.

Robert lachte. »Die Beschreibung trifft es doch recht gut.«

»Wenn euch der Graf trotzdem nicht haben will«, brachte Alheit mühsam heraus, »dann kommt nur mit uns.«

Doch vorerst hatte der Aufbruch keine Eile. Es gab noch viel zu singen, zu erzählen und zu trinken.

Als sie schließlich auseinandergingen, gelang es Herrn Heinrich kaum, die Stufen zum Hof hinabzusteigen. Eilig übergab sein Knappe die Laute dem Wirt und griff dem Herrn unter die Arme. Burkhard brannte ihm kurz darauf eine Fackel an.

»Oh, Licht«, rief Else.

»Daran habe ich nicht gedacht«, murmelte Baldwin.

»Kommt mit mir«, lud der Knappe sie ein. »Wenn ich den Herrn nach Hause gebracht habe, geleite ich euch. Ihr wohnt doch im Gudelmannkonvent?«

»Ja«, sagte Else.

»Gott segne dich«, antwortete Baldwin. Er hakte Else unter, die deutlich schwankte, und folgte dem jungen Mann hinaus auf die Gasse.

Der Weg über den Hof erschien Alheit unendlich weit.

Franz tappte zur Küchentür und stieß sie auf, wohl weiter als beabsichtigt. »O holde Herrin des Herdfeuers«, begann er, »habt Ihr wohl noch ein Stücklein Brot für einen armen Spielmann?«

Die Antwort war nicht zu hören, doch als er sich wieder umwandte, kaute er und hielt Alheit den angebissenen Kanten Brot hin.

Sie schlug danach, verfehlte ihn aber. »Geh doch zu der Alten in die Küche«, keifte sie. »Da steckst du doch sowieso dauernd.«

»He!«, erwiderte er schwach.

»Bei der hast du's warm und immer gut zu essen.«

»He«, sagte Franz noch einmal.

»Mach schon, geh!« Alheit winkte, als ob sie Hühner verscheuchen wollte, und wandte sich ab. Fast verlor sie dabei das Gleichgewicht.

»Und du legst dich derweil zu deinen bartlosen Jüngelchen«, erklang es hinter ihr. »Für die hast du ja schon immer eine Schwäche.«

Die Treppenstufen tanzten vor Alheits Augen einen

wilden Reigen. Sie musste die Füße genau im richtigen Augenblick setzen, um eine Stufe niederzuhalten und einen Schritt voranzukommen. Ihr Kleid war so schwer, dass die schwingenden Falten sie aus dem Gleichgewicht brachten. Nicht einmal das Geländer bekam sie zu fassen, wenn sie es brauchte. So wurde es ein langsamer, vorsichtiger Aufstieg wie im Gebirge.

Die anderen waren wohl schon alle oben. Umso besser. Es musste ja nicht alle Welt hören, wie Franz sie beschimpft hatte. Wenn der nur wegblieb. Wenn es nach ihr ging, konnte er die Nacht auf dem Misthaufen verbringen. Lump, der er war. Schäkerte mit Lene und den Küchenmägden und wollte Alheit verbieten, einen anderen auch nur anzusehen.

Vor Wut übersah sie, dass die Tür zu ihrem Quartier geschlossen war, und stieß dagegen. Dennoch gab sie sich Mühe, leise zu öffnen.

Mehrstimmiges Schnarchen erklang, als sie eintrat. Gleich an der Tür lag Elbelin lang ausgestreckt. Alheit stolperte über seine Füße, er schnaufte und zuckte zusammen.

Ihr Lager war leer, Franz bummelte noch irgendwo herum. Alheit setzte sich sehr sorgfältig nieder und begann, die Schnürungen an ihrem Kleid zu lösen. Aber sie waren nicht mehr da, wo sie hingehörten. Es dauerte ein Weilchen, bis sie alles gefunden hatte und entkleidet unter ihrer Decke lag. Auch da fühlte sie sich noch wie auf einem Rheinkahn, der im Hochwasser schaukelte. Die Wellen wiegten sie in den Schlaf.

Die Berge am Ufer glitten vorüber, die Kuppel des

Doms blinkte in der Ferne. War das Speyer? Worms? Oder schon Mainz? Die Fastnachtsnarren sprangen lärmend durch die Straßen und tranken Wein im Übermaß. Einer übergab sich in einem Hof und stieg dann schwankend eine Treppe empor, die erbärmlich knarrte. Er öffnete eine Tür und betrat den Raum, in dem Alheit lag. Ein Lichtstrahl blitzte auf einem Gürtelbeschlag mit einem grünen Stein. Hinter der Tür legte der Narr seinen schwarzen Umhang ab und grinste sie mit fleischlosem Gesicht an. Alheit rief die Muttergottes an und der Spuk verschwand.

Sie hörte Schnarchen, ihr Bett war kalt ohne Franz. Sie rollte sich klein zusammen und schlief endlich mithilfe des Lebenswassers wieder ein.

Irgendwann kam das Schnarchen näher und sie fand ein warmes Fleckchen für ihre Füße. Franz war wieder da.

Donnerstag nach Oculi

JEMAND RIEF IHREN NAMEN, wie aus weiter Ferne. Franz war es nicht. Vielleicht eine Stimme aus der Vergangenheit. Alheit brummte unwillig und drehte sich zur Seite.

Da fasste sie jemand an der Schulter, als ob er das rechte Maß zwischen Wirksamkeit und Grobheit nicht finden könnte. »Alheit, bitte schau, ob du noch Leben in ihm findest.«

›In wem? Warum?‹, wollte sie zugleich fragen, doch sie brachte nur ein weiteres Brummen zustande.

»Was ist los?«, fragte Franz schlaftrunken.

»Elbelin«, sagte Gottfrid, die Finger noch immer in Alheits Schulter gekrallt. »Er regt sich nicht mehr und …«

Alheit setzte sich auf und schaute zu dem Deckenbündel neben der Tür. Die Kälte an ihrem Rücken brachte ihr Sinne und Verstand zurück. Es sah in der Tat aus, als ob sich dort seit dem vergangenen Abend nichts mehr gerührt hätte. Das mochte an dem seltsamen Getränk vom vergangenen Abend liegen, das auch Alheit den Schlaf und wirre Träume gebracht hatte. Dennoch steckte ihr die Angst in der Kehle wie ein großer, harter Bissen Brot. Endlich ließ Gottfrid sie los und ging aus dem Weg, damit sie aufstehen konnte. Langsam kam auch Franz zu sich. Die Decke um die Schultern geschlagen, ging Alheit zu Elbelin hinüber.

Der lag noch fest in seinen Mantel gerollt, obwohl bereits Tageslicht in den Raum fiel.

»He, wach auf, Elbelin«, rief Gottfrid und rüttelte seinen Gefährten, wie er es sicher schon zuvor getan hatte.

Elbelin regte sich nicht, nur eine blonde Locke schwankte vor seiner Stirn hin und her.

Alheit hockte sich neben ihn und schälte ihn aus seiner Decke. Er war steif und kalt, sie fühlte weder Atemhauch noch Herzschlag.

Ohne nachzudenken griff sie in sein Haar, tastete am Hals hinab und zu seiner Brust. Doch sie fühlte kein Blut, keine gebrochenen Knochen, und schüttelte den Kopf.

Inzwischen stand Franz hinter ihr, eine Hand auf ihrer Schulter.

Nein, sie wand sich nicht heraus, sie lehnte sich zurück an seine Beine.

»Was ist das da neben seinem Kopf?«, murmelte Franz.

Alheit sah genauer hin. Ein dunkler Wollfaden hatte sich in einem gespaltenen Strohhalm verfangen. Unwillkürlich fasste sie mit spitzen Fingern danach. Er war dunkler als Elbelins Mantel.

Die Bodenbretter knirschten, als Lene zu ihnen trat. Schnell ließ Alheit den Faden in ihrer Hand verschwinden und zupfte stattdessen etwas Stroh aus Elbelins Haar.

»Was gibt es?«, fragte Lene und beugte sich über den Toten. Aus ihrer Neugier machte sie keinen Hehl.

»Er ist tot.«

»Geschieht ihm recht.«

Alheit blickte verärgert auf.

Franz zuckte ebenfalls zusammen. »Warum?«, fragte er, als hätte er nie von dem angeblichen Diebstahl gehört.

»Darum«, antwortete Lene und sah ihn herausfordernd an. »Aber vielleicht tut er auch nur so«, fuhr sie fort. »Dem trau ich's zu.«

»Dann hol doch unseren gelehrten Apotheker, wenn du mir nicht glaubst«, erwiderte Alheit.

Lene kicherte. »Der wird ihn schon wieder auf die Beine bringen – Lebenswasser, ha!« Sie schaute in ihren kleinen Spiegel und schien mit ihrem Gesicht zufrieden, denn sie lief gleich nach draußen. Vielleicht trieb sie auch die Neugier.

»Aber er ist doch tot, nicht wahr?«, fragte Gottfrid.

Franz nickte. »Und vielleicht …«

Alheit stieß ihn unsanft mit dem Ellenbogen an.

Der Junge schüttelte traurig den Kopf. »Warum nur? Er war doch nicht krank.«

Tamas schnürte inzwischen ruhig sein Bündel. Weder achtete er auf die vielen Leute um Elbelins Lager noch auf Lenes Betriebsamkeit.

Lene kehrte mit Robert Piper zurück. »Da liegt er«, sagte sie und stieß Elbelin mit dem Fuß an. Gottfrid schob sie weg.

Der Engländer betrachtete den leblosen Körper und wollte schon nach der Flasche an seinem Gürtel greifen, doch er besann sich. Er ließ sich neben Elbelins Kopf nieder und brachte seine Nase an den Mund des Toten. Als er wieder aufschaute, lag seine Stirn in düsteren Falten. »Das war nicht nur Whisky. Davon hat er auch recht wenig getrunken.«

Alheit horchte auf. »Nicht nur was?«

»Uisge beatha, das Lebenswasser«, erklärte Robert, als müsste das jeder wissen. »Es riecht nach Gänsefuß, aber der ist doch nicht giftig. Man kann ihn sogar essen.« Er fuhr zu Franz herum. »Hattest du nicht etwas zum Einreiben?«

»Doch.« Franz ging zu dem Bündel neben seinem Lager und zog eine Tonflasche heraus. »Das hier hat mir Bruder Benedikt gegeben.«

»Klostermixturen«, schnaubte Robert. Mit einer geübten Handbewegung öffnete er das Fläschchen und roch daran. Dann wiegte er bedenklich den Kopf. »Wie viel fehlt?«, fragte er.

Franz zuckte die Achseln. »Ich habe das Zeug seit letztem Dienstag. Viel ist nicht mehr übrig.«

Robert wog die Flasche in der Hand. »Ich kann nichts sagen. Die Flasche war gut eingepackt?«

»Ja.«

Robert ließ seinen Blick durch den Raum schweifen, bis er an Lene hängen blieb. »Ihr schlaft auch hier«, stellte er fest.

»Ja, aber ich habe nicht gehört, dass jemand hereingekommen ist«, antwortete sie schnippisch.

»Elbelin liegt ja auch gleich an der Tür«, warf Alheit ein.

»Und wir waren heute Nacht alle gleich voll von deinem Lebenswasser«, ergänzte Franz.

»Wir müssen es dem Platzmeister melden«, sagte Gottfrid, der bisher schweigend dagesessen hatte, das Gesicht in den Händen verborgen.

Robert und Alheit schüttelten den Kopf. »Du hast ihn selbst gehört, als der Bär los war«, erinnerte Alheit.

»Wir haben am Hof des Erzbischofs von Trier gespielt«, widersprach Gottfrid trotzig. »Ich schreibe Herrn Balduin.«

»Oh, schreiben kann es auch«, höhnte Lene. »Pass nur auf, dass dir nicht einer den Garaus macht.«

Gottfrid sah sie erschrocken an. Offenbar war er auf diesen Gedanken noch nicht gekommen.

»Wenn es nicht das Lebenswasser war, was dann?«, fragte Franz dazwischen. Alheit warf ihm einen warnenden Blick zu. Es war nicht gut, vor aller Welt Verdächtigungen auszustreuen.

»Holzgeist.« Robert warf nur das eine Wort als Antwort hin.

Erschrocken schlug Gottfrid das Kreuz. »Was ist das für ein Geist?«

»Oh, ein sehr gefährlicher«, antwortete Robert ernst. »Er wohnt in Flaschen, und wenn er entkommen kann und von einem Körper Besitz ergreift, dann wird derjenige blind, und oft stirbt er kurz darauf.«

»Dann muss ihn ein Priester austreiben«, rief Gottfrid und sprang auf. »Sonst findet er doch nicht die ewige Ruhe.« Mit langen Schritten ging er auf und ab.

»Ich weiß einen, der das für wenige Heller besorgen wird.« Diesmal war Roberts Grinsen nicht mehr zu übersehen. »Euer Pater ist doch noch hier?«, wandte er sich an Alheit.

Sie nickte langsam. »Aber ich weiß nicht, wo er wohnt. Bei den Beginen …«

Gottfrid schien die beiden gar nicht gehört zu haben. »Ich gehe zu den Franziskanern«, verkündete er. »Dort werde ich einen finden, der diesen Geist bannen kann – ehe er noch jemanden von uns in Besitz nimmt.«

Robert sah an ihm hinauf. »Gerade du bist in großer Gefahr.«

Schon an der Tür, fuhr Gottfrid herum. Sein Gesicht war von Angst verzerrt. Dann raffte er sich auf und lief die Treppe hinunter.

»Warum glaubst du, dass Gottfrid von diesem Geist Gefahr droht, Robert?«, fragte Alheit.

Der zuckte die Schultern. »Die beiden werden den, der sich hier rächt, wohl gemeinsam geärgert haben.«

Alheit schwieg. Ihr fielen mehrere Leute ein, die infrage kamen.

»Meinst du Israel?«, fragte Franz an ihrer Stelle.

Huftritte erklangen vom Hof herauf.

»Wolfram hat sein Pferd geholt«, murmelte Franz.

Robert nickte schwer. »Er hat recht. Wir müssen aufbrechen.«

Alheit sah zu ihm auf. »Und Elbelin?«

»Um den muss sich Gottfrid kümmern.«

»Der eben aus Angst vor dem Geist davongelaufen ist.«

»Die Welt ist voller unvollkommener Menschen.

Dennoch werden die Toten begraben, und die Lebenden leben weiter.« Damit wandte Robert sich zur Tür hinaus und ging rasch die Treppe hinunter.

Alheits Hand lag noch immer an Elbelins Wange. Sie konnte sich nicht überwinden aufzustehen. Wieviel durfte sie einem Menschen glauben, der selbst verdächtige Zutaten in Elbelins Essen gegeben hatte? Wer außer Robert konnte ihr in diesen Dingen raten?

»Burkhard«, sagte Franz.

Sie seufzte. Wer sollte mit dem Wirt reden, wie lange der Tote in seinem Haus bleiben durfte, wenn nicht sie? Wer würde dafür bezahlen? Für die Beerdigung und die Totenmesse?

Anders als Gottfrid, der seine Hoffnung auf seinen bisherigen Herrn zu setzen schien, erwartete Alheit nichts von dieser Seite. Der Erzbischof von Trier, einer der mächtigsten Männer des Reiches, würde für einen fahrenden Sackpfeifer keinen Heller ausgeben.

»Ob Herr Heinrich das Begräbnis ausrichtet?«, fragte Franz ins Blaue hinein. Es war unheimlich, wie er auf ihre Gedanken antwortete.

»Er muss es ohnehin erfahren.« Alheit machte Anstalten, sich zu erheben.

Da ging die Tür auf, und Katherine kam herein, dicht gefolgt von ihrer Mutter. Doch sie blieb sogleich stehen, als sie den Toten sah, einen schwachen Klagelaut auf den Lippen.

Marjorie schaute Alheit prüfend an. »Und? Woran ist er gestorben?«, fragte sie. »Wirklich Holzgeist, wie der Apotheker sagt?«

Alheit zuckte zusammen. »Ich habe keine Wunde an ihm gefunden.« Sie war in Gedanken schon mehrere Stunden in der Zukunft gewesen.

Katherine hatte sich wieder gefasst und kam langsam näher. Sie setzte sich neben Elbelin, dort, wo vorher ihr Vater gestanden hatte, und nahm seine Hand. Sie sagte etwas in ihrer fremden Sprache. Tränen liefen über ihr Gesicht.

Mit einem Schnauben kam Alheit auf die Füße. »Wir sollten es wohl Herrn Heinrich melden.«

»Bleibt ihr noch hier?«, fragte Marjorie.

»Bis er begraben ist«, antwortete Franz.

Alheit nickte.

Tamas lehnte derweil am Kamin, sein Bündel zwischen den Füßen, die Fidel vor der Brust, und beobachtete, was an Elbelins Lager vor sich ging. Wie viel er davon verstand, konnte Alheit nicht sagen. Erst als Katherine wieder aufgestanden war, trat er hinzu und sagte etwas auf Ungarisch. War darin nicht von Mazko die Rede? Alheit schaute ihn misstrauisch an. Tamas beachtete sie nicht. Er schlug das Kreuz und ging hinaus. Lene folgte ihm.

»Fehlt noch Wolfram«, sagte Franz.

»Lass uns hinuntergehen«, erwiderte Alheit. Sie tat zwei unsichere Schritte zur Tür und ging mit einem letzten Blick auf Elbelin voran.

Im Hof war die Gesellschaft fast vollzählig versammelt. Robert spannte ein Maultier vor einen kleinen Karren, Marjorie lud mit geübten Griffen und finsterem Gesicht ihr Gepäck auf. Katherine half ihr mit langsamen, abwesenden Bewegungen.

Meister Wolfram verzurrte zwei schwere Kästen auf einem gedrungenen Braunen. Offenbar zeigten sich die Lederriemen widerspenstig, denn er zerrte ungeduldig an ihnen und murmelte ärgerlich vor sich hin. Als Gottfrid zurückkehrte, sah er kaum auf.

»Sie kommen ihn holen«, verkündete der Junge atemlos, »noch vor der Terz.«

»So lange können wir noch warten«, entschied Robert.

Tamas und Lene verließen den Hof, als ginge sie alles nichts an.

»Jämmerlicher Narr«, schalt Gottfrid hinter ihnen her.

Alheit unterbrach ihn: »Warst du auch bei Herrn Heinrich?«

»Nein, wieso?«

»Hast du noch Geld für das Begräbnis?«

Meister Wolfram ließ seinen letzten Riemen fahren und schnellte herum. »Wieso Begräbnis? Wer ist gestorben?« Der Kasten mit dem Portativ fiel krachend zu Boden. Das Pferd riss erschrocken den Kopf hoch.

Einen Augenblick schauten alle Wolfram ungläubig an. Dann antwortete Robert: »Elbelin ist tot.«

»Zu viel getrunken gestern, was?«, mutmaßte der Sänger.

Gottfrid schüttelte den Kopf. »Lästerlicher Judenzauber …«

Meister Wolfram lachte spöttisch auf. »Wenn ihr nur einen Schuldigen habt …« Er stellte den abgestürzten

Kasten wieder auf und schaute hinein. Dann nahm das Instrument seine ganze Aufmerksamkeit gefangen.

»Wo steckt Israel überhaupt?«, fragte Gottfrid.

»Er hat sich doch gestern Abend schon verabschiedet«, antwortete Robert.

»Nachdem er sich heimlich in Hof und Haus herumgedrückt hat.«

Alheit horchte auf. Ja, Israel hätte vielleicht Gelegenheit gehabt, Gift in den Kräuterwein zu mischen. Aber das galt für noch mehr Leute. Andererseits hatten Elbelin und Gottfrid keinen Hehl aus ihrer Abneigung gegen die Juden gemacht und Israel mit allerlei Frechheiten gepeinigt. Er konnte sich gerächt haben. Aber hätte er das nicht schon viel früher getan, gleich am Freitag? Oder …

Ehe sie etwas sagen oder tun konnte, betrat ein Mönch in grauer Kutte den Hof, jünger und magerer als Baldwin. Hinter ihm kamen zwei Laienknechte mit einer Trage. »Wo ist der Tote?«

Gottfrid ging ihnen voran in die Schlafkammer. Katherine wollte ihnen folgen, doch ihre Mutter hielt sie zurück. Die verbliebenen Gefährten warteten schweigend im Hof. Als sich oben die Tür wieder öffnete, bildeten sie eine Gasse für den Toten.

Hinter dem betenden Mönch und der Bahre zogen sie zur Kirche. Katherine ging neben Gottfrid. Als Letzter reihte sich Wolfram ein.

Die Knechte setzten Elbelin vor dem Altar ab, der Mönch sang ein letztes Amen und verschwand durch die Tür, die den Brüdern des Konvents vorbehalten war.

Eine Weile standen alle schweigend vor der Bahre. Dann bekreuzigte sich Gottfrid: »Und nun geht es dem nach, der das verbrochen hat.« Entschlossen wandte er sich zu den anderen um. »Seit gestern Abend kann er weit gekommen sein. Weiß einer von euch, wo er gewohnt hat?«

Alheit setzte zu einer Antwort an, doch Robert war schneller: »Das Judenviertel in Worms ist groß, wenn du dort alle befragen willst ...«

Vielleicht war es besser so.

»Reicht es nicht, wenn wir die Wachen an den Stadttoren fragen?« Gottfrid wollte nicht aufgeben.

»Wir?«, entgegnete Robert. »Wir werden nach Frankfurt ziehen, wie wir es geplant hatten.«

»Dann gehe ich eben allein.«

»Bitte sehr, tu das.«

Gottfrid lief hinaus auf die Gasse.

Katherine war dem Wortwechsel mit besorgter Miene gefolgt. Nun ließ sie den Kopf hängen und schmiegte sich an ihre Mutter.

Alheit schüttelte den Kopf. Natürlich wollte Gottfrid seinen Freund rächen. Aber sie ahnte, dass er in die falsche Richtung rannte. Ob sie versuchen sollte, Israel zu warnen? Oder jene, die unschuldig in seiner Nähe waren? Sie wusste immerhin einen Namen und ein Haus, wo sie fragen konnte. Aber vielleicht war es besser, all das Herrn Heinrich mitzuteilen. Er müsste wissen, wie der Täter bestraft und der Friede gewahrt werden konnte.

»Wir sollten jetzt auch gehen«, schlug Alheit vor und verließ die Kirche. Franz folgte ihr.

Erst jetzt, auf dem kurzen Weg zurück zur Herberge, fiel ihr auf, wie gut dieser Tag zum Wandern wäre, klar, trocken und nicht allzu kalt. Ein Geschenk für all die Spielleute, die sich heute zu neuen Unternehmungen aufmachten. In einem Winkel ihres Herzens bedauerte Alheit, dass sie diesen schönen Reisetag nicht ebenfalls nutzen konnten.

»Wir brechen jetzt auf nach Frankfurt«, erklärte Robert, als sie in Burkhards Hof neben dem beladenen Maultierkarren standen. »Lebt wohl, und denkt daran: Trinkt nur gebranntes Wasser, das nachweislich aus Irland kommt.«

Franz stöhnte leise. »Oder am besten gar keins.«

»Nimm öfter einmal die Flöte zur Hand«, ermahnte Marjorie Alheit. »Dann siehst du auch nicht mehr so bäurisch aus.«

»Dafür hört jeder die Schalmei«, erwiderte Alheit. »Das kann von Vorteil sein.«

Die beiden umarmten sich ein wenig ungelenk.

Alheit machte einen Schritt auf Katherine zu, doch diese wich zurück. »Mach dir keine Sorgen um Gottfrid, Kind«, riet Alheit. »Wenn er die Tränen wert ist, findet er dich wieder.«

Das Mädchen schien sie nicht zu beachten.

Robert trieb das Maultier an, und der Wagen rollte knarrend durch das Tor. Meister Wolframs Brauner wollte hinterher, doch der Sänger hielt ihn mit einiger Mühe zurück. Während das Pferd im Kreis tänzelte, saß er auf. Alheit glaubte in dem einen Sonnenstrahl, der durch die Wolken brach, ein grünes Funkeln zu erblicken. Sie reckte den Hals, um es vielleicht ein zweites Mal zu sehen.

Gleichzeitig gab Franz einen überraschten Laut von sich.

»Was ist?« Der Reiter war in die Gasse eingebogen und aus ihrem Blickfeld verschwunden.

»Der Mantel«, sagte Franz. »Da fehlte ein Stück Pelz am Saum.«

»Ja, und?«, fragte Alheit unwirsch. »Wolfram ist nicht mehr so gefragt, wie er immer erzählt hat.«

»Mmm.« Franz setzte mehrmals zum Sprechen an. »Gestern … heute Nacht …«, begann er zögerlich. »Als ich die Treppe hinauf wollte, ist einer an mir vorbei. Ganz schwarz, nur am Rand hat er hell geschimmert.«

Alheit starrte ihn mit zusammengekniffenen Augen an. »Heute Nacht warst du voll wie ein Dutzend Fuhrknechte«, erwiderte sie, doch es klang ihr selbst lahm in den Ohren.

Franz zuckte die Achseln. »Vielleicht hab ich mich auch geirrt. Jedenfalls ist es mir aufgefallen, dass der helle Schimmer an manchen Stellen unterbrochen war.« Er wurde rot und brach ab.

»Wer weiß, was du da gesehen hast.« Alheit dachte an ihr eigenes Traumgesicht. Es fiel ihr schwer, Franz davon zu erzählen. Zu unglaubhaft erschien es ihr selbst. Dennoch fragte sie schließlich: »Hast du seinen Gürtel gesehen?«

»Gürtel?« Franz starrte auf die Tür zur Gaststube, als könne er durch das Holz hindurch noch die ganze Gruppe sitzen sehen. »Ist mir nicht aufgefallen. Warum?«

Alheit holte tief Luft. Nun musste sie doch von dem totenköpfigen Fastnachtsnarren erzählen.

Franz hörte ihr zu und nickte dann. »Also doch kein Geist?«

»Ich weiß es nicht«, musste Alheit zugeben.

»Und wer wird uns glauben?«

»Versuchen wir es bei Herrn Heinrich.« Alheit ging voran, hinaus auf die Gasse. Aus dem Augenwinkel bemerkte sie, dass Burkhard ihnen nachsah.

Jeder mit seinen Gedanken beschäftigt, folgten sie der Kämmerergasse. Reisefertige Spielleute riefen ihnen von allen Seiten Abschiedsgrüße zu, wollten wissen, warum sie noch nicht zum Aufbruch bereit waren. Alheit hätte sie gern mit einem kurzen Wort abgefertigt, aber Franz blieb immer wieder stehen und erzählte von Elbelins rätselhaftem Tod.

Endlich gelangten sie zum Hof des Herrn von Alzey. Doch der Torwächter ließ sie nicht ein. »Sein Besuch bei euch gestern Abend ist ihm nicht gut bekommen. Der Arzt ist bei ihm. Kommt am Nachmittag wieder.«

Alheit und Franz sahen einander an. Wie sollte es jetzt weitergehen?

»Dann gehen wir am besten doch in die Judengasse«, schlug Alheit vor.

Franz schüttelte den Kopf. »Es werden Leute kommen, die ihn sehen wollen. Solange Gottfrid in der Stadt herumläuft ...«

»Du musstest es ja auch jedem erzählen«, murrte Alheit. »Aber du hast recht, wir sollten das nicht alles

Burkhard und den Franziskanern überlassen.« War das ein misstrauischer Blick von Franz? Alheit ging darüber hinweg. »Trotzdem müssen wir Gottfrid daran hindern, Unfrieden zu stiften.«

»Nimm Baldwin mit«, riet Franz.

Alheit nickte. Der fahrende Schüler hatte nicht nur eine Respekt einflößende Gestalt, sondern wusste auch seinen Pilgerstab geschickt einzusetzen, wenn es zum Handgemenge kam. »Wenn ich ihn dieses Beginenhaus finde …«

Sie brauchte nicht so weit zu gehen. Dort, wo sie von der Kämmerergasse abbiegen mussten zum Wilden Mann, kam ihnen Baldwin entgegen, etwas zerrupft und mit einer verweinten Else am Arm.

»Was ist geschehen?«, fragte Alheit.

»Die Schwestern im Konvent haben Else den Ausflug gestern Abend sehr übel genommen«, erklärte Baldwin.

»O wehe«, klagte Alheit. »Aber geh mit Franz in den Wilden Mann, Kind. Uns wird etwas einfallen, wie wir dir weiterhelfen. – Und du kommst mit mir, Baldwin.« Sie erzählte, was sie vorhatte.

Nachdenklich schüttelte der Priester den Kopf. »Da werden wir nicht viel ausrichten, wo es auf Ostern zugeht. Aber versuchen müssen wir es.« Die beiden machten sich auf den Weg.

Gottfrid eilte von einem Stadttor zum nächsten, durch die Straßen, die von allerlei Volk wimmelten. Jeder schien ihm etwas verkaufen zu wollen, eine Auskunft von ihm zu erwarten oder ihn zumindest zur Buße aufzufordern. Unwirsch drängte er sich an allen vorbei, um endlich die Torwächter nach dem Juden Israel zu befragen. Doch keiner wollte ihn gesehen haben.

Erst an der Martinspforte, im nordwestlichen Zipfel der Stadt, schlug der Wächter vor: »Geh doch grad da hinein in die Schule, da hocken sie und singen.« Er deutete in die Judengasse.

Gottfrid trug keine Waffen außer seinem Messer. Einen Augenblick zögerte er. Doch dann schritt er entschlossen in die schmale Gasse hinein.

Hier war sehr viel weniger Leben als im christlichen Teil der Stadt. Er traf niemanden, den er hätte fragen können. Ziellos ging er eine Weile auf und ab und versuchte herauszufinden, ob ihm die Schilder an den Häusern bei der Suche weiterhelfen könnten – ein Stern, ein weißes Pferd, ein Affe … aber kein Spielmann, kein Instrument, nichts, was er mit Israel in Verbindung gebracht hätte. Ja, der Kerl hatte gestern Abend wohl erwähnt, bei wem er wohnte. Aber wer achtete schon auf Judennamen?

Da endlich erblickte Gottfrid einen jungen Mann, den er seinem Gesicht nach für einen Juden hielt. Ähnelte er nicht sogar dem Gesuchten? Oder begann Gottfrid zu sehen, was er sehen wollte?

»Ich suche Israel ben Abraham«, begann er.

»Schalom«, sagte der andere. »Du bist der, den sie Gottfrid nennen, nicht wahr?«

Er lächelte auf eine Art, die Gottfrid einen Schauer über den Rücken jagte. Dennoch antwortete er: »Ja.«

Das Lächeln wurde noch breiter und gemeiner. »Dann

warte nur ein Weilchen, er wird auch zu dir kommen. Der Herr schlägt die Feinde Israels mit seiner Rechten.«

Gottfrid stutzte. Den gleichen Vers hatte ein Bußprediger seinen christlichen Zuhörern zu bedenken gegeben. Aber er wollte mit dem Juden keinen Disput über das Wort Gottes beginnen. »Wo ist er?«

»Such ihn«, erwiderte der Mann. »Das Judenviertel ist nicht groß. Hier wohnen gerade einmal tausend Menschen.«

Das war viel weniger, als die christliche Gemeinde aufbrachte. Dennoch war die Suche eine Herausforderung. Schon die Nachfrage an allen Stadttoren hatte viel Zeit gekostet. Gottfrid verfluchte im Stillen die anderen Spielleute, die ihn allein herumirren ließen. Als er seinen Gesprächspartner noch einmal nach Israels Aufenthalt fragen wollte, war er verschwunden.

»Er hat viele Freunde hier«, erklang seine Stimme hoch über Gottfrid.

Er schaute erschrocken auf. Die schmalen Fachwerkhäuser erschienen ihm wie Riesen, die hungrig auf ihn herabblickten. Ohne auf die Richtung zu achten, bog er in die nächste Gasse ein. Gerade vor seinen Füßen ergoss sich der Inhalt eines Nachttopfs auf die Straße. Er wich aus und eilte weiter, bis ein Mann im schwarzen Mantel und Schläfenlocken seinen Weg kreuzte, so knapp, dass Gottfrid nicht anders konnte, als ihn anzurempeln.

»Flegel!«, rief eine Frau aus einem höher gelegenen Fenster.

»Was hat er hier zu suchen, der Goi?«, fragte ein Mann.

Von irgendwo kam ein Stein geflogen. Oder war es nur ein fauler Apfel?

Gottfrid nahm sich nicht die Zeit nachzudenken, auch seinen scheinbar ruhigen Gang gab er auf. Er rannte kopflos davon.

Hinter ihm zischten Wurfgeschosse durch die Luft, Gelächter und Flüche erklangen.

Mehr durch Zufall erreichte Gottfrid wieder die Martinspforte. Auch der Wächter dort kehrte ihm ein finsteres Gesicht zu. »Was ist denn da schon wieder los?«

Gottfrid blieb aufatmend stehen und sah ihn verständnislos an.

»Den Juden darf nichts geschehen«, fuhr der Wächter fort und rieb die Finger aneinander. »Die Domherren brauchen das Geld. Dafür müssen wir dann den Kopf hinhalten, gerade jetzt, wo es auf Ostern geht.«

»Gottesmörder.« Gottfrid spuckte aus.

Dann schlug er eilig den Weg zurück zum Wilden Mann ein. Doch wenn er sich unter Christen in Sicherheit gewähnt hatte, wurde er eines Besseren belehrt. Immer wieder flog etwas dicht an ihm vorbei, hörte er das Wort Goi.

Der Hof der Herberge lag still und leer. Nicht einmal Burkhard stand an der Küchentür, und selbst Klaus war nicht zu sehen. Das kam Gottfrid sehr gelegen.

Schnell raffte er zusammen, was von Elbelin und seinen Habseligkeiten noch herumlag. Nur hinaus aus der Stadt. Wenn er etwas übersah, mochte sich der Wirt daran freuen.

Gottfrid fluchte, da er weder Pferd noch Karren hatte

und nun das Gepäck von zwei Männern tragen musste. Er verteilte es an seinem Körper und eilte, so schnell es der Verkehr erlaubte, zum nächsten Stadttor und hinaus zur Rheinfurt.

Bevor er zögernd den ersten Fuß ins Wasser setzte, glaubte Gottfrid noch einmal die Stimme zu hören: ›Er wird dich finden, wo du auch bist.‹

Auf dem Weg ins Judenviertel berichtete Alheit Baldwin ausführlicher, was sich zugetragen hatte. Das brachte auch gleich etwas Ordnung in ihre Gedanken.

Die Frage blieb: Wie konnte ein junger Mensch so plötzlich sterben, ohne dass eine Krankheit oder Wunde an ihm zu entdecken war? Wer konnte die verborgenen Zeichen sicher erkennen, die Gottes oder des Teufels Werk belegten und das eines Menschen ausschlossen? Vielleicht Robert, der schon auf dem Weg nach Frankfurt war. Vielleicht der Wilhelmiten-Pater, der Franz das Mittel für seine Hand gegeben hatte.

Baldwin unterbrach sie: »Hast du mit einem der Franziskaner darüber gesprochen?«

Alheit schüttelte den Kopf.

»Dann werde ich das tun. Hast du Anzeichen für Teufelswerk gesehen?«

Sie erzählte von der dunkel verhüllten Gestalt mit dem Totenschädel. Hatte sie wirklich jemanden neben Elbelins Lager kauern sehen, in der letzten Nacht, als er noch lebte? Jemanden mit grün funkelndem Schmuck? Oder hatte ihr das merkwürdige Getränk des Engländers etwas vorgegaukelt?

»Gerade Tamas und Israel waren nicht gut auf Elbelin zu sprechen. Der Ungar kennt seltsame Bräuche, die vielleicht nicht mit den Lehren der Kirche übereinstimmen. Und was der Jude mit seinen Glaubensgenossen treibt, ist auch nicht geheuer.«

»Nun, christliche Kinder schlachten sie wohl nicht«, widersprach Baldwin.

»Aber es geht nicht um ein Kind, sondern um einen Mann, der sie bei einem Begräbnis gestört hat.«

»Hm, das ist etwas anderes.« Nach einer Pause fuhr er fort: »Fällt dir noch jemand ein? Auch gute Christen können auf diesen Irrweg verführt werden.«

Alheit dachte sogleich an Werner, den der Neid zerfraß auf das Geschick und das Glück der beiden Jungen. Doch sie schüttelte den Kopf, ehe sie den Namen ausgesprochen hatte. Werner konnte keinen Geist beschwören. Das war keine kleine Gemeinheit wie eine Schalmei stehlen oder böse Gerüchte verbreiten, sondern eine Untat, die Mut und Können erforderte. Beides war bei Werner nicht vorhanden.

»Oder weißt du von einem Toten, dem Elbelin noch etwas schuldig war?«

»Höchstens der Jude, den sie am Freitag beerdigt haben«, mutmaßte Alheit, aber das glaubte sie selbst nicht.

Franz bugsierte Else behutsam die Treppe zu ihrer Schlafkammer hinauf, die nun recht verlassen wirkte. Nur sein eigenes Lager und das von Alheit waren noch vorhanden. Schniefend sank Else ins Stroh. Franz vergewisserte sich, dass sie seine Hilfe nicht brauchte, und nahm die Laute wieder aus ihrer Hülle. Er setzte sich mit untergeschlagenen Beinen an den Kamin und begann zu stimmen. Er sang das Abschiedslied, das sie als Letztes von Meister Wolfram gelernt hatten. Dann spielte er all das, was sie in den vergangenen Wochen geübt hatten, und ließ Elbelin im Geiste mitspielen.

Wie lange würde Burkhard sie in seinem Haus dulden? Er wusste, dass die Franziskaner Elbelin am Samstag ein christliches Begräbnis bereiten würden und für sein Seelenheil beteten. Bis dahin würde der Wirt Alheit und ihn wohl gewähren lassen, auch wenn er vorhin recht ungnädig dreingeschaut hatte, als Franz und Else den Hof betraten.

Und was war mit Gottfrid? Die Decken und Instrumente der beiden Jungen waren verschwunden. Diebe hatten sie wohl nicht mitgenommen. Also war Gottfrid hier gewesen und Hals über Kopf abgereist. Aus Angst vor den Juden? Er hatte Elbelins Instrumente mitgenommen, auch den neuen Dudelsack. Mit welchem Recht? Elbelin hatte bestimmt, dass Alheit die Sackpfeife bekommen sollte, wenn er sie nicht mehr brauchte. Das mochte ein Scherz gewesen sein, aber es hätte nicht völlig vergessen werden sollen.

Und konnte er wirklich seinen Freund hier liegenlassen und ungerührt nach Frankfurt ziehen, sich einen neuen Dienst suchen? Vielleicht, wenn Katherine auf demselben Weg war. Oder wollte er seinen früheren Herrn aufsuchen und um Hilfe bitten?

Franz seufzte. Eigentlich wollte auch er neue Gesellen finden, einen hohen Herrn, für den sie auf Reisen gehen konnten. Dennoch blieben Alheit und er, um den jungen Mann, den sie kaum zwei Wochen kannten, auf seinem letzten Weg zu begleiten.

Und um herauszufinden, woran er gestorben war. Da war Franz sicher. Die Gestalt im dunklen, pelzbesetzten Mantel schob sich in seine Gedanken. Stammte von diesem Umhang das Fädchen, das Alheit aus dem Stroh gepflückt hatte? Oder hatte er einen Geist gesehen, wie Alheit vermutete?

Die Tür flog auf und Lene kam herein. Mitten im Schwung blieb sie stehen: »Wo sind denn alle hin?«

»Abgereist nach Frankfurt«, erwiderte Franz und unterbrach sein Lautenspiel. »Warum bist du noch hier?«

»Darum.« Lene machte sich am Stroh zu schaffen, wo ihr und Tamas' Lager gewesen war. »Der Ungar hat mal wieder die Hälfte liegenlassen.« Sie schloss eine Hand zur Faust und steckte etwas in ihre Gürteltasche. Als sie sich wieder erhob, entdeckte sie Else. »Und wer ist dieses Weibsstück?«

Franz gab ihr Auskunft. Else schien nichts zu hören.

»Na, dann wünsche ich noch viel Vergnügen mit ihr.« Damit verließ Lene den Raum wieder.

Franz sah ihr nachdenklich hinterher. War nicht ihr neuer Gürtel mit emaillierter Bronze beschlagen? Mit kleinen grünen Blättern? Und die dünne Decke auf ihrem Lager war aus schwarzer Wolle gewesen.

Er schlug lauter in die Saiten.

Lene war noch nicht lange gegangen, da rief jemand von draußen: »Da ist noch einer! Packt ihn!«

Franz legte die Laute beiseite und ging den Besuchern entgegen. »Nur langsam«, sagte er. »Was ist denn los?«

Auf der kleinen Plattform vor der Tür drängten sich vier Bewaffnete, die das Wappen der Stadt Worms trugen.

»Komm mit«, befahl der, der am weitesten hinten stand, also wohl der Anführer.

»Warum? Wohin?« Franz rührte sich nicht.

»Komm einfach.«

Die zwei, die der Tür am nächsten standen, zerrten ihn nach draußen und stießen ihn die Treppe hinunter. Franz konnte sich gerade noch auf den Beinen halten.

»Da liegt bloß noch ein Weibsmensch, sonst ist keiner mehr da«, meldete oben der Dritte.

»Worauf wartest du? Schaff sie runter«, antwortete der Hauptmann. »Und dann vorwärts.«

Die zwei ersten hatten Franz schon wieder gepackt und fesselten ihm die Hände.

Burkhard stand stirnrunzelnd im Eingang zur Gaststube und sah zu, wie auch Else die Treppe hinuntergestoßen wurde.

»Siehst du, Wirt, wir haben doch noch zwei gefunden.« Der Hauptmann trat zu ihm. »Und jetzt sag noch mal, du weißt nicht, wo die anderen sind.«

Platzmeister Friedrich zum Rad hatte in den Gassen rund um den Marktplatz reichlich zu tun. Diejenigen Händler, die nur wegen der Spielmannsschule in die Stadt gekommen waren, schlugen ihre Buden ab. Dabei störten sie oft ihre Nachbarn, die noch bleiben wollten, oder richteten gar Schaden an. Ständig gab es irgendwo einen Streit zu schlichten. Doch dann sah er in einiger Entfernung eine Frau im grünen Kleid vorüberhuschen – Lene.

Er behielt sie eine Weile im Auge und bemerkte, dass sie immer engere Kreise um ihn zog. Es wurde ihm schwer, seinem Gegenüber noch so aufmerksam zuzuhören, dass er am Ende die passende Antwort geben und eine ausreichende Gebühr erheben konnte. Endlich gab der Mann zu, mehr eingenommen zu haben, als er Meister Friedrich auf seine erste Frage geantwortet hatte. Mit einem schweren Seufzer trennte er sich von seinen Hellern, und Friedrich konnte zum nächsten fluchenden Händler weiterziehen. Aber erst musste er nach Lene sehen.

In einem Winkel an der Außenmauer des Doms wartete sie auf ihn. Meister Friedrich schaute sie dankbar an. Gut, dass sie noch hier war. Es würde ihr wohl noch einige Tage gelingen, sich vor allzu eifrigen Wächtern zu verbergen und ihm Wissenswertes über allerlei Leute zuzutragen, von denen er sonst nichts erfahren würde.

»Vielen Dank für deine Hinweise, Lene«, sagte er laut. »Der Erzbischof wird uns dankbar sein, wenn wir den Mörder seines Mannes überführen. Ist der Pfeifer schon begraben?«

»Nein«, erwiderte Lene. »Aber die Franziskaner haben sich seiner angenommen …«

»Ich werde gleich hinschicken«, meinte der Platzmeister, »damit wir den Mörder an die Bahre seines Opfers führen können.«

»Hast du ihn denn?«

»Bertel ist unterwegs, das ganze Pack zu holen.«

»Da kommt er wohl zu spät«, entgegnete Lene. »Nicht nur der Ungar ist schon nach Frankfurt gezogen.«

»Das schadet nicht, wir werden sie noch auf wormsischem Land abfangen. Die Ritter in städtischen Diensten …«

Lene hob warnend die Hand. »Dieser Heinrich von Alzey hat da merkwürdige Vorlieben.«

Der Platzmeister sah missgelaunt auf. »Das habe ich schon bemerkt. Sagtest du nicht auch, er will für das Begräbnis des Fahrenden und die Totenmesse bezahlen?«

Lene nickte. »Nur deshalb haben ihn die Franziskaner aufgenommen.«

»Ich werde mit dem Guardian sprechen«, beschloss der Platzmeister. »Er wird nicht erfreut sein, aber wenn der Erzbischof dahintersteht …«

»Du wirst das schon richtig in die Wege leiten.« Lene hauchte dem Platzmeister einen Kuss auf die Wange und verließ die Nische wieder.

Meister Friedrich kehrte zum Markt zurück. Doch er brauchte nicht lange zu verhandeln. Ein junger Handwerksknecht brachte ihm die Nachricht, dass Bertel und seine Männer mit zwei Gefangenen im Stadthaus eingetroffen seien, mit einem Mann und einem Mädchen. Der Platzmeister beeilte sich, wieder in seine

Schreibstube zu kommen und das Gefeilsche hinter sich zu lassen.

Als er Bertels Gefangene vor sich sah, wuchs sein Unmut schnell wieder. Er konnte sich kaum an die beiden erinnern. Das waren mit Sicherheit die Falschen. »Wo sind die anderen?«, fragte er ungehalten.

»Es waren sonst keine da«, erwiderte Bertel, »nur die zwei.«

Seufzend wandte sich der Platzmeister an den Spielmann. »Dann sag du es uns!«

Der blickte sich unsicher um. »Wen meint Ihr, Herr?«

»Was alles noch bei Burkhard gehaust hat. Als euer Bär los war, hat doch bald ein Dutzend von euch das große Wort geführt.«

Der Gefangene druckste eine Weile herum. »Sie sind abgereist, Herr.«

»Rede weiter, Kerl. Wohin? Und wie nennen sie sich alle?«

»Die meisten wohl nach Frankfurt, aber genau weiß ich es nicht von allen«, wehrte der Spielmann ab.

»Dann fangen wir doch mit dir an.« Erwartungsvoll sah der Platzmeister ihm ins Gesicht.

Er nannte seinen Namen. Franz Wohlgesang. Großsprecherisch wie alle Spielleute. Das Mädchen war eine Schmieds Else aus dem Odenwald. Nicht weiter von Bedeutung, nicht einmal besonders hübsch.

»In wessen Dienst steht ihr?«

Franz schüttelte den Kopf.

»Aber jemand hat doch für dich hier bezahlt.«

»Herr Heinrich von Alzey.«

»Mit seiner merkwürdigen Vorliebe für Fahrende. Weiter.«

Franz zählte auf. Robert Piper, unterwegs nach Frankfurt. Tamas der Ungar ohne seinen Bären. Zog er nun zurück in seine Heimat oder nicht? Nun, das würde Lene wissen. Meister Wolfram Lautenschläger schien etwas Besseres zu sein, denn er besaß ein Pferd, wusste aber noch nicht, wohin er von Frankfurt aus reiten sollte. Gottfrid dagegen war offenbar recht sicher, dass er nach Geldern ziehen würde, wenn auch nun allein.

»Fehlt da nicht noch einer?«, fragte der Platzmeister. Den hatte er schließlich zusätzlich beobachten lassen.

»Israel ben Abraham«, antwortete Franz ganz richtig. »Aber über ihn kann Euch wohl besser seine hiesige Verwandtschaft Auskunft geben.«

Baruch ben Jakob würde der Platzmeister noch gesondert vorladen. Es wurde Zeit, zum Kern der Sache zu kommen. »Und? Noch einer?«

Franz tat, als müsse er überlegen. Erst nach einer Weile kam er auf die Antwort: »Aber Elbelin ist tot, Herr.«

»So ist es. Weißt du auch, warum?«

Wieder druckst der Mann herum. »Gottes Wille …«

»Ich glaube eher, es war eines Menschen Wille«, unterbrach ihn der Platzmeister, »vielleicht der deine?«

Franz blieb der Mund offen stehen. »Aber warum sollte ich so etwas tun?«

»Das wollte ich von dir hören. Hast du bei deiner Aufzählung nicht noch ein paar vergessen?«

Da hatte der Platzmeister wohl das Richtige getroffen. Der Kerl sah nicht nur dumm, sondern auch schuldbewusst drein. Dann nannte er ein paar Frauennamen, die mit denen übereinstimmten, die der Platzmeister von Lene kannte. »Nehmen wir an, die du genannt hast, sind bei ihren Männern. Aber wo ist deine Frau?«

Franz zögerte schon wieder. »Sie wollte Israel den Juden aufsuchen.«

»Warum?«

Offenbar fiel es dem Kerl immer schwerer, sich herauszuwinden. Er schluckte und redete dann drauflos. Vielleicht hatte er sich ja für die Wahrheit entschieden. »Gottfrid hatte ihn verfolgt, um seinen Freund zu rächen. Aber er ist nicht wiedergekommen.«

»Und deine Frau würde es allein mit der jüdischen Gemeinde aufnehmen?«

»Ja.« Diese Antwort kam ohne Zögern.

Alheit und Baldwin kehrten nachdenklich von ihrer Verfolgungsjagd zurück. Sie hatten weder Israel noch Gottfrid angetroffen. Im Judenviertel herrschte Ruhe, wenn die beiden auch mit merkwürdigen Blicken bedacht wurden und auf ihre Fragen keine Antwort erhielten. Im Haus mit der Sonne, bei Baruch ben Jakob, blieb ihnen die Tür verschlossen. Der Wächter an der Judenpforte riet ihnen, das Viertel so schnell wie möglich zu verlassen.

»Vor euch war schon mal einer da und hat Unruhe gestiftet.«

»Weißt du, wo er hin ist?«

Der Wächter zuckte grinsend die Schultern. »Eilig hatte er es jedenfalls.«

Sie machten sich auf den Rückweg.

Im Hof der Herberge war alles still. Nur an der Küchentür stand die Magd, mit der Franz so gern schäkerte, und sah Alheit finster an. Oder schien ihr das nur so? Sie ging vor Baldwin die Treppe hinauf in ihr Quartier. Der Raum war leer. Franz' Laute lag am Schlot auf dem Boden, die anderen Instrumente steckten in der Kiepe. Das Lager war zerwühlt, die Decken noch vorhanden.

»Das sieht nicht gut aus.«

Baldwin sprach aus, was Alheit dachte. Sie lief schon wieder die Treppe hinab und auf die Küchenmagd zu.

»Wo ist mein Mann?«, fragte sie heftiger als nötig.

»Die Städtischen haben ihn eingesteckt«, antwortete die Frau schnippisch. »Mehr weiß ich nicht.«

»Aber warum?«, rief Alheit hinter ihr her, denn sie zog sich eilig in die Küche zurück.

Alheit lief den Hof ab und rief nach Burkhard. Der konnte ihr sicher Genaueres sagen.

Seine Antwort erklang hinter dem Nebengebäude, in dem die Spielleute genächtigt hatten.

Alheit sah hinauf zum Schornstein, und tatsächlich glaubte sie, dort einen Arm in einem grauen Ärmel zu entdecken. Er bewegte sich, ein Kopf erschien.

»Was ist los, Klaus?«, rief Alheit hinauf.

»Die Ritter waren wieder da.«

»Jetzt sind sie weg.«

»Sie haben das schöne Mädchen mitgenommen.«

»Else?« Alheit schrak auf.

»Wie kommt er auf das Dach?«, fragte Baldwin.

Alheit zuckte die Schultern. »Er hat einen Freund, einen roten Kater, der zeigt ihm den Weg.«

Baldwin sah sie an, als zweifle er an ihrem Verstand.

»Komm wieder herunter, Klaus«, bat sie. »Ich schenke dir auch meine Flöte.« Roberts abfällige Bemerkungen über ihr Instrument klangen ihr noch in den Ohren.

»Wirklich?« Einfältig mochte Klaus sein, aber er wusste, was von solchen Versprechungen zu halten war.

»Bei meiner Ehre als Spielweib«, erwiderte Alheit ernst.

Der Kopf verschwand vom Schornstein, dann der Arm. Auf der anderen Seite fiel etwas klappernd zu Boden. Zornige Stimmen erklangen, darunter die von Burkhard.

Kurz darauf zog der Wirt den heulenden Jungen hinter sich her in den Hof und schob ihn ohne ein weiteres Wort in die Küche. Dann kam er zu Alheit und Baldwin.

»Vor gut einer Stunde waren drei Leute des Platzmeisters hier«, begann er. »Jemand hätte einen Mann des Erzbischofs von Trier umgebracht, und sie sollten den Mörder fangen.«

»Umgebracht?«, wiederholte Baldwin misstrauisch.

Burkhard beachtete ihn nicht. »Ich wollte gleich zu Herrn Heinrich, aber da rief der Nachbar, dass der vermaledeite Bub wieder auf dem Dach sitzt, und dann wird mir die Lisbeth narrisch.« Er wandte sich an Alheit: »Wie hast du ihn denn dazu gebracht, wieder runterzukommen?«

»Ich habe ihm meine Flöte versprochen.« Ohne auf Burkhards beginnenden Widerspruch zu achten, fragte sie: »Wie weiß der Platzmeister so schnell, dass Elbelin nicht nur tot ist, sondern auch ermordet wurde?«

»Weiß der Teufel.« Burkhard schaute sie nicht an. »Es war von Zauberei die Rede.«

»Heilige Kümmernis!«

Baldwin sog nur hörbar die Luft ein.

Alheit hatte sich gleich wieder gefangen. »Es ist doch jetzt nach Mittag, oder? Dann lass uns zu Herrn Heinrich gehen.«

Auch diesmal war es nicht leicht, vorgelassen zu werden. Alheit fiel es schwer, das Reden Baldwin zu überlassen. Selbst der Priester hatte keinen Erfolg. Der Torwächter berief sich noch immer auf die Krankheit seines Herrn. Erst als der Knappe Ewald erschien, der Herrn Heinrich in den Wilden Mann begleitet hatte, und die beiden erkannte, durften sie den Hof betreten.

Heinrich von Alzey empfing seine Besucher in einer finsteren, engen Stube, gegen die sich Burkhards Schankraum großzügig ausnahm. Er saß neben dem Kamin, in dem ein Feuer brannte, die Laute auf dem Schoß. Sein Gesicht war blass, neben ihm stand ein Becher mit einem dampfenden Getränk. »Gott grüße euch. Seid ihr schon auf dem Weg nach Frankfurt?«

Alheit schüttelte den Kopf. »Der Platzmeister hat Franz verhaftet, wegen Zauberei.«

»Heilige Muttergottes, warum das?«

So ruhig sie konnten, brachten Alheit und Baldwin die Geschichte vom vergangenen Abend an vor.

»Gott sei seiner Seele gnädig.« Der Ritter bekreuzigte sich, als sie bei Elbelins Tod angekommen waren. »Und ihr wisst nicht, woran er gestorben ist?«

»Vielleicht an einem Gift«, erwiderte Alheit. Ärger keimte in ihr auf, weil sie es nicht wagte, von dem Geist zu sprechen.

»Das ist nicht viel besser als Zauberei«, wandte Herr Heinrich ein.

»Gottfrid verdächtigt den Juden Israel«, fuhr Alheit fort und berichtete von dessen Aufbruch ins Judenviertel.

»Die Juden geben sich mit vielem ab, was Christen ein Gräuel ist. Aber diesen hat man mir ausdrücklich empfohlen.« Herr Heinrich brach ab, als hätte er zu viel gesagt.

»Wer hat ihn empfohlen?«, fragte Alheit scharf, ehe sie sich besinnen konnte, mit wem sie sprach.

Doch der Ritter ging darüber hinweg. »Baruch ben Jakob und der Judenbischof selbst.« Er kniff die Augen zusammen. »Ich frage mich, ob sie nicht ... Zwei Spielleute sollen vor Kurzem das Begräbnis einer Jüdin gestört haben?«

Alheit nickte grimmig. »Das waren Elbelin und Gottfrid.«

Herr Heinrich wiegte den Kopf. »Die Juden haben

einen in ihrer Mitte, der mit allerlei Tränken und Kräutern handelt, einen Joseph. Der kann leicht etwas gebraut haben.«

»Ist er auch als Geisterbeschwörer bekannt?«, fragte Baldwin, den Kopf schief gelegt.

»Nicht mehr als andere seiner Sippschaft.«

»Dann gehen wir doch zu ihm.« Alheit wollte auf und davon.

Doch Herr Heinrich hob beruhigend die Hand. »Das wird Franz vorerst nicht viel helfen.« Nachdenklich legte er die Hand ans Kinn. »Ich werde mit Doktor Martin zum Platzmeister gehen und sehen, ob er Franz nicht gegen ein Pfand freilässt. Wenn nicht, will ich wenigstens genau erfahren, wessen man ihn anklagt und warum.«

»Und Else!«, mahnte Alheit.

»Wer ist Else?«, fragte der Ritter.

Sie erinnerte ihn an den vergangenen Abend.

»Ach, die. War sie nicht im Gudelmannkonvent im Dienst?«

»Man hat sie hinausgeworfen, als sie spät in der Nacht mit zwei Männern am Arm zurückkehrte«, antwortete Baldwin. Leiser fügte er hinzu: »Mich übrigens auch.«

»Oh, ach ja. Vielleicht kann ich für dich im Paulusstift etwas erreichen.« Herr Heinrich legte die Laute beiseite. »Aber nun geht in die Küche und lasst euch Brot und Wein geben. Ich werde mich mit Doktor Martin beraten.« Sein Unwohlsein schien vergessen.

Schweren Herzens entschloss sich Alheit, ihm und

seinem Ratgeber zu vertrauen, und folgte Baldwin zur Küche.

Bei Brot und Wein, in der Wärme, wollten ihr die Augen zufallen, doch Baldwin hielt sie wach. »Wer ist dieser Doktor Martin?«

»Wohl der Rechtsgelehrte, der Herrn Heinrich zur Seite steht.«

Baldwin nickte. »Den werden wir brauchen. Dennoch müssen wir den wahren Mörder finden.«

»Ich kenne hier zu wenige Leute«, bedauerte Baldwin auf dem Weg zurück zum Wilden Mann. »Es ist gefährlich, einfach jemanden zu fragen, ob er sich mit Geisterbeschwörungen auskennt.«

»Dann lass uns der Sache mit dem Gift nachgehen«, schlug Alheit vor. »Herr Heinrich und sein Doktor können sicher besser nach einem Zauberer suchen als wir.« Sie ging zielstrebig an der Abzweigung zum Wilden Mann vorbei, weiter der Neuen Pforte zu.

»Nein, warte.« Baldwin fasste nach ihrem Ärmel. »Das Spital liegt doch vor der Stadt?«

»Ja.« Alheit wusste nicht, worauf er hinauswollte.

»Wenn der Platzmeister nach dir sucht ...«

Sie schrak zusammen und sah sich um. Wenn auch keine Waffenknechte in der Nähe waren – der Bucklige, Lene –, wen mochte der Platzmeister noch bezahlen? Wo konnte sie sich verstecken? Verstecken und dennoch den wahren Mörder suchen?

»Nicht zu Burkhard«, murmelte sie. Dann hob sie den Kopf. »In die Kirche. Zu St. Lampertus.«

»Die Pfarrkirche bei St. Martin.« Baldwin ging ein Licht auf. »Guter Gedanke. Ich lasse es Herrn Heinrich wissen.«

Sie verabschiedeten sich mit einem Händedruck.

Baldwin folgte der Kämmerergasse nach Süden, zur Neuen Pforte hinaus. Er verließ sich darauf, dass er in der Stadt noch unbekannt war und niemand ihn mit dem Toten in Verbindung brachte. Nachdem er das Tor ungehindert passiert hatte, wies ihm ein Türmchen, das kaum die Stadtmauer überragte, den Weg zum Heilig-Geist-Spital. Der ältere Bruder an der Pforte wies ihn gleich zu Bruder Benedikt. Dieser zerrieb in seiner engen, mit allerlei Gerät und Gefäßen angefüllten Werkstatt ein scharf riechendes Kraut und sprach dabei ein Ave Maria ums andere. Erst nach dem dritten Amen schaute er auf und fragte Baldwin nach seinem Begehr.

Dieser schilderte ihm die Notlage seines Freundes, während der Wilhelmit das Kräuterpulver in einen Topf gab, der auf einem kleinen Kohlebecken brodelte.

»Aber das Zeug kann man doch nicht trinken!«, rief Bruder Benedikt empört. »Das habe ich deinem Genossen auch gesagt.«

Baldwin nickte. »Ich weiß.« Dann berichtete er die Ereignisse der vergangenen Nacht, wie er sie von Alheit gehört hatte.

Das Gesicht des weißen Mönchs wurde immer finsterer. Als Baldwin smit den Worten schloss: »Genau weiß ich es natürlich nicht, aber das ist mein Verdacht«, erwiderte er heftig: »Da ist dein Genosse aber unvorsichtig gewesen, dass er sich die Flasche hat stehlen lassen.« Er holte tief Atem und fuhr dann ruhiger fort: »Es heißt, dass man von diesen gebrannten Wässern blind werden und sogar sterben kann. Deshalb warne ich alle, die sie von mir bekommen. Ein paar haben wohl doch schon davon getrunken, denn sie sagen, das Zeug schmecke scheußlich. Daran liegt es vielleicht, dass bei meinen Kranken noch nichts Schlimmes vorgefallen ist. Nicht wie bei so manchen Apothekern, die ich nennen könnte.«

»Es sind schon Menschen an diesen Elixieren gestorben?«, fragte Baldwin. »Das muss nichts mit Zauberei oder Geisterbeschwörung zu tun haben?«

»Geisterbeschwörung?«, erwiderte der Mönch. »Nun ja, man sagt, beim Destillieren wird der Geist des Krauts freigesetzt …«

Baldwin horchte auf. »Ist das dann der Holzgeist?«

»So nennt man minderwertiges Zeug, wie es hierzulande meist gebrannt wird. Für Einreibungen kann man es tatsächlich verwenden, aber ich tue das nicht mehr, auch wenn es billiger ist. Zu viele unverständige Hohlköpfe trinken es dann doch …« Kopfschüttelnd brach der Bruder ab.

»Aber andere Apotheker tun es trotzdem?«

»Wie?« Bruder Benedikt fuhr aus seinen Gedanken auf. »Oh ja, der Kettenapotheker zum Beispiel. Und was der Jude Joseph in seinem Haus da an der Synagoge treibt, weiß sowieso niemand.«

Diesen Namen hatte auch Herr Heinrich genannt. »Ein Jude, der sich auf Kräutergeister versteht …« Baldwin brach ab.

»Ja«, bestätigte Bruder Benedikt, »er ist noch gar nicht lange aus Toledo hierher gezogen. Dort brennen sie schon länger Kräutergeist.«

Hieß es nicht, dieser Spielmann Israel sei aus Spanien gekommen? Dennoch fragte Baldwin: »Und der andere, den du genannt hast?«

»Der Kettenapotheker?« Bruder Benedikt zuckte die Achseln. »Der ist mit einigen Familien im Rat gut befreundet, sonst dürfte er gar nicht mehr verkaufen.«

»Wo kann ich ihn finden?«, erkundigte sich Baldwin.

»Oh, gleich am Dom, auf der Nordseite.«

Baldwin überlegte, ob er einen weiteren Besuch im Judenviertel wagen sollte. Doch die Stimmung war ihm am Vormittag sehr gespannt erschienen. Vielleicht war es besser, würde er mehr erfahren, wenn er einige Zeit verstreichen ließ. So beschloss er, den Apotheker am Dom zu besuchen.

Er bedankte sich bei Bruder Benedikt für die Auskunft und machte sich auf den Weg zurück in die Stadt. Die Torwächter schienen ihn nicht einmal zu bemerken. Er hatte den Dom und die achteckige Johanniskapelle schon halb umrundet, als er auf das Haus zur Kette stieß. Von außen erschien es recht geräumig und in gutem Zustand. Kein Wunder, wenn der Eigentümer auf so gutem Fuß mit dem Rat stand.

Der kleine, dicke Mann, der drinnen am Feuer saß, wirkte mit seinem schwarzen Käppchen, den dunklen Locken und der vorspringenden Nase fast so jüdisch, wie sein noch unbekannter Konkurrent aussehen musste. Er rührte in einem Kupferkessel, der am Rand der Glut stand. Baldwin fragte sich, was er darin zubereiten mochte, ob der leicht muffige Geruch nach Pfeffer und anderen von weither eingekauften Gewürzen zu diesem Gebräu gehörte.

»Einen Augenblick, ich komme sofort,« murmelte der Mann und sah Baldwin mit zusammengekniffenen Augen an. Er rührte noch einige Male, dann schob er den Kessel ein wenig weiter an den Rand der Feuerstelle und erhob sich mühsam von seinem Schemel. Dabei wischte er sich die Hände an seinem Lederschurz ab. »Was kann ich für dich tun?« Er starrte Baldwin angestrengt an, als könnte er ihn nicht richtig erkennen. »Pater«, fügte er schließlich hinzu.

»Gott grüße dich, Meister«, sagte Baldwin. »Ich habe nur eine Frage an dich. Hat in den vergangenen drei, vier Wochen ein Spielmann bei dir Kräutergeist zum Einreiben gekauft?«

»Ein Spielmann?«, fragte der Apotheker dagegen und schloss die Augen. Er zählte an seinen Fingern ab und murmelte Kräuternamen vor sich hin. »Gichtkraut. Ja, da war einer mit einer schönen Stimme. Ein Sänger des Erzbischofs von Trier.«

Baldwin zuckte zusammen. »Wie sah er aus?«, unterbrach er den Apotheker. »Blonde Locken? Cotte und Beinlinge gelb und grün?«

Irritiert schüttelte der Kettenapotheker den Kopf. »Nein, ich glaube, das Gewand war eher rot, aber helles Haar hatte er. Eine tiefe, kräftige Stimme. Konnte nicht gleich bezahlen, dann kam er wieder und wollte noch viel mehr haben.« Der Apotheker schüttelte den Kopf. »Das war doch derselbe, oder?«, fragte er sich. »Nein, halt, der Erste kam von irgendeinem Grafen. Aber die Stimme ... es waren so viele Spielleute in der Stadt, auch bei mir. Lavendel wollten sie haben, gegen Ungeziefer, Liebestränke ...« Er brach ab. »Aber warum willst du das wissen?«

Baldwin ging nicht darauf ein. »Wie groß war er? So wie du?«

»Mag sein, oder größer.« Der Apotheker hob hilflos die Schultern. »Aber jetzt sag, was geschehen ist.«

»Er wollte das Zeug als Liebestrank verkaufen ...«

»Oh nein, oh nein, nicht trinken!«

»Siehst du wohl, ich hab's doch gleich gesagt. Den Kerl werde ich mir vorknöpfen. Danke für die Auskunft!«

Alheit eilte mit gesenktem Kopf und dicht an den Hauswänden entlang dem Martinsstift und seiner Pfarrkirche zu. Es passte ihr nicht. Sie wollte zu Israel und seinen Glaubensgenossen, Fragen stellen und Antworten erhalten. Was hatte er gesagt, wohin er gehen wollte?

Wohl eher bleiben, als Handelsknecht und vielleicht auch Schwiegersohn bei Baruch ben Jakob. Diese Pläne konnten mit Elbelins Tod nichts zu tun haben. Wenn Israel der Mörder war, dann nur aus Rache. Die Guiterne neben dem Schinken, der Auftritt beim Leichenzug – genügte das, um tödlichen Hass hervorzubringen? Wen hatte man da zu Grabe getragen?

An der Kirchentür schaute sich Alheit noch einmal

um, ob ihr keiner gefolgt war. Zumindest bemerkte sie niemanden und trat ein. Vor dem Altar der heiligen Cäcilia, die immerhin als Beschützerin der Spielleute galt, ließ sie sich nieder.

Alheit schloss die Augen und überlegte, wie sie sich die Heilige gewogen machen konnte. In den Geschichten war immer davon die Rede, Spielleute hätten die Muttergottes oder andere Heilige für sich eingenommen, indem sie für sie musizierten. Aber dabei wurden sogleich die Priester und anderen Gläubigen erwähnt, die gegen die Musik protestierten.

Zudem hatte sie kein Instrument bei sich. Nur die Flöte, die sie Klaus versprochen hatte. Schuldbewusst griff sie an ihren Gürtel, tastete weiter zu dem Beutel, in dem noch der Kanten Brot aus der Küche des Herrn von Alzey steckte.

Als sie ihn herausholte, hing etwas Dunkles daran. Im Kerzenlicht kniff Alheit die Augen zusammen. Der Wollfaden, den sie am Morgen neben Elbelins Kopf aus dem Stroh gezupft hatte.

Wer einen Mantel trug, war kein Geist, sondern ein lebendiger Mensch.

Dankbar sah sie zu der Heiligen auf. Ein Mensch würde leichter zu finden sein als ein Geist. Sie musste nur noch ihre Gedanken neu ordnen.

Aber was hatte der Todesbote an Elbelins Lager gesucht? Alheit hatte keine Wunden an dem toten Körper entdeckt, auch keine gebrochenen Knochen. Er hatte dagelegen wie im Schlaf, nicht wie einer, der sich verzweifelt gewehrt hatte. Doch ein Gift? Dazu hätte der

Mann im dunklen Mantel seinem Opfer nicht so nahe kommen müssen.

Baldwins Gang zum Spital war wohl vergeblich. Er würde dort nichts Neues erfahren. Aber wohin konnte Alheit sich wenden?

Zunächst musste sie das Fädchen sicher verstauen, bis sie es bei Tageslicht noch einmal betrachten konnte.

Eine Glocke läutete zur Non. Alheit blieb, wo sie war, und ließ sich für eine Weile von den Gesängen am Hochaltar ablenken. Doch es fiel ihr schwer, unter den Priestern und Chorknaben nicht Elbelin herauszuhören. War er nun wohl bei seinem Gevatter im Himmel, der das Geld des Erzbischofs für ihn verwahrt hatte?

Bis es gestohlen wurde aus dem Loch in einem angefaulten Balken. War etwa der Schwarze der Dieb gewesen? Hatte er in dem Versteck noch anderes wertvolles Gut gesucht?

Als ob sie dazugehörte, verließ Alheit mit den wenigen Gläubigen, die dem Stundengebet gefolgt waren, die Kirche und machte sich auf den Weg zu ihrer Herberge. Diesmal aufrecht und in der Mitte der Gasse. Sie musste niemanden auf sich aufmerksam machen, indem sie schlich wie eine Diebin.

Kaum hatte Alheit den Hof des Wilden Mannes betreten, schoss ihr Klaus entgegen. »Wo ist meine Flöte?«, schluchzte er. Sein Gesicht war rot und geschwollen, wohl nicht nur vom Weinen.

Sie löste das Instrument mit seinem Beutel vom Gürtel und gab es dem Jungen. »Hier, aber gib gut darauf acht.«

Misstrauisch lugte er in den Beutel. Was er dort sah, stellte ihn anscheinend zufrieden. Er stieß einen triumphierenden Laut aus und rannte davon.

Der Lärm im Hof hatte Burkhard angelockt. »Da bist du ja wieder. Haben dich die Städtischen nicht gefunden?«

»Waren sie noch einmal hier?«, fragte Alheit dagegen.

»Sie suchen dich. Ich habe eure Instrumente zu meiner Sammlung gestellt und gesagt, du wärst fort.«

»Danke.« Alheit nickte abwesend. Was mochte das nun wieder bedeuten? »War sonst noch jemand hier?«

»Nein. Wartest du auf jemanden?«

Sie schüttelte den Kopf. »Ich muss noch einmal in den Schlafraum hinauf.«

»Glaubst du, du findest noch etwas?«

»Vielleicht.«

Achselzuckend wandte Burkhard sich ab. Alheit ging die Treppe hinauf und ließ sich gleich am Eingang auf die Knie nieder. Das Licht, das durch Tür und Fenster fiel, genügte, um die hohle Stelle zu entdecken. Sie griff hinein und fand – nichts.

Hatte es gar nichts gegeben? Oder war der Unbekannte ihr zuvorgekommen? Ihre Gedanken führten sie nicht weiter. Alheit lehnte sich an den kalten Schlot. Im Geist betrachtete sie noch einmal die Leute, die hier gewohnt hatten, ihre Mäntel und Decken.

Tamas und Lene hatten Schafspelze getragen. Trotz

Lenes bösen Geredes und der möglichen Rache wegen des Bären waren die beiden wohl unschuldig an Elbelins Tod.

Elbelins eigene Decke bestand aus ungefärbter schwarzer Wolle, ebenso die Gottfrids. Der Faden, den sie in der Tasche trug, war dunkler und gleichmäßig blauschwarz, nicht verwalkt wie das Tuch, aus dem Franz und sie selbst neue Mäntel bekommen hatten.

Bei jedem, den sie ausschloss, schüttelte sie den Kopf. Die Mäntel von Roberts Familie und Meister Wolfram hatte sie sich nicht so genau angeschaut. Sie lagen ihr nicht als Schlafdecken vor Augen.

Was war mit Israel? Hatte er nicht einen schwarzen Mantel getragen? Doch. Aber er war schon längst gegangen, als Alheit in ihren wirren Träumen die dunkle Gestalt gesehen hatte. Das Tor musste um diese Zeit bereits verriegelt gewesen sein.

Irgendwo über ihr untersuchte Klaus sein neues Instrument und entlockte ihm schauerliche Töne. Nach einiger Zeit entdeckte er, wozu die Grifflöcher gut waren, und versuchte sich an einer wilden Mischung der Melodien, die er in den letzten Wochen gehört hatte.

Es fiel Alheit nicht schwer, dabei an ihre eigenen Mühen zu denken, als sie von Marjorie und Katherine lernen wollte. Nebenbei überlegte sie, wie die Decken der beiden ausgesehen hatten. Doch sie konnte sich nicht erinnern. Dabei wusste sie, dass Robert mindestens einmal etwas Unbekanntes in Elbelins Brei gegeben hatte. Wie oft das wirklich geschehen war und bei wem noch, konnte sie nicht sagen.

Meister Wolfram trug einen dunklen Mantel mit Pelzbesatz. Und in seinem Gepäck steckte ein Fläschchen mit scharf riechender Flüssigkeit, vermutlich zum Einreiben. Aber was hätte ihn dazu treiben können, den Jungen umzubringen? Elbelin hatte den Meister unverhohlen bewundert, vielleicht etwas übertrieben, was jener hätte als Spott auffassen können. Das mochte ein Grund für seine griesgrämigen Antworten gewesen sein, aber für einen heimtückischen Mord? Wieder schüttelte sie den Kopf.

In der Franziskanerkirche läutete es zur Vesper. Alheit beschloss, dorthin zu gehen. Danach würde sie sich zum Hof des Herrn von Alzey aufmachen. Oder gab es noch etwas in Erfahrung zu bringen?

Nichts, was ihr jetzt nützen könnte. Sie musste Baldwin wieder treffen, am Ende hatte er doch Wichtiges erfahren.

Baldwin hoffte, dass nun genug Zeit vergangen wäre, dass er sich in der Judengasse wieder sehen lassen konnte. Er suchte das Haus des Joseph nach der Beschreibung, die ihm der Kettenapotheker gegeben hatte, doch dieser Weg führte ihn zum Judenbad. Nach mehreren vergeblichen Versuchen fand er einen Jungen, der ihn für einen Heller vor die richtige Tür brachte.

In der Werkstatt des kräuterkundigen Joseph standen, genau wie in der Kettenapotheke, große und kleine Gefäße, Mörser, Kessel und andere Geräte, die er zur Ausübung seines Handwerks brauchte. Nur konnte Baldwin die Aufschriften nicht entziffern. Das war ihm schon lange nicht mehr widerfahren und bereitete ihm Unbehagen. Darum hatte er Mühe, das freundliche Lächeln des Juden zu erwidern. Seine Frage klang strenger, als er beabsichtigt hatte: »Du brennst Kräutergeist?«

Doch seine Schärfe schien Joseph nicht zu stören »Ja. Womit kann ich dienen?« Er griff in ein Regal mit Flaschen hinter sich. »Baldrian und Hopfen für einen ruhigen Schlaf? Lavendel gegen das Ungeziefer?«

»Nichts davon«, wehrte Baldwin ab. »Ich suche einen deiner Kunden.«

Joseph wandte sich von seinen Flaschen ab. »Warum? Schuldet er dir Geld?«

»Vielleicht ein Leben«, knurrte Baldwin. Der Mut sank ihm, als er ausrechnete, wie viel Zeit vergangen war. »Hat in den vergangenen drei Wochen ein fahrender Spielmann bei dir gekauft? Vielleicht Gichtkraut für steife Finger?«

Sogleich schüttelte Joseph den Kopf. »Das wäre Israel ben Abraham, oder? Der hat nichts von mir bekommen.«

»Es könnte auch ein Christ gewesen sein.«

Das Kopfschütteln ging weiter. »Da kommen nicht viele her, nur Leute aus dem Martinsviertel. Die kenne ich aber.« Dann sah er unvermittelt auf. »Doch. Da war ein Kleiner, Rothaariger. Aber der hat kein Gichtkraut bekommen, sondern Mönchspfeffer, getrocknet.«

»Mönchspfeffer?« Baldwin trat erstaunt zurück.

»Ja, er hat mir noch etwas von seinem Orden der Goliarden erzählt …«

»Ah so. Aber das Kraut ist doch nicht giftig, oder?«

»Nein, nein«, beruhigte Joseph. »Schlimmstenfalls gibt es einen Hautausschlag.«

Baldwin schüttelte den Kopf. »Davon habe ich bei ihm nichts bemerkt. Dennoch, vielen Dank für deine Hilfe.«

Nachdenklich machte er sich auf den Rückweg. Sein Misstrauen hatte sich noch nicht gelegt, doch außer dass Joseph ein Jude war, gab es keinen Grund, ihm nicht zu glauben. Der heilkundige Wilhelmit im Heilig-Geist-Spital schien ihn zumindest als Apotheker zu schätzen.

Andererseits hatten sich Elbelin und sein Freund Gottfrid bei der jüdischen Gemeinde nicht eben beliebt gemacht, nach dem, was Alheit erzählt hatte. Möglicherweise hatte Israel ben Abraham seinen Glaubensgenossen zu einem üblen Streich angestiftet.

Und wer war der kleine Rothaarige? Baldwin konnte sich an einen Gast vom vergangenen Abend erinnern, auf den die Beschreibung zutraf. Er musste Alheit nach ihm fragen.

Doch als er zur Vesper in die Lampertuskirche eintrat, konnte er keine Spur von ihr entdecken. Hastig ging er wieder nach draußen und sah sich um.

»Herr Pater?«, zischte eine Stimme rechts von ihm. Eine Frau mit gelbem Schleier winkte ihm, ihr zu folgen. Verwundert ging er zu ihr hin.

Alheit sah die beiden in der Mauernische zwischen zwei großen Höfen stehen, als sie sich Herrn Heinrichs Haus näherte. Lene blickte zu Baldwin auf, die Hand auf seinem Arm, als erwarte sie eine erfreuliche Antwort. Doch er schüttelte den Kopf. Da verzog sie das Gesicht, stampfte mit dem Fuß auf, ließ ihn aber noch nicht los. Er antwortete mit abweisender Miene. Alheit fiel ein Stein vom Herzen. Erst recht, als Lene noch ein heftiges Wort ausstieß und dann kehrtmachte. Nun konnte Alheit unbemerkt den Hof betreten.

Baldwin kam nur wenige Augenblicke nach ihr.

»Was hat Lene von dir gewollt?«, fragte sie ihn auf der Stelle.

»Lene?« Er sah sich wie erschrocken um, ob sie noch hinter ihm wäre.

»Die Hure.« Als er noch immer verständnislos dreinschaute, fügte Alheit hinzu: »Die Frau des Ungarn.«

»Ach, sie war das.« Baldwin zog den Kopf ein. »Ich habe sie nicht erkannt.«

»Aber sie dich, nehme ich an.«

Baldwin nickte.

»Das wird sie dem Platzmeister zutragen«, schloss Alheit.

»Was?«

»Dass du gestern bei uns warst, dass du vielleicht der gesuchte Zauberer bist.«

»Sie fragte nach einem Liebesamulett.«

Sie mussten Worms so schnell wie möglich verlassen, aber das hieße für Alheit, Franz zu verraten.

Hinter ihnen räusperte sich der Knappe Ewald. »Kommt bitte mit zu Herrn Heinrich.«

Dieser erwartete sie in der kleinen, finsteren Kammer. Hinter ihm stand der Rechtsgelehrte in seinem schwarzen Mantel und verdunkelte den Raum noch weiter. Der Ritter hatte zunächst keine guten Nachrichten für sie. »Die Städtischen werden eure Freunde vorerst nicht freigeben.«

Alheit zuckte zusammen.

»Platzmeister Friedrich hat einen Boten nach Frankfurt zu Erzbischof Balduin geschickt«, fuhr der Ritter fort. »Nach dessen Weisung will er sich richten. Das kann länger dauern.«

Alheit wurde immer kleiner. Wie lange würden Franz und Else im Gefängnis überleben?

»Den Stadtrat hat er wohl auch bereits in Kenntnis gesetzt«, murmelte Doktor Martin, als sei das nur für Herrn Heinrich bestimmt.

Dieser nickte ernst. »Ich kann versuchen, mit dem einen oder anderen Herrn ein Wort zu reden ...«, der Doktor schnaubte, »... aber man wirft ihnen Zauberei und Giftmord vor, da werde ich kaum ein offenes Ohr finden.«

Alheit hatte nicht recht zugehört. Wenn sie selbst für die Gefangenen sorgte, würde man sie ebenfalls verhaften. Burkhard konnte sie mit dieser Aufgabe nicht beschweren.

»Ich stelle einen Mann zur Bewachung ab, der die beiden auch versorgen wird.« Herr Heinrich hob bedauernd die Schultern. »Mehr konnte ich nicht erreichen.«

»Das ist schon sehr viel«, begann Baldwin.

»Ich hoffe, man wird es Euch lohnen«, ergänzte der Rechtsgelehrte.

»Wie denn?«, fauchte Alheit.

»Oh, da wird mir etwas einfallen«, lachte Herr Heinrich. Doktor Martin dagegen zog ein säuerliches Gesicht.

Dann berichtete Baldwin, was er in den letzten Stunden erfahren hatte.

Alheit horchte auf, als er den Spielmann beschrieb, der beim Kettenapotheker eingekauft hatte.

»Aber ich fürchte, der Meister Pillendreher sieht nicht mehr viel«, schloss Baldwin, und der Rechtsgelehrte nickte eifrig.

Dennoch. Ein rotes Gewand und helles Haar – das mochte Wolfram sein.

»Bei wem soll er im Dienst gewesen sein?«, fragte Alheit nach.

»Beim Erzbischof von Trier«, antwortete Baldwin, »oder vielleicht doch bei einem Grafen. Das wusste der Meister nicht mehr genau.«

»Der Graf von Katzenelnbogen? Wir müssen nach Frankfurt«, sagte Alheit leise, wie zu sich selbst.

Baldwin nickte. »Ich fürchte, der Herr Platzmeister wird mich bald ebenfalls verfolgen.«

Erschrocken sah Herr Heinrich auf. »Wieso?«

Der Priester berichtete von seinem Zusammentreffen mit Lene.

»Dann macht euch sogleich auf den Weg«, riet Doktor Martin.

Herr Heinrich warf ihm einen fragenden Blick zu. »Die Tore sind schon geschlossen.«

»Die Martinspforte noch nicht«, erwiderte der Gelehrte. Vielleicht kannte er dort die Wächter.

Es würde keine Zeit bleiben, die Instrumente zu holen. Alheit schluckte. Burkhards Sammlung bekam wieder Zuwachs. Und es blieb keine Zeit, Elbelin zu begraben. Das mussten Fremde besorgen.

»Dann gehen wir besser gleich«, entschied Baldwin.

Mit ein wenig Mundvorrat versehen, brachen sie auf. Damit mussten sie bis zum folgenden Nachmittag auskommen.

Freitag nach Oculi

Franz sah den Waffenknecht erstaunt an, der ihm am nächsten Morgen Brot und Wein brachte. Erst allmählich wurde ihm klar, was die Laute auf seinem Waffenrock zu bedeuten hatte: Er stand im Dienst der Familie von Alzey.

Alle Jubelrufe, die er je gesungen hatte, sammelten sich in seinem Herzen. Ihre Gefangenschaft würde nun doch schnell vorübergehen. Franz hatte schon an vielen unangenehmen Orten genächtigt, aber dieser übertraf sie alle.

Das Beste, was man von ihm sagen konnte, war, dass er kaum Ritzen hatte, durch die der Wind pfeifen konnte. Dafür fiel auch kein Licht herein. Feucht war der Boden aus anderen Gründen, nicht vom Regen. Aber wenn selbst Reichsfürsten in einer Abortgrube ertrinken konnten, mochte das auch für einen Spielmann einen ehrenvollen Tod bedeuten. Besser als der Scheiterhaufen war es allemal.

Sein Mut sank wieder, als sich noch einmal die Tür öffnete und jemand Else hereinstieß. Die Arme vor dem Gesicht ließ sie sich ins nasse Stroh fallen und widerstandslos anketten. Ihr Kleid sah zerrissen aus. Der Wächter spuckte sie an, dann schloss sich die Tür, und die Dunkelheit kehrte wieder.

Laetare

Alheit hätte nicht sagen können, auf welchem Weg sie nach Frankfurt gekommen waren oder ob sie unterwegs gerastet hatten. Gegessen, getrunken, geschlafen.

Baldwin hatte sie mit immer neuen Fragen und Überlegungen traktiert, wohl, um sie wach zu halten auf ihrem Eilmarsch. Um ihre Gedanken von Franz abzulenken. Doch das gelang ihm nicht. Jede Erinnerung an die Ereignisse in Worms führte schließlich in das Verließ des Stadthauses. Mochte Herr Heinrich auch einen Wächter abstellen, der dafür sorgen sollte, dass es den Gefangenen nicht allzu schlecht erging, eine angenehme Herberge konnte er aus dem Loch nicht machen.

Daran dachte sie, als sie nun in einem heruntergekommenen und voll belegten Gasthof ein Lager für sich und Baldwin bereitete. Ihr Körper wäre am liebsten nicht mehr aufgestanden aus dem Stroh, aber sie durfte den halben Tag nicht verschlafen, der ihnen noch blieb.

Bei Wein und Bohnen stärkten sie sich, und als ihre Lebensgeister langsam wiederkehrten, begannen sie zu überlegen, wie sie den Rest des Tages nutzen konnten. Sie mussten die Köpfe sehr eng zusammenstecken, um einander im Tumult der Gaststube verstehen zu können.

»Wie, glaubst du, können wir in diesem Gewimmel Robert finden?« Baldwin starrte besorgt in das bunte Gedränge vor ihm.

Alheit antwortete: »Gottfrid werden wir leichter finden. Wir wissen ja, wo er hinwollte. Und vielleicht kann uns jemand von diesen vielen sagen, wo der Erzbischof von Trier und der Graf von Geldern Hof halten.«

Baldwin nickte. »Was ist mit dem Boten des Platzmeisters? Glaubst du, er ist schon hier?«

»Bestimmt.« Alheit rechnete nach. »Er ist fast einen ganzen Tag vor uns aufgebrochen. Wenn er auch noch ein Pferd hatte ...« Ihr Körper sackte in sich zusammen.

»Dann müssen wir zusehen, dass wir ein Geständnis des Mörders bekommen und ein Pferd dazu.«

»Wie willst du das anfangen?«

»Genau weiß ich es auch noch nicht. Als Erstes müssen wir Gottfrid finden und erfahren, was der Erzbischof oder seine Leute zu der Sache sagen. Vielleicht hat es gar keine so große Eile.«

Alheit schnaubte. Wenn man gerade einen dünnen, aber halbwegs schmackhaften Bohneneintopf gegessen hatte, sagte sich das leicht. Franz dagegen würde jede Stunde doppelt zählen.

Auf Baldwins Frage wies ein Händler aus Regensburg sie zum Karmeliterkloster. »Der Erzbischof und sein Gefolge sind gestern erst eingetroffen. Ich glaube nicht, dass ihr da heute schon mit Amtshändeln ankommen könnt.« Grinsend fuhr er fort: »Ein Dispens? Ist der so eilig?«

Alheit verschluckte eine scharfe Antwort und blickte zu Boden. Besser, der Kerl glaubte diese Geschichte.

Sie folgten der Beschreibung des Mannes und kamen

gerade recht zum Ende des Mittagsgebets. Geduldig warteten sie, bis sich die Pforte wieder öffnete. Der Bruder Pförtner hätte sie vielleicht eingelassen, doch wegen des hohen Besuchs hatte er Verstärkung bekommen. Zwei bewaffnete Knechte wiesen sie ab. Auch auf Fragen nach Gottfrid und dem Boten aus Worms erhielten sie keine Antwort.

»Ganz so leicht ist er doch nicht zu finden«, stellte Baldwin fest. »Ob dieser Graf Rainald schon angekommen ist?«

»Unser junger Freund hat sich wohl zu viel versprochen von seinem Herrn«, erwiderte Alheit. Aber es durfte nicht leicht sein, einen hohen Herrn dazu zu bewegen, einen Aufstand mit viel Blutvergießen auszulösen. Warum nur ließ sich Gottfrid nicht davon abbringen, dass Israel Elbelin mit einem tödlichen Zauber belegt hatte? Nach den vielen Fragen, die sie mit Baldwin in den letzten Tagen besprochen hatte, schien es ihr offensichtlich, wer dem Jungen wirklich so übel mitgespielt hatte, und auf welche Weise.

»Wenn ihr nur genauer gesehen hättet, wer in jener Nacht durch den Hof geschlichen ist.« Baldwin machte sich offenbar falsche Vorstellungen von ihrem Wert als Zeugen.

Alheit brauchte nicht zu antworten. Sie hatten das Lager des Grafen Rainald noch nicht ausfindig gemacht – sie bewegten sich noch zwischen Messeständen mit billigeren Waren. An einer Bude wurde Wein ausgeschenkt, und davor, der Länge nach im Straßendreck, lag ein junger Mann mit rotem Haar, im gelben und grünen Kleid.

Nicht alle Käufer, die sich an den Auslagen vorbeidrängten, machten sich die Mühe, ihn zu umgehen.

Alheit verteilte ein paar kräftige Stöße mit dem Ellenbogen, bis sie neben ihm knien konnte. Noch atmete Gottfrid. Mit Baldwins Hilfe brachte sie ihn wieder auf die Beine. Zu zweit schleppten sie ihn an die Seite der Gasse, zwischen zwei Stände, wo sie nicht mehr bedrängt wurden.

Gottfrid konnte die Augen nicht offen halten und brachte unartikulierte Laute hervor, manchmal begleitet von einem Schwall Wein oder Unrat, den er geschluckt hatte.

»Wohin mit ihm?«, fragte Baldwin. »In unsere Herberge?«

»Die ist weit weg.« Alheit schaute sich um. »Da drüben scheint ein Kloster zu sein. Vielleicht können wir dort eine Weile rasten.«

Sie luden sich Gottfrid auf die Schultern und zogen mit ihm, Schritt für Schritt, dem schlanken Türmchen zu, das eine Klosterkirche anzeigte.

»Oh, Spielleute sind hier offenbar willkommen«, stellte Alheit fest, als sie sich dem Gebäude näherten.

Hinter der Klostermauer spielten ein Dudelsack und eine Schalmei zusammen bekannte Tanzweisen. Häufig brachen sie ab und begannen nach einer Pause wieder von vorn.

Alheit hatte das ungute Gefühl, den Dudelsack schon einmal gehört zu haben. »Geh du vor«, bat sie Baldwin. »Schau nach, wer da spielt. Ich warte hier mit Gottfrid.«

Baldwin runzelte die Stirn, widersprach aber nicht. Er ging zur Klosterpforte und bat um Einlass. Kurz darauf trat er durch das Tor.

Alheit hielt ihren angeschlagenen Gefährten an der Mauer aufrecht und strengte die Ohren an, um die besondere Kleinigkeit herauszuhören, die sie vor dem Dudelsackspieler warnte. Etwas in den tiefen Tönen. Er hatte Schwierigkeiten mit der rechten Hand.

Sie atmete lange aus. Wahrscheinlich bildete sie sich das nur ein. Seit wann konnte sie Musiker an ihrer Art zu spielen unterscheiden? Franz hätte ihr sofort gesagt, wo er diesen beiden schon einmal begegnet war. Alheit jedoch konnte nur feststellen, dass der Schalmeispieler es vielleicht mit ihr aufnehmen konnte, aber niemals mit Gottfrid.

Mit solchen Überlegungen ließ sich ihre Ahnung aber nicht vertreiben. Sie setzte sich wie ein zäher Brocken unter Alheits Gürtel fest.

Endlich kehrte Baldwin wieder. Er sah noch finsterer drein als vorhin. »Du hast recht gehabt«, sagte er und fasste Gottfrid wieder unter dem Arm. »Lass uns hier verschwinden.«

Nachdem sie um die nächste Ecke gebogen waren, berichtete er genauer: »Der Dudelsackspieler ist euer weißköpfiger Meister …«

Der Brocken in Alheits Bauch sackte noch ein Stück tiefer. »Was hat er für ein Instrument?«

»Aus hellem Holz, mit Hörnern an den Pfeifen. Der Balg ist beinahe weiß.«

»Der gehört Elbelin«, presste Alheit heraus. »Und wer ist der andere?«

»Ein kleiner, mausgrauer Kerl.«

»Werner«, riet Alheit.

»Ja, so hat ihn der Pförtner genannt.«

Eine Weile zogen sie schweigend weiter. Dann fragte Baldwin: »Ob die beiden auch ein Empfehlungsschreiben vom Erzbischof haben?«

Alheit dachte an ihre vergebliche Suche unter Elbelins Lager. »Das mag sein.«

So schleppten sie Gottfrid den weiten Weg bis zum Haus mit dem Apfelbaum. Alheit gelang es, für ihn noch einen Platz im Stroh freizuschieben. Dort legten sie ihn nieder.

»Ich bleibe bei ihm«, erbot sich Baldwin. »Versuche du, den Grafen von Geldern zu finden.«

Alheit sah ihn dankbar an. Sie konnte jetzt nicht stillsitzen und grübeln.

Sie folgte den Gerüchten von der Ankunft des Grafen zum Mainufer. Das Gedränge in den Gassen hinderte sie, so schnell voranzukommen, wie sie wollte. Doch der Tross war noch damit beschäftigt, alles Nötige vom Hafen herbeizuschaffen und ein weitläufiges Lager aufzuschlagen. Der Herr selbst genoss inzwischen sicher die Gastfreundschaft eines anderen Großen in der Stadt.

Noch stand kaum ein Zelt, da sprachen die Leute schon davon, dass der Graf Pfeifer suchte. Alheit hörte, wie bereits Vermutungen angestellt wurden, wer für dieses Amt geeignet wäre. Gottfrid musste schnell auf die Beine kommen, wenn er hier wirklich etwas ausrichten wollte.

»Und, wirst du hier vorspielen mit deinem neuen Dudelsack?«

Erschrocken fuhr Alheit herum. Robert stand neben ihr und beobachtete ebenfalls den Aufbau.

»Die hohen Herren finden immer noch einen Platz, ganz gleich, wie voll es in der Stadt schon ist«, fuhr er unwirsch fort.

Alheit hatte sich wieder gefangen. »Gut, dass ihr hier seid. Wo wohnt ihr?«

»Im Haus zum Lamm, nicht weit vom Dominikanerkloster. Und ihr?«

»Im Apfelbaum. Gottfrid ist bei uns.«

»Nicht beim Erzbischof.« Es war eine Feststellung, keine Frage.

Alheit schüttelte den Kopf. »Und er ist noch betrunkener als von deinem Lebenswasser.«

Robert blickte zu ihr auf. »Franz ist bei ihm, nehme ich an?«

»Pater Baldwin.« Alheit brach ab. Hier auf der Straße wollte sie nicht davon anfangen, was sich seit ihrem Abschied ereignet hatte.

»Ich glaube, ich sollte mit dir kommen.« Erwartungsvoll sah er sie an.

Vermutete er etwa noch einen Giftanschlag? Alheit machte kehrt und führte ihn zu ihrer Herberge.

Im Schlafraum musste sie ihrem Begleiter einen Weg zwischen den anderen Gästen bahnen, die nach und nach ankamen und ihr Lager aufsuchten. Mehr als einer zweifelte lauthals an ihrer Tugend. Sie stellte sich neben Baldwin, sodass Gottfrid und der Apotheker vor den neugierigen Blicken geschützt waren. Ebenso wenig mussten alle Anwesenden hören, was sie sprachen. Stirnrunzelnd schaute Robert auf Gottfrid hinab. »Er hatte sich wohl eine bessere Aufnahme bei seinem früheren Herrn erhofft.«

»Die Trierer sind nicht besonders großzügig«, bemerkte Baldwin.

Robert schüttelte den Kopf. »Auch wenn die beiden nicht lange in Trier waren, hätten sie merken können, dass der Erzbischof kein blinder Judenhasser ist. Für so einen Hauch von einem Verdacht schafft er keinen Unfrieden.«

Alheit sah ihn scharf an. »Hast du mehr als einen solchen Hauch zu bieten?«

Der Apotheker erwiderte ihren Blick. »Das wohl. Außer deinem Mann litt noch jemand an Schmerzen in den Händen und Fingern.«

»Das nennst du mehr?«

»Warte.« Robert kauerte sich neben Gottfrid nieder und roch an seinem Atem. Mit Zweifel im Blick richtete er sich auf und senkte dann noch einmal den Kopf. »Das ist bloß billiger Wein und schlechtes Bier, mehr nicht.« Robert zuckte die Achseln. »Dem Gericht genügt es nicht, aber uns muss es reichen.«

»Uns?«

»Zumindest müssen alle erfahren, dass sie es nicht mit einem harmlosen Sänger zu tun haben.«

»Das ist zu wenig«, widersprach Alheit.

»Er muss bekennen, was er getan hat«, verlangte Baldwin, »sonst werden sie Franz nicht freilassen.«

»Freilassen?«, fragte Robert. »Wer hat ihn gefangen?«

Alheit und Baldwin erzählten abwechselnd.

Robert nickte langsam. »Kommt mit in unsere Herberge«, schlug er vor. »Der Wirt schenkt einen guten Wein aus.«

»Jemand sollte hierbleiben«, mahnte Baldwin und nickte in Gottfrids Richtung. »Wer weiß, was ihm einfällt, wenn er wieder aufwacht.«

Der Engländer lächelte dünn und stand auf. »Da hast du recht. Ich hole eine Kanne.«

Baldwin legte ihm eine Hand auf den Arm und sah ihn warnend an. »Aber ohne fragwürdige Zusätze.«

Robert zog die Augenbrauen hoch, als wollte er beteuern, nicht verstanden zu haben.

»Mir bereitet der ehelose Stand keine Nöte«, fügte Balwin hinzu.

Dann nickte Robert und wiederholte: »Ohne fragwürdige Zusätze.«

Alheit ging die Treppe hinunter in die Gaststube, um Robert dort zu erwarten. Es dauerte ein Weilchen, bis er zurückkehrte. Marjorie und Katherine begleiteten ihn, und die erste Frage des Mädchens lautete: »Habt ihr Gottfrid gefunden?«

Ihre Mutter blickte säuerlich drein. Dennoch antwortete Alheit: »Ja«, und begann zu erzählen.

»Hoffentlich kommt er bald wieder auf die Beine, damit er bei Graf Rainald vorspielen kann«, sagte Katherine. »Alle Spielleute in der Stadt reden nur von ihm.« Dann lief sie die Treppe hinauf zum Schlafraum.

»Da ist es schon fast zu spät«, murmelte Marjorie hinter ihr her.

Alheit wiegte den Kopf. »Gottfrid spielt ja nicht schlecht.« Ihre Sorgen erschienen ihr nun leichter, da mehrere Leute sie teilten.

Kurze Zeit später gesellte sich Baldwin zu ihnen. »Ich glaube, Gottfrid ist in den besten Händen.«

So schien es in der Tat, denn sie hatten einander kaum alles berichtet, was in den letzten beiden Tagen geschehen war, da trat Gottfrid in die Gaststube. Noch ein wenig tapsig, die Augen kaum geöffnet, aber ohne fremde Hilfe. Katherine folgte mit ein wenig Abstand.

Schwerfällig setzte er sich zu Alheit auf die Bank. Robert schenkte ihm von dem dünnen Wein seines Wirtes ein, und er stürzte ihn hastig hinunter.

Dabei erzählten ihm Alheit und Robert, was sie inzwischen in Erfahrung gebracht hatten.

Gottfrid starrte Alheit verständnislos an. Dann wandte er den Blick, ebenso leer, zu Robert. »Ist das euer Ernst?«, brachte er nach einer Weile heraus.

»Ja«, antwortete Robert.

Alheit nickte nur.

»Meister Wolfram«, flüsterte Gottfrid und schüttelte noch einmal den Kopf. »Aber warum?«

Robert seufzte.

»Weil er euch als Rivalen aus dem Weg räumen wollte«, erklärte Alheit erneut. »Er hat Elbelins neuen

Dudelsack gestohlen und wird beim Grafen von Geldern vorspielen.«

»Vielleicht hat er auch eure Empfehlung vom Erzbischof«, ergänzte Baldwin.

Gottfrid vergrub den Kopf in den Händen. »Aber wir sind doch kleine Lichter«, wandte er schließlich ein, als er wieder aufblickte. »Warum ist er nicht auf Emich den König losgegangen?«

»Der gibt sich nicht mit einem bloßen Grafen ab«, antwortete Robert. »Er wartet auf den König von Böhmen. So hoch kann Meister Wolfram nicht mehr hinaus.«

»Oh.« Gottfrids Blick versank wieder in seinem leeren Weinbecher.

Katherine sah ihn eine Weile erwartungsvoll an, den Krug in der Hand. Als er sich nicht regte, fragte sie: »Was wirst du Graf Rainald vorspielen?«

»Wie?« Er kippte den Becher, ein letzter Tropfen rann heraus und fiel auf den Tisch. »Ach so, vorspielen. Ich weiß nicht …«

Katherine setzte den Krug wieder ab.

»Was hältst du von diesem hier?« Robert zog eine seiner Pfeifen aus dem Gürtel und begann die Estampie, bei der Elbelin und Gottfrid alle anderen in Grund und Boden gespielt hatten.

Gottfrid presste die Hände um seinen Becher. »Das kann ich nicht.«

»Dann spiel ein anderes«, befahl Alheit. Ebenso falsch wie entschlossen sang sie eine der vielen neuen Tanzweisen an. Marjorie kam ihr mit einem verkniffenen Lächeln zu Hilfe.

»Soll ich wirklich?« Verzagt schaute er von einer zur anderen.

»Soll Elbelins Mörder einen Vorteil aus seiner Tat haben?«, fragte Robert dagegen.

»Nein, das nicht.«

»Wer weiß, ob wir je ein Gericht finden, vor dem wir ihn anklagen können«, setzte der Apotheker nach.

Gottfrid ächzte. »Ich allein …«

»Du hast allein sehr gut gespielt, als wir dem Wormser Platzmeister das Bußgeld übergeben haben«, erinnerte Alheit.

»Da warst du dabei«, widersprach Gottfrid.

»Dann geh ich eben auch diesmal mit.« Aber schnell wechselte sie das Thema: »Warst du schon beim Erzbischof?«

»Will er überhaupt etwas davon wissen, ob jemand Elbelin vergiftet hat?«, fragte Robert weiter.

Gottfrid schüttelte den Kopf. »Ich bin nur bis zu den Schreibern gekommen. Alles Judenfreunde.« Er stutzte. »Aber ihr sagt ja, der Jude war es gar nicht.«

Robert nickte.

»Der Bote aus Worms wird kaum weiter vordringen«, gab Baldwin zu bedenken.

»Das hilft uns nicht«, wandte Alheit ein. »Es wird niemand Meister Wolfram auf den Scheiterhaufen bringen für eine Tat, an die keiner glaubt.«

Es schien ihr, als sei Robert bei dem Wort Scheiterhaufen zusammengezuckt. Doch er spann den Faden gelassen weiter: »Hat er nicht noch anderes auf dem Gewissen, das man ihm leichter beweisen kann?«

Verwundert sah Gottfrid auf. »Was meinst du?«

»Einen Diebstahl zum Beispiel.«

»Unser Geld?«

»Das sieht genauso aus wie anderes Geld«, erwiderte Alheit.

»Der Dudelsack?«

»Wenn Emich der König schwört, dass es Wolframs Instrument ist …«

»Das tut er nicht!«, fuhr Gottfrid auf, griff sich jedoch gleich an den Kopf und sank wieder zurück.

»Das würde nichts nutzen«, unterbrach Robert, »denn es ist in Worms geschehen. Während der Frankfurter Messe kann hier aber niemand angeklagt werden für etwas, das er in einer anderen Stadt begangen hat.«

Alheit sah ihn zweifelnd an. Das mochte für Händler gelten, kaum für einen Spielmann. Aber wer würde wiederum auf einen Spielmann hören, der den anderen anklagte?

»Er muss hier in der Stadt einen Kaufmann schädigen«, fuhr Robert fort, als habe er ihre Gedanken gehört.

»Den Gefallen wird er uns kaum tun«, erwiderte Alheit.

»Dann helfen wir ein wenig nach.«

Gottfrid schaute die beiden verständnislos an. Noch ehe er seine Frage äußern konnte, sagte Marjorie: »Die Rache des Spielmanns ist sein Lied. Eine schärfere Waffe hat er nicht.«

Robert schüttelte den Kopf. »Für einen Giftmischer ist das zu wenig …«

Seine Frau unterbrach ihn mit einem unverständlichen Satz, und die beiden disputierten hitzig in ihrer fremden Sprache. Erregt drängte Robert: »Lass es uns wenigstens versuchen.« Dann wandte er sich wieder an die anderen: »Aber dazu ist es notwendig, dass wir vorerst nichts von unserer Anklage verlauten lassen.«

Alheit runzelte die Stirn. Sie würde Robert nach seinen Plänen fragen, wenn sie allein waren. Insgeheim zweifelte sie jedoch daran, dass sie Franz auf diesem Weg helfen konnten.

»Und was soll ich jetzt tun?«, fragte Gottfrid.

»Dem Grafen von Geldern vorspielen und dabei einen guten Eindruck machen«, antwortete Alheit. Das zumindest war leicht zu entscheiden.

»Und wenn du dabei auf Meister Wolfram triffst, grüß ihn recht freundlich«, ergänzte Robert.

Marjories Stirn lag noch immer in tiefen Falten. »Am Dienstag beginnen wir unser Lied zu verbreiten. Spätestens.«

Robert schaute sie missmutig an. »Das wird es wohl nicht mehr brauchen.«

In der Gesellschaft seiner Freunde kehrten Gottfrids Lebensgeister schnell wieder. Er bat Alheit, mit ihm zu spielen, doch sie musste zugeben, dass sie kein Instrument mehr besaß.

»Elbelins Dudelsack«, murmelte Gottfrid. »Und ihr sagt, Wolfram hätte ihn gestohlen?«

Alheit nickte.

»Damit soll er nicht weit kommen. Dann spiele ich eben allein.«

»Wo hast du denn deine Instrumente?«, fragte Robert.

Gottfrid wurde rot und schaute Alheit an. »Habt ihr mein Bündel nicht auch gefunden?«

Alheit und Baldwin schüttelten den Kopf. »Und wenn«, fügte der Priester hinzu, »wäre von den Instrumenten nicht mehr viel übrig.«

Gottfrid starrte zur Decke und summte leise. »Jetzt weiß ich's wieder. Tristam mit dem roten Hut. Ich habe ihn vor der Stadt getroffen, wir haben uns zusammen ein Quartier gesucht. Bei einem Metzger sind wir untergekommen. Dort müssen meine Sachen noch sein.«

Robert zog die Augenbrauen hoch. »Da gehen wir am besten gleich nachschauen. Weißt du noch, wo dieser Metzger wohnt?«

Gottfrid nickte zögernd.

»Komm, damit wir wieder zurück sind, bevor es dunkel wird.«

Robert verließ die Gaststube, Gottfrid trottete hinter ihm her.

Alheit schaute ihnen nach, doch in Gedanken war sie schon wieder bei ihren eigenen Sorgen. Was war zu tun, um Franz aus dem Gefängnis zu holen?

Sie mussten Wolfram vor möglichst vielen ehrlichen Zeugen ein Geständnis entlocken. Warum nicht vor dem Grafen von Geldern und seinem Hof? Das schien ihr ein guter Gedanke. Vielleicht konnte dabei das Lied helfen, das Marjorie vorgeschlagen hatte.

Alheit wollte sich schon zurücklehnen und einen Text überlegen, doch vielleicht gab es vorher noch Wichtigeres zu tun.

Baldwin dachte offenbar in dieselbe Richtung. »Wir sollten versuchen, den Boten aus Worms zu finden und zu erfahren, was er erreicht hat.«

»Und wo willst du ihn suchen?«, fragte Alheit zurück.

»Ich werde mich noch einmal mit dem Bruder Pförtner der Karmeliter unterhalten. Solange ich nicht zum Erzbischof will, werden sich seine Waffenknechte wohl nicht einmischen.«

Alheit nickte. Dabei war es sicher besser, wenn sie ihn nicht begleitete. Baldwin stand auf und ging seiner Wege. Aber was konnte sie tun, außer hier sitzen und grübeln? Gab es keine Beweise, die sie gegen Wolfram vorlegen konnten?

Einen winzigen Wollfaden, der zu seinem Mantel passen musste, einen Gürtel mit grün funkelndem Beschlag, ein Fläschchen mit gebranntem Wasser zum Einreiben. Wenn er das alles noch bei sich trug und nicht unterwegs losgeschlagen hatte.

Elbelins Dudelsack. Den würde er wohl nicht wieder hergeben. Aber dazu musste Emich der König – oder Johann Schure – beschwören, wie das Instrument in Elbelins Hände gelangt war.

Alheit seufzte. Noch zwei Leute, die sie zu suchen hatte.

Wenn sie Roberts Plan in die Tat umsetzen wollten, durften sie außerdem Wolfram nicht aus den Augen verlieren. Das war sicher einfacher, als Emich den König zu finden. Dennoch schüttelte Alheit den Kopf.

»Was plagt dich?«, fragte Marjorie.

»Ich habe überlegt, wie wir wohl Wolfram wiederfinden, wenn wir ihn brauchen.«

»Und wozu brauchen wir ihn?«

»Hatte nicht dein Mann etwas mit ihm vor?«

»Das ist zu gefährlich, und es hilft uns nicht weiter«, stellte Marjorie entschieden fest.

»Gefährlich sind andere Dinge«, murrte Alheit. Sie erhob sich steif und legte ihren Mantel um.

Marjories fest zusammengepresste Lippen zeigten, dass sie mit diesem Vorgehen nicht einverstanden war.

»Wolfram wohnt bei den Dominikanern, da ist er leicht zu beobachten«, erklärte Alheit. »Ich darf mich nur nicht sehen lassen.«

»Du solltest vor allem nicht allein in der Stadt herumlaufen.«

Doch Alheit beachtete den Einwand nicht mehr. Bedächtig suchte sie den Weg zum Kloster der Dominikaner, wo sie vor wenigen Stunden Gottfrid gefunden hatten.

Die Klosterpforte war in der Tat leicht zu überblicken. Solange Alheit in der Nähe der Mauer blieb, konnte sie hören, wie Wolfram und Werner versuchten, ihre Fertigkeiten auf Dudelsack und Schalmei in Einklang zu bringen. Jedes Mal, wenn die beiden abbrachen und Wolfram schimpfte, lächelte sie schadenfroh in sich hinein und sagte sich, dass sie es wohl besser konnte. Dabei suchte sie nach Möglichkeiten, den ummauerten Bezirk zu verlassen – oder zu betreten –, ohne dass der Bruder Pförtner es merkte. Ein paar leicht hervorstehende Steine mochten vielleicht helfen, die Mauer zu erklettern. Etwas Besseres entdeckte sie nicht. Als es zur Vesper läutete, verließ sie ihren Posten. Sie wollte nicht allein im Dunkeln ohne Laterne ertappt werden.

Baldwin suchte derweil ein anderes frommes Haus auf. Der Pförtner des Karmeliterklosters saß still in seiner Kammer, die Hände über dem braunen Habit gefaltet, den Kopf auf der Brust. Offenbar hatte sich herumgesprochen, dass es für einfache Reisende keine Unterkunft mehr in diesem Kloster gab.

Baldwin räusperte sich.

Der Mönch schrak auf. »Wir haben keinen Platz mehr, Pater«, erklärte er hastig.

Beschwichtigend hob Baldwin die Hand. »Keine Sorge, Bruder, ich habe bereits ein Quartier. Aber für eine Auskunft wäre ich dir dankbar.«

Der Pförtner legte die Stirn in Falten. »Es sind viele Leute ein und aus gegangen in den letzten Tagen.«

»Ja, auf einen solchen habe ich es abgesehen«, antwortete Baldwin, »und ich kann ihn dir nicht einmal beschreiben. Er kam als Bote der Stadt Worms, wohl zu Pferd, am Freitagabend.«

Nachdenklich schaute der Pförtner zur Decke, als ob an den Holzbohlen die Namen aller Gäste geschrieben stünden. »Doch, du hast recht. Er wollte zum Herrn Erzbischof, der ist aber erst gestern angekommen. Der

Reiter wohnt hier im Gästehaus.« Entschuldigend fügte er hinzu: »Da war es noch nicht so voll.« Er beschrieb Baldwin den Weg über das Klostergelände.

»He, wir sollen doch keinen mehr hineinlassen«, rief einer der Wächter, als Baldwin passieren wollte.

»Keine Angst, ich gehe bald wieder. Und den Herrn Erzbischof werde ich auch nicht belästigen«, antwortete dieser.

»Da würdest du auch nicht weit kommen«, knurrte der Wächter, ließ ihn aber dennoch eintreten.

Baldwin hielt sich an den beschriebenen Pfad. Im Gästehaus wies ihn ein Laienknecht zu dem gesuchten Boten. Er war nicht viel jünger als Baldwin und offenbar häufig auf der Landstraße unterwegs. Am Kamin hatte er ein behagliches Plätzchen gefunden und war nicht bereit, es wieder zu verlassen. Zu viele andere lauerten auf die Gelegenheit, näher an das Feuer zu rücken. So bahnte sich Baldwin unter bösen Blicken einen Weg zu ihm.

»Gott grüße dich, Pater«, begann der Bote misstrauisch.

Baldwin erwiderte den Gruß. »Ich will weder dir noch sonst einem den Platz streitig machen«, fuhr er lauter fort. Doch sogleich wurde er wieder leiser. »Dich schickt der Platzmeister Friedrich zum Rad aus Worms?« Er hatte Alheit noch einmal nach dem Namen gefragt.

»Ja.« Zu mehr war der Bote noch nicht bereit.

»Ich komme ebenfalls aus Worms. Ich wollte fragen, ob der Erzbischof nicht noch einen Schreiber braucht.«

Der Reiter musterte Baldwin mit zusammengekniffenen Augen. Seine graue Kutte war nicht mehr sauber, die Tonsur aber sorgfältig geschoren. »Ich weiß nicht, ob ich dir da helfen kann. Die Federfuchser sehen unsereinen ja kaum als Menschen an.«

»Wenn ich nur einmal so weit komme, dass ich mit einem von ihnen reden kann.« Baldwins Stimme nahm einen flehenden Ton an.

Noch immer blieb der Bote missmutig. »Gerade so weit habe ich es heute geschafft. Morgen soll ich wiederkommen.« Dann fiel ihm etwas ein. »Aber wenn du mit den Kanzlisten auf Lateinisch reden kannst, nehmen sie dich vielleicht für voll ...« Er brach ab. »Kannst du das denn?«

»Certe.« Baldwin fuhr in der gewünschten Sprache fort. »Ich kann ihnen erzählen, dass du der schnellste und klügste Bote bist, der je im Dienst der Stadt Worms gestanden hat.«

Wie erwartet sah ihn der Mann verständnislos an, doch er sagte: »Das klingt nicht schlecht. Komm morgen zur Frühmesse, dann sehen wir, wie weit sie uns vorlassen.«

Baldwin nickte. »Ich danke dir, du sollst es nicht bereuen.«

Zufrieden verließ er das Kloster.

Montag nach Laetare

Während Baldwin sich zur Frühmesse ins Karmeliterkloster begab, blieb Alheit Wolfram auf den Fersen. Das war an diesem Morgen schwieriger, denn er verließ seine Unterkunft bald. Dennoch war sie sicher, dass er sie nicht entdeckt hatte. Er trug nun einen einfachen braunen Mantel und eine ebensolche Kappe im weißen Haar. Unter dem Arm hatte er ein Bündel, das sein alter, schwarzer Mantel sein mochte. Damit ging er zielstrebig an den Ständen und Läden vorbei, die gerade öffneten. Schließlich bog er in eine enge Gasse ein, die auf einen kleinen Platz führte, eher eine Lücke zwischen den schmalen Häusern. Mehrere Buden, an denen mit Altkleidern gehandelt wurde, drängten sich an den Wänden.

Alheit zögerte, Wolfram dort hinein zu folgen. Er konnte kaum anders als sie zu bemerken. Warum musste er so auf jeden Heller bedacht sein? Konnte er den Mantel nicht einfach einem Bettler schenken? Nein, im Gegenteil, er ging auf ein bieder gekleidetes Paar zu, dem ein Knecht mit einer Kiepe folgte.

Einzeln hätte Alheit wohl keinen der drei wiedererkannt, doch zu dritt riefen sie unangenehme Erinnerungen wach. Henne der Krämer aus Lindenfels begleitete seine geschäftstüchtige Schwester Guda beim Einkauf für das nächste halbe Jahr. Unwillkürlich zog sich Alheit einen Schritt weiter zurück, gerade so, dass sie die vier noch sehen konnte. Während sie die schon reichlich abgetragenen Gewänder am Stand vor ihr zu begutachten schien, beobachtete sie, wie Wolfram sein Bündel öffnete. Das Dunkelrote war wohl seine alte Cotte, aber was blinkte da in seiner Hand? Alheit ging einen Stand weiter, ohne auf das Schimpfen der Händlerin zu achten, die sie ohne Kauf stehen ließ.

Nun hielt Guda das funkelnde Stück in der Hand. Ein Gürtel aus nachgedunkeltem Leder, verziert mit grünen Emailblättern. Die Krämerin nickte und machte offenbar ein Angebot.

Wolfram feilschte nur wenig, und bald steckte das ganze Bündel in der Kiepe von Gudas Knecht.

Alheit atmete tief durch. So gingen ihre wenigen fadenscheinigen Beweise dahin. Aber wäre nicht Guda ein geeignetes Opfer für Roberts Plan? Sie musste deren Herberge in Erfahrung bringen. Die Frage war nur, wie lange sie sich auf diesem engen Platz aufhalten konnte, ohne aufzufallen. Es gab mehrere Möglichkeiten, ihn zu verlassen. Daher durfte sie auf keinen Fall vor Guda und Henne gehen.

Die beiden gehörten natürlich nicht zu einem der großen Geleitzüge aus den Handelsstädten, sondern wohnten in einem Haus, das sich nur zur Messe in einen Gasthof verwandelte. Alheit sah sich die Umgebung an, versuchte, sich die Besonderheiten im Fachwerk, die Umrisse der hohen Bauten zu merken. Da kehrte die kleine Gesellschaft auch schon mit leerer Kiepe zurück.

»Sieh an, das eingebildete Spielweib.« Gudas schneidende Stimme ließ Alheit zusammenzucken. »Was suchst du hier? Die Frankfurter Messe ist zu groß für dich. Hier wird es dir nicht gelingen, Unfrieden zu stiften.« Die Krämerin ging vorüber, ohne eine Antwort abzuwarten.

»Das werden wir noch sehen«, zischte Alheit. »Und du wirst es als Erste merken.«

Anstatt in ihre Herberge zum Apfelbaum zurückzukehren, machte sie sich auf die Suche nach dem Haus zum Lamm, zu Robert. Alheit hatte ein geeignetes Opfer ausgespäht, jetzt war es an der Zeit, genauere Pläne zu schmieden. Doch der Apotheker war noch in seinen eigenen Geschäften unterwegs.

Anscheinend traf das auf die meisten anderen Gäste dieses Hauses ebenfalls zu, denn der Schankraum war fast leer. Eine ältere Magd versuchte zu fegen. Dazwischen lief Gottfrid aufgeregt hin und her, probierte zusammenhanglose Tonfolgen, raufte sich die Haare und überlegte laut, welche Stücke er wohl vortragen sollte. Immerhin hatte er in Erfahrung gebracht, dass er sich nach der Non im Lager des Grafen am Mainufer einfinden sollte zum Pfeiferwettstreit.

Unter dem Fenster zur Straße saß Katherine mit ihrer Mutter und nähte fieberhaft an einem Stück rotem Tuch, das sie mit runden Zaddeln versah.

Als Alheit eintrat, stellte die Magd den Besen in die Ecke und brachte dafür Brot und Wein. Marjorie legte die Näharbeit auf der Stelle beiseite und teilte das Mittagbrot aus. Kurz darauf kehrten die ersten Gäste von ihren Geschäften auf der Messe zurück. Der Raum füllte sich schneller, als Alheit es erwartet hätte. Gerade rechtzeitig stieß Baldwin zu ihnen und erhielt Roberts Anteil.

»Und dein Mann?«, fragte Alheit.

Sie zuckte die Schultern. »Der wird in der Stadt etwas finden.«

Baldwin bat um den Segen, und sie aßen schweigend. Dann erzählte er von seinem Besuch bei den Schreibern des Erzbischofs: »Der Bote aus Worms hat mich gut eingeführt. Ich konnte mich zwar mit den beiden Kanzlisten auf Lateinisch unterhalten, aber das hat uns nicht viel weitergebracht. Der Bote hat den Fall geschildert, wie der Platzmeister es ihm aufgetragen hat, der eine Schreiber hat es notiert und glaubt, dass wir bis morgen früh eine Antwort bekommen werden. Anscheinend ist euer besonderer Freund nicht mit dabei, Gottfrid. Von den beiden Schreibern hat keiner den Eindruck gemacht, als könnte er sich überhaupt an eure Namen erinnern.«

»Oh«, sagte Gottfrid abwesend. Dann merkte er, dass ihn die anderen erwartungsvoll anschauten. »Wie, Walter ist nicht hier?«

»Offenbar nicht.«

»Das ist schlecht. Er hat uns immer geholfen.«

Alheit wusste nicht, ob sie die Gleichgültigkeit der Schreiber als schlechtes oder gutes Zeichen werten sollte. Die Ungewissheit nagte an ihr. Gab es keine Möglichkeit, eine für sie günstige Entscheidung zu erzwingen?

»Kannst du nicht etwas schreiben?«, fragte sie Baldwin.

Erschrocken riss er die Augen auf. »Kurtrierische

Schreiber täuschen? Das wird mir nie gelingen. Einen Mann wie Rudolf Losse …«

»Glaubst du, der Bote aus Worms kann lesen?«

»Nein, das nicht.« Offenbar überlegte er sich die Sache. »Vielleicht kann ich ihn sogar bereden, dass ich morgen allein zu den Schreibern gehe.«

»Hast du alles, was du brauchst?«, fragte sie.

Fast erstaunt antwortete Baldwin: »Nein. All mein Werkzeug ist in Worms geblieben.«

Sie kramte einige Heller aus ihrem Beutel und schob sie ihm zu. Er nickte.

Marjorie beobachtete die beiden scharf. »Was hast du vor, Alheit?«, fragte sie. »Du wirst nicht still abwarten, nehme ich an.«

Heftig schüttelte Alheit den Kopf. Dabei wusste sie keineswegs genau, was sie tun wollte. Um an Wolframs alten Mantel zu kommen, müsste sie in Gudas Quartier eindringen. Sie zweifelte, ob ihr das gelingen würde. Gern hätte sie diese Aufgabe Robert überlassen. Andererseits schien es ihr zu gewagt, nur auf Baldwins Plan zu vertrauen.

»Nun?« Marjorie gab nicht auf.

»Ich werde versuchen, den Mantel und den Gürtel zu beschaffen«, verkündete Alheit.

Die Harfnerin schüttelte den Kopf. »Was tun wir Frauen nicht alles für unsere Männer. Ich komme mit und warne dich bei Gefahr.«

Katherine, die bisher eifrig mit Gottfrid getuschelt hatte, hob den Kopf und schaute die beiden erschrocken an. »Aber das dürft ihr doch nicht.«

»Es tun so viele Leute Dinge, die sie nicht dürfen, selbst Könige«, entgegnete Marjorie.

»Aber was ist aus deinem Lied geworden?«, fragte Katherine weiter. »Sollte das nicht unsere Rache werden?«

Marjorie blickte sich in der vollen Gaststube um. »Nicht vor so vielen Leuten«, erwiderte sie streng. »Und du kommst auch mit uns.«

Das Mädchen biss sich auf die Lippen. »Was soll ich dabei?«

»Das Gleiche wie ich. Jetzt komm.«

Alheit war nicht wohl bei der Sache. Dennoch führte sie ihre Begleiterinnen zu dem schmalen Haus mit zwei immer weiter vorkragenden Obergeschossen, in dem Guda untergekommen war. Die Tür stand offen, weil stets Gäste ein und aus gingen. Davor saß ein alter Mann, schnitzte Löffel und sprach jeden an, der an ihm vorüber wollte.

»Wie heißt die Frau?«, erkundigte sich Marjorie, als sie etwa drei Häuser weitergegangen waren.

»Guda. Ihr Bruder heißt Henne«, antwortete Alheit.

»Wartet dort vorn um die Ecke. Ich frage, ob sie zu Hause sind.«

Zielstrebig machte Marjorie kehrt. Alheit wagte nicht, ihr nachzuschauen. Sie bog wie geheißen mit Katherine in die nächste Gasse ein. Dort wurde ihre Geduld auf eine harte Probe gestellt. Offenbar war Marjories Plan nicht aufgegangen. Alheit und Katherine schlenderten die Gasse auf und ab, bogen in weitere Seitengässchen ein und kehrten wieder um. Zum

Glück liefen in diesen Tagen viele Fremde in der Stadt herum.

Endlich trafen sie an der vereinbarten Ecke auf die Harfnerin. »Sie sind hier«, berichtete sie, »wir müssen warten, bis sie weggehen.«

»Aber das tun wir in einer anderen Gasse«, verlangte Alheit.

Sie trennten sich und schlugen einen Bogen zurück zu dem Haus, auf das sie es abgesehen hatten. Doch nur Guda und der Knecht traten heraus und gingen davon. Henne blieb bei den neu erworbenen Waren. Alheit hatte das Gefühl, dass die Krämerin ihr böse zulächelte, als sie an der Gasseneinmündung vorbeikam, wo die drei sich verbargen.

Es konnte nicht mehr lange bis zur Non sein.

»Ich gehe jetzt hinein«, entschied Alheit. »Mit Henne allein werde ich fertig.« Ohne auf Marjories Widerspruch zu hören, ging sie auf das Haus zu.

Sie grüßte den Löffelschnitzer und nannte ihr Begehr.

»Der kriegt heute aber viel Besuch«, erwiderte der Alte. »Geh nur hinauf, die Frau ist nicht daheim.«

Mochte er denken, was er wollte. Alheit eilte mit langen Schritten die Treppe hinauf, wie es bei den krummen Tritten eben möglich war.

Die Gäste waren in diesem Haus nicht besser untergebracht als im Apfelbaum. Auf den Dielenbrettern im obersten Stock war Stroh aufgeschüttet und dann zu einzelnen Lagerstätten mit Decken oder Mänteln zusammengeschoben worden. Wer am warmen Schlot lag, konnte sich glücklich schätzen.

Henne saß neben einem der kleinen, mit einem Pergamentrahmen verschlossenen Fenster und sah in das trübe Licht. Hinter ihm lagerten die bisher eingekauften Waren. Alheit grüßte höflich und setzte sich zu ihm.

»Was willst du von mir?«, fragte er krächzend. Seine Stimme klang wie eingerostet. Er ließ sich nicht anmerken, ob er Alheit erkannte.

»Ich brauche zwei Dinge, die Guda heute Morgen gekauft hat.«

»So, was denn?« Henne schaute noch immer an ihr vorbei.

»Einen blauschwarzen Mantel, von dem sich der Pelz löst, und einen Gürtel mit Emailbeschlag.«

Er schwieg eine ganze Weile. »Ist gut, schau nach, wo du es findest«, sagte er dann. Dabei machte er keine Anstalten, sich vom Fenster abzuwenden.

»Bitte schau zu, wenn ich mich an deinen Waren zu schaffen mache«, forderte Alheit ihn auf. »Ich will nicht hinterher als Diebin dastehen.«

»Gib mir ein Pfand.«

»Ich habe nichts, was ich dir lassen könnte.«

»Dann hole ich es mir von Gretel.«

Er entsann sich also doch. Alheit nahm ein paar Heller aus ihrem Beutel. Den Rest drückte sie Henne grob in die Hand. »Hier hast du dein Pfand, und Gretel lass in Ruhe.«

Mit frischer Wut machte sie sich über den Berg Altkleider her, bis sie Mantel und Gürtel gefunden hatte. Als sie wieder aufschaute, saß Henne ihr zugewandt und grinste schief. »Dafür wird dein Geld wohl reichen«, bemerkte er.

»Das glaube ich auch.« Alheit eilte mit den Sachen davon.

Draußen hörte sie die Glocken, die zur Non läuteten, noch deutlicher.

»Ich hab's«, rief sie ihren Gefährtinnen von Weitem zu.

»Dann lass uns eilen. Wir müssen dabei sein, wenn Gottfrid vorspielt«, drängte Katherine.

Ihre Mutter sah sie streng an, stimmte aber zu. »Dein Vater wird wohl ebenfalls kommen. Wir nehmen die Instrumente mit.«

»Wozu?«, fragte Katherine.

»Damit wir das Lied vom Spielmann als Giftmischer vortragen können.«

»Und wie geht das?«, grollte das Mädchen.

»Ihr müsst nur immer zwei Worte singen, den Rest mache ich schon«, erklärte Marjorie.

»Singen? Da muss ich aber viel üben!«, rief Alheit unwillkürlich.

»Es kommt vor allem auf den Text an.« Marjorie sang ihnen die wenigen Worte vor, die sie brauchten.

In der Herberge zum Lamm erwartete sie Baldwin. Seine Augen blitzten siegesgewiss. Er hatte seine Absichten wohl ausgeführt. Gottfrid war bereits zum Mainufer aufgebrochen. Nun folgten sie ihm zu viert.

Das Lager des Grafen von Geldern war fast so groß wie ein Dorf direkt am Main. Vor einem geräumigen Zelt war die Tafel aufgebaut, an der Graf Rainald und einige seiner Würdenträger saßen, bereit, sich gut zu unterhalten. Davor standen im weiten Kreis Spielleute und Neugierige, die sie hören wollten.

Alheit entdeckte als Ersten Emich den König. Breitspurig stand er weit vorn bei der Tafel des Grafen, hinter ihm zwei weitere hünenhafte Spielleute. Ein Herr mit seinem Gefolge. Es fehlte nur noch, dass die beiden sein Wappen trugen. Mit beifälliger Miene verfolgte er Gottfrids Auftritt, als komme es auf seine Meinung an, nicht auf die des Grafen.

Robert war schwieriger zu entdecken, er machte eine weniger stattliche Figur. Und er winkte so verstohlen, als wolle er gar nicht bemerkt werden. Die Freunde gesellten sich zu ihm.

»Ich habe etwas für Wolfram«, murmelte er und drehte ein wenig die linke Hand. Rot glänzte eine Kreuzfibel auf.

»Dann haben wir ihn von allen Seiten«, stellte Alheit zufrieden fest.

Mit einem lang ausgezierten Kyrieleis beendete Gottfrid sein Passionslied. Gemessen setzte er die Schalmei ab, als habe ihn der Vortrag keinerlei Anstrengung gekostet. Beifall erklang. Gottfrid verneigte sich zu Graf Rainald hin und zog sich in die Reihen der Spielleute zurück. Katherine machte sich gleich auf den Weg, ihn zu den Gefährten zu holen.

»Na, dich werden sie wohl kaum noch wegschicken«, sagte ein Spielmann mit roter Kappe zu Gottfrid, »schon gar nicht, wenn deine Hübsche hier mitkommt.«

»Das werde ich«, antwortete Katherine lachend, »wart's nur ab!«

Gottfrid stellte die beiden einander vor, doch Tristams Aufmerksamkeit wurde schnell wieder abgelenkt. »Oh, was kommt denn da?«

Meister Wolfram betrat die Runde, frisch und siegesbewusst, wie man es von ihm nicht gewohnt war. An seinem Gürtel klingelten zahlreiche Messingglöckchen. Mit volltönender Stimme stellte er sich vor: ein Meister auf vielen Instrumenten, willkommen an allen Höfen. Es schien, als habe er mit dem alten Gewand die Vergangenheit abgelegt. Werner folgte ihm mit allem Stolz, den er aufbieten konnte, dennoch wirkte er wie auf einem Bußgang.

Alheit bemerkte kaum, dass Robert seinen Platz neben ihr verließ. Schon war er in der Menge verschwunden.

Wolfram hob den Dudelsack und blies Luft hinein, dasselbe Instrument aus hellbraunem Holz und fast weißem Leder, das zuletzt Elbelin gehört hatte.

Mit großen Schritten ging Emich der König auf ihn zu. »Dieb! Galgenvogel! Das ist mein Dudelsack!«

Wolfram wandte sich seinem Angreifer zu.

»Giftmischer!«, schrie Gottfrid und sprang ihn von der anderen Seite an.

Katherine wollte ihn halten, bekam jedoch nur den schmalen Streifen an seinem Ärmel zu fassen, der gleich abriss.

Gerade noch wich Gottfrid der langen Bordunpfeife aus, als Wolfram zu ihm herumwirbelte. Er rammte dem Alten die Fäuste in die Seite, glitt aber an der Spielpfeife ab. Wolfram raffte sein Instrument zusammen und hielt es schützend vor sich.

Quiekend fing der Sack Gottfrids Fußtritt auf.

Wolfram rannte durch die Lücke zwischen der Tafel und dem Ring der Zuschauer davon, die Umstehenden machten ihm Platz. Emich und seine Leute beeilten sich, ihm den Weg abzuschneiden, kamen aber zu spät. Gottfrid sprang ihm nach, musste jedoch vor zwei stämmigen Waffenknechten Halt machen. Unter ihren fragenden Blicken fiel die Spannung von Gottfrid ab. Wie verwundert über seinen Ausbruch schaute er dem weißen Schopf nach, der sich rasch zum Main hin entfernte.

»Was war das?«, wollte der eine Wächter wissen.

»Das ...« Gottfrid fiel ein, dass er nichts von ihrem Verdacht hätte sagen sollen. »Nichts.«

»So sah es aber nicht aus«, entgegnete der Zweite.

Gottfrid schaute sich Hilfe suchend nach seinen Gefährten um. Doch sie waren weit weg und konnten sich nicht so schnell einen Weg durch die aufgeregte Menge bahnen. Nur Katherine stand neben ihm. »Wir ... hatten einen Zusammenstoß mit dem Alten ... in Worms ...« Seine Stimme verklang.

Die beiden Bewaffneten schüttelten den Kopf. »Ich hoffe, du nennst nicht jeden einen Giftmischer, mit dem du dich nicht verstehst.«

»Nein, nein«, wehrte Gottfrid ab. »Wir haben zusammen getrunken, und am nächsten Morgen ...«

Katherine ruckte an seinem Arm. Es war gut sichtbar, dass die Wächter ihm nicht glaubten.

»Wir werden uns erkundigen«, sagte der eine. Der andere raunte seinem Gefährten etwas zu.

»Fragt Robert Piper«, schlug Katherine vor.

»Euer Vater?«, fragte der erste Wächter.

Katherine nickte.

»Ein Gefährte aus Worms«, antwortete Gottfrid.

»Wo wohnt er?«

»Im Haus zum Lamm.«

»Und ihr?«

»Wir auch«, erwiderte Katherine.

Der eine Wächter nickte. »Aber bleibt hier, bis die Sache aufgeklärt ist.

Schweigend holte Gottfrid seine Schalmei und ließ sich neben den beiden Nürnbergern nieder, die vor ihm gespielt hatten. Sie gaben sich keine Mühe, ihre Schadenfreude zu verbergen.

Alheit hatte gerade begonnen, sich mit ihrem schwarzen Bündel in den Armen nach vorn zu arbeiten, als Wolfram aus dem Kreis stürmte. Sie war zu weit entfernt, um ihn einzuholen. Nicht einmal an Werner kam sie heran. Er war ebenso unauffällig untergetaucht wie vorher Robert.

Die Waffenknechte des Grafen schafften mit Spießen und Stangen schnell wieder Ordnung. Dann rief ein Pfeifer, der bereits den goldenen Löwen des Grafen auf seinem bunten Rock trug, den nächsten Spielmann auf, als ob nichts vorgefallen wäre.

Wenig später kehrten Emich der König und seine Leute von der vergeblichen Verfolgung zurück. Sie versuchten, ebenso wie Alheit, zu Gottfrid vorzudringen, doch bewaffnete Knechte versperrten ihnen den Weg. »Lasst es gut sein«, warnte einer. »Bringt nicht noch mehr Unfrieden ins Lager.«

Alheit überließ es Emich, Widerworte zu geben. Ihr würde es nicht helfen. Sie musste Wolfram finden. Daher fragte sie einen der Verfolger: »Habt ihr gesehen, wo er hin ist?«

Der eine zuckte die Achseln, der andere vermutete: »Zum Hafen vielleicht.«

Es traf Alheit wie ein Schlag. Dort konnte der Gesuchte noch leichter untertauchen als sonst in der Stadt oder gar unbemerkt abreisen. Mit einem Mal erschien ihr der schwarze Mantel unerträglich schwer. Schleppend setzte sie einen Fuß vor den anderen.

Neben ihr erschien Marjorie, wenig später Baldwin.

»Den Hafen absuchen?«, fragte Baldwin ungläubig, als sie die Auskunft des fremden Spielmanns weitergab. »Da bleibt uns nicht mehr viel Zeit, bis es dunkel wird.« Er schritt schneller aus und zog die anderen mit.

Unterwegs gesellte sich Robert zu ihnen, mit finsterem Gesicht. »Wolframs Bündel ist weg«, berichtete er. »Ich hatte die Fibel gerade hineingesteckt, als das Geschrei losging. Ich habe mich eine Weile treiben lassen, und danach war alles weg.«

»Wolfram wird es mitgenommen haben«, vermutete Marjorie.

Alheit schüttelte den Kopf. »Dazu war keine Zeit.«

Am Hafen angekommen, wurde ihr erst klar, wie viel sie sich vorgenommen hatten. Auch wenn sie sich aufteilten, konnten sie kaum alle Schiffe, Lagerhäuser und Herbergen durchkämmen. Schnell zeigte sich, dass sie Antwort auf direkte Fragen nur gegen Geld bekamen, und Alheit hatte nichts mehr. Ihr Beutel lag bei Henne. Baldwin versuchte daraufhin, mit Segenssprüchen zu handeln, doch offenbar wussten diejenigen, die sich darauf einließen, am allerwenigsten.

Als die ersten Fackeln angezündet wurden, gaben sie die Suche auf und kehrten in die Stadt zurück wie ein geschlagenes Heer. Immerhin ließ sich Marjorie nun überreden, ihr Lied vom Spielmann als Giftmischer zu singen. Als Grundlage hatte sie die Melodie eines bekannten Trinkliedes gewählt. Doch der Text war ein einziges Kauderwelsch. Alheit stürzte sich auf jeden Vers wie auf einen Feind, an dem sie ihre Wut auslassen konnte.

Marjorie wurde immer kleinlauter. »Das musst du mir morgen früh noch einmal vorsingen«, bat sie, als sie sich vor dem Haus zum Lamm trennten. »So viel kann ich mir nicht merken.« Leiser fügte sie hinzu: »Ich dachte, ich hätte alles so gesagt, dass man es versteht.«

»Verse schmieden in einer fremden Sprache ist nicht leicht«, tröstete Alheit. Sie musste sich selbst immer wieder die Worte vorsagen, die sie im Zorn so leicht gefunden hatte.

Dienstag nach Laetare

Rechtzeitig zur Frühmesse machte sich Baldwin auf den Weg zum Karmeliterkloster, um dort den Boten aus Worms zu treffen. Der erwartete ihn bereits an der Kirchentür.

»Was glaubst du: Haben die Herren Schreiber heute eine Antwort für uns, oder müssen wir morgen wiederkommen?«, fragte der Reiter, »und übermorgen, und am Freitag, meinetwegen bis Ostern?«

Baldwin lachte. »Wer erwartet dich denn in Worms, dass du so schnell nach Hause willst?«

»Auf jeden Fall mein Lohn.«

»Das ist ein Wort«, bestätigte Baldwin. »Ohne Geld lebt es sich auch in Frankfurt nicht gut.«

Einträchtig betraten sie die Kammer, in der die beiden Schreiber des Erzbischofs arbeiteten. Rechts und links neben dem hohen, schmalen Fenster standen zwei Pulte, in einer Truhe musste alles andere Nötige Platz finden. Glücklich schienen die beiden mit der Einrichtung nicht zu sein.

Der Ältere blickte unlustig auf, als Baldwin ihre Namen nannte und die Sache, in der sie gekommen waren. Eilig nahm der Mann einen gefalteten, versiegelten Brief aus seinem Pult und reichte ihn Baldwin. Den Dank dafür wehrte der Schreiber ab, offenbar wollte er die Störung so schnell wie möglich beenden. Baldwin steckte das Schreiben in den weiten Ärmel seiner Kutte und ging mit seinem Gesellen nach draußen.

Der grinste. »Na siehst du. Kaum hat man einen dabei, der lateinisch redet, kommt man bei den Kerlen voran. Schade, dass sie keine Arbeit für dich haben.« Erwartungsvoll streckte er die Hand aus.

»Oh, in irgendeiner Kirche hier werden sie schon jemanden brauchen.« Baldwin zog den Brief aus dem Ärmel und gab ihn dem Boten.

»Wenigstens können wir noch einen trinken, bevor ich mich auf den Weg mache. Auf die eine Stunde wird es kaum ankommen.«

Baldwin teilte diese Ansicht zwar nicht, dennoch folgte er dem Reiter zu einem billigen Weinausschank und ließ sich einen Becher des blassen, faden Getränks bezahlen. Er begleitete den Mann noch zur Stadt hinaus und segnete seine Reise.

Alles Weitere lag in Gottes Hand.

Alheit raffte das Bündel aus Wolframs abgelegten Kleidern zusammen und suchte das Haus des Löffel schnitzenden Alten auf, wo Guda und Henne Quartier genommen hatten. Diesmal wartete sie nicht ab, ob sie Henne allein treffen würde. Sie ging trotz der Warnung des Alten, er habe die Frau noch nicht weggehen sehen, die Treppen hinauf.

Guda sah bei ihrem Eintreten so gleichgültig auf, als hätte sie Alheit erwartet. »Brauchst du dein Geld doch wieder?«, fragte sie anstelle eines Grußes.

»So ist es.« Alheit drückte ihr den Mantel samt Inhalt in den Schoß.

Ohne ein Wort reichte Henne ihr den abgegriffenen Beutel mit dem kläglichen Rest ihrer 70 Heller.

»Hast du dir nicht noch mehr ausgeborgt?«, fragte Guda lauernd.

»Nein, wieso?«

»Etwas Schmuck vielleicht? Bei Gregor aus Wächtersbach?«

Alheit gab sich Mühe, das Gesicht nicht zu verziehen. »Kenne ich nicht.«

»Es reicht, wenn du eine hübsche Fibel erkennst, sobald du sie siehst.«

»Nun, blind bin ich nicht. Aber wo dein Gregor seine Habseligkeiten verwahrt, kann ich dir nicht sagen.«

»Dem Marktrichter wirst du es sagen müssen.« Drohend betonte die Krämerin das letzte Wort. »Es wäre besser für dich, wenn sich die Fibel ganz schnell wiederfindet, und nicht in deiner Nähe.«

Alheit zuckte die Schultern. »Ich werde sie nicht suchen. Das soll der tun, der sie verloren hat.«

Sie wandte sich schwungvoll um und lief die Treppe hinunter. Es ärgerte sie, dass nun nicht Guda nach ihrem gestohlenen Schmuck suchte. Und dass man die Fibel, wenn überhaupt, beim Falschen finden würde.

Werner verfluchte sein Schicksal. Tagelang hatte er bei dem übellaunigen Sackpfeifer ausgeharrt, hatte mühsam dessen überspannte Musik eingeübt, in der Hoffnung, am Ende einen guten Dienst zu bekommen. Nun lag er wieder allein an der Landstraße und durfte sich einige Zeit nicht sehen lassen. Der Kerl war ein gesuchter Dieb und Mörder gewesen. Wer hätte das ahnen können, so großspurig, wie er in Worms aufgetreten war?

Nicht einmal die neue Schalmei, die Meister Wolfram bezahlt hatte, taugte viel. Mehr als zwei saubere Töne zu treffen, war Glückssache. Werner bereute es fast, dass er Franz sein Instrument zurückgebracht hatte, wenn doch nur der Drache darauf spielte.

Das Bündel, das er sich in Frankfurt gegriffen hatte, als er fliehen musste, enthielt immerhin einen warmen braunen Mantel, ein sauberes, abgewetztes Hemd, ein Tonfläschchen mit ungenießbar riechender Flüssigkeit und eine Kreuzfibel mit roter Emaileinlage. Diese beiden konnte er irgendwo im Odenwald zu Geld machen und weiter nach Süden ziehen. Vielleicht fand er doch noch einen Gesellen, mit dem sich auskommen ließ.

Im Gasthaus zum Lamm herrschten Übermut und Freude, als Alheit eintraf. Gottfrid war zurückgekehrt mit der Nachricht, dass er während des Reichstags im Lager des Grafen von Geldern bleiben und dann mit ihm den Rhein hinabziehen würde.

»Gott gebe seinen Segen dazu«, murmelte Alheit. Sie konnte sich nicht in den Überschwang der anderen finden, während Wolfram ihnen vielleicht endgültig entkam.

Gottfrid und Katherine schmiedeten eifrig Pläne, gegen die Marjorie halbherzige Einwände erhob. Alheit nutzte die Gelegenheit, Robert beiseitezunehmen. Doch seine Suche im Hafen hatte nichts Beruhigendes ergeben. »Heute Morgen ist ein Schiff nach Miltenberg abgegangen und eins nach Mainz. Und es kann natürlich sein, dass Wolfram die Stadt zu Fuß verlassen hat.«

Alheit nickte. »Hatte er nicht auch ein Pferd?«

»Das steht noch im Stall der Dominikaner.«

Nach kurzem Nachdenken entschied Alheit: »Miltenberg ist's.«

»Willst du ihm dahin nachjagen?«

»Ich weiß nicht.« Von Jagen konnte keine Rede sein. Alheit hatte nichts als ihre Füße, um voranzukommen, und kaum noch Geld. Sie fühlte sich klein und hilflos, ein Gefühl, das sie gar nicht schätzte. »Was tut Emich der König?«

»Nicht viel«, erwiderte Robert. »Wolfram verfluchen und auf König Johann von Böhmen warten. Der soll morgen eintreffen.«

»Ich glaube, es wird Zeit, Marjories Lied zu verbreiten.« Das war das Einzige, was sie noch tun konnte.

»Sing es einmal vor.«

In der schlaflosen Nacht hatte Alheit den Text stundenlang wiederholt wie ein Bußgebet.

War ein Mann, ein alter und grauer,
sang gar fein und schlug die Laute,
er zog durchs Land auf einem stolzen Rosse.

In Worms am Rhein, da trafen zusammen
die Spielleut' von fern, die spielten und sangen
von früh bis spät mit Harfen und mit Pfeifen.

Der Alte, der hörte den Burschen da pfeifen,
singen und spielen und rotten und geigen
so süß und fein gar wie die Engelchöre.

Nie mehr würde er im Leben so spielen,
süß und fein, bewundert von vielen,
keinen Tanz mehr führ'n als nur den Tanz des Todes.

Am Abend füllt dem fröhlichen Zecher
der Alte voll Grimm den giftigen Becher.
Dein Lied sei mein, dein Ruhm und auch die Liebe.

Reist der Alte noch weiter durchs Land,
die Laute, die Orgel, die Pfeif in der Hand.
Der Junge singt nun mit den Engelchören.

Anfangs traf Alheit sogar die Melodie. Robert summte bald mit. Die anderen unterbrachen ihre Beratung und fielen ebenfalls ein.

Beim letzten Vers gesellte sich Baldwin zu ihnen. »Der Bote des Platzmeisters ist wieder auf dem Weg nach Worms«, meldete er.

»Dann müssen wir ihm folgen«, antwortete Alheit grimmig.

»Glaubst du, ihr kommt noch rechtzeitig?«, fragte Marjorie besorgt.

Alheit nickte. »Zu dem wenigen, was wir tun können …«

»Gott hört unsere Gebete überall«, ergänzte Baldwin.

Eine Weile schwiegen sie bedrückt. Katherine legte zaghaft den Arm um Alheit.

Dann sagte Gottfrid: »Sing noch einmal. Alle hier sollen es hören und in die Welt hinaustragen.«

Mittwoch nach Laetare

Platzmeister Friedrich zum Rad las den Brief mehrmals durch, den sein Bote aus Frankfurt gebracht hatte: »Es ist daher unsere Überzeugung, dass den Toten ob seines Gott ungefälligen und vor den Menschen unwürdigen Lebens die Strafe des Himmels ereilt hat. Das Wirken eines Menschen oder eines von Menschen angerufenen Dämons erachten wir nicht als erwiesen. Daher ist keine Anklage zu erheben.«

Er blickte von dem Pergament auf den Boten und wieder zurück. Der Mann stand müde und gleichgültig vor ihm, wahrscheinlich wusste er gar nicht, was er da abgeliefert hatte.

»Geh hinunter zu Bertel, er soll den Spielmann und seine Hure freilassen, und dann zu den Franziskanern, dass sie den anderen begraben können.«

Der Bote blieb stehen und schaute ihn an, als ob er nichts verstanden hätte. Geldgieriger Lump. Meister Friedrich griff in die Lade und nahm die Heller heraus, die für einen Ritt nach Frankfurt üblich waren.

Der Mann hatte die Stirn, nachzuzählen. »Also zu Bertel und zu den Franziskanern?«, fragte er noch einmal.

Der Platzmeister nickte. »Ach ja, sag Bertel, er soll alle gemeinen Weiber aus der Stadt schaffen, die sich auf den Straßen herumtreiben.«

Franz hatte aufgegeben zu überlegen, ob es wohl Tag oder Nacht war, oder wie viele Tage vergangen waren. Hin und wieder öffnete sich die Tür zu ihrer Zelle, für einen Augenblick drangen Licht und Luft herein. Er bekam ein Stück Brot und eine Kanne Wasser. Das teilte er mit Else und hütete es vor den Ratten und Mäusen.

Else war anfangs bei jeder Berührung zusammengezuckt, doch im Dunkeln hatte er sonst keine Möglichkeit, ihr zu essen und zu trinken zu geben. Daher ließ sie es sich bald wieder gefallen.

Wenn er glaubte, die Luft sei dünn genug, sang er von der Welt draußen, um nicht zu vergessen, dass es sie gab.

Nun öffnete sich die Tür wieder. Ein Ratsknecht trat ein, die Schlüssel in der Hand. »Ich soll euch freilassen«, sagte er und schritt gleich zur Tat. »Weiß der Himmel, was sich die Herren da wieder ausgedacht haben.«

Else hatte seine Worte offenbar nicht verstanden. Mit einem Schrei fuhr sie zurück, als er nach ihrem Bein griff, um die Fußeisen zu lösen. »Halt still, dummes Huhn!« Er fasste derber zu und schloss auf. Sie blieb sitzen, bis der Schließer die Zelle verlassen hatte.

»Jetzt kommt schon, sonst schließe ich wieder ab.«

Franz half Else beim Aufstehen und schob sie sanft zur Tür hinaus. Draußen stand ein Wächter des Herrn von Alzey. Er führte die beiden ohne ein weiteres Wort die Treppen hinauf und hinaus auf die Gasse.

Obwohl die Dämmerung schon weit fortgeschritten war und ihr Begleiter seine Laterne anzündete, erschien Franz die Welt wie taghell. Er hatte Mühe, dem voraneilenden Waffenknecht nachzukommen. Die frische, kalte Luft machte ihn schwindelig. Else erging es nicht besser, doch sie ließ sich nicht helfen.

Schließlich erreichten sie den Hof des Herrn von Alzey. Der Wächter, der sie begleitet hatte, ließ sie eine Weile im Hof stehen. Dann kehrte er mit Ewald zurück, dem Knappen, der immer mit Herrn Heinrich in den Wilden Mann gekommen war. Else versteckte sich hinter Franz vor dem Fremden. Doch der führte sie nur in die Küche und ließ ihnen zu essen geben, bis das Bad bereit sei.

Franz zwickte sich selbst in den Arm, um sicher zu sein, dass er nicht träumte. Dann ließ er sich den Kohleintopf schmecken. Gegen ein Stück trockenes Brot am Tag war dieses eintönige Fastenessen ein Festmahl. Sogar Else aß etwas davon. Der dünne Wein, den sie dazu tranken, stieg ihnen gleich zu Kopf.

Nach dem Bad, mit sauberen Kleidern versehen, wurden Franz und Else zu Herrn Heinrich gebracht.

»Gott sei Dank, dass ihr wieder frei seid«, begrüßte er sie.

»Wie ist es dazu überhaupt gekommen? Und wo ist Alheit?«, fragte Franz.

»Alheit und euer fahrender Schüler sind am Donnerstag nach Frankfurt gezogen. Und von dort kam heute ein Bote mit der Weisung, dass man euch freilassen soll.«

Franz atmete auf.

»Es sollte mich nicht wundern, wenn das eine mit dem anderen zu tun hätte«, fuhr Herr Heinrich fort.

»Haben sie den gefunden, der es getan hat?«, wollte Franz wissen.

Der Ritter zuckte die Achseln. »Erzbischof Balduin ist überzeugt, dass Elbelin nicht durch Gift oder Zauberei gestorben ist. Also gibt es keine Anklage.«

»Oh.« Hatten sie doch alles nur geträumt? In den letzten dunklen Tagen hatte Franz sich so oft ausgemalt, was gewesen wäre, wenn er nur bei manchen Gelegenheiten ein klein wenig anders gehandelt hätte, dass er kaum noch wusste, was wirklich geschehen war.

»Das ist umso besser für euch, denn nun kann man euch nichts Böses mehr nachsagen und auch eure Freunde nicht verfolgen«, nahm Herr Heinrich den Faden wieder auf. »Bleibt noch ein paar Tage hier und ruht euch aus. Dann könnt ihr ebenfalls weiterreisen nach Frankfurt.«

Franz nickte, obwohl ihm die Sache nicht ganz behagte. Mochte der Erzbischof auch anderes beschlossen haben, Alheit war überzeugt, dass Meister Wolfram Elbelin vergiftet hatte, und würde ihn verfolgen. In Frankfurt würde er sie wohl nicht mehr antreffen, selbst wenn er sofort aufbräche.

»Hat sie unsere Instrumente mitgenommen?«, fragte er.

»Ich weiß es nicht.« Herr Heinrich wurde rot. »Sie sind etwas überstürzt aufgebrochen am Donnerstag. Vielleicht sind die Sachen noch bei Burkhard.« Als Franz erwartungsvoll nickte, fügte er hinzu: »Ich schicke morgen früh meinen Knappen hin, er soll alles holen. Bis dahin nimm meine Laute.«

Gierig griff Franz nach dem Instrument, stimmte ausgiebig und sang ein Lied zu Ehren der heiligen Dorothea, die bei falschen Anschuldigungen die Wahrheit ans Licht bringt.

Judica

Wolfram sass in einer Schänke am Fuß der Burg Wertheim. Gestern war er angekommen, noch fehlte ihm der Mut, beim Grafen Rudolf vorzusprechen. Er wurde das Gefühl nicht los, dass er immer weiter ins Hinterland geriet. Aber er war so lange auf Jahrmärkten herumgezogen, war bei Hochzeiten und anderen Festen weggeschickt worden – er brauchte einen Platz in einer Hofkapelle, auf viele Jahre.

Das Wandern fiel ihm immer schwerer. Sein Pferd hatte er in Frankfurt lassen müssen, und noch vieles andere von Wert. Er bezweifelte aber, dass er damit schneller vorangekommen wäre. In letzter Zeit hatte ihn schon das Aufsteigen in den Beinen und im Rücken geschmerzt. So trug er nur den Dudelsack und seinen Beutel am Gürtel. Trotz dieses leichten Gepäcks war er froh gewesen, als er die Herberge gefunden hatte, wo er heute, am Sonntag, für ein Lager und eine warme Mahlzeit spielen konnte.

In der vollen Gaststube drang seine Sackpfeife gerade noch durch. Er hatte unverständige, aber dankbare Zuhörer, die immer wieder dasselbe hören wollten, das, was immer alle spielten. Wolfram brauchte seine steifen Finger nicht mit den höllischen Verzierungen zu quälen, die er in Worms seinen Schülern abverlangt hatte.

Seine Finger. Bisher hatte er die Gichtkraut-Essenz, die er in Worms gekauft hatte, sorgfältig gehütet. Jeden

Morgen und jeden Abend einreiben, mehr nicht. Getrunken hatte er noch nichts davon. Natürlich hatte ihn der Apotheker davor gewarnt, aber er kannte das Zeug ja schon länger. Es sorgte für ruhigen Schlaf, wenn einen das harte Leben gar zu sehr bedrängte.

Die Ankunft eines zweiten Spielmanns riss ihn aus seinen Gedanken. Ein junger Kerl war es, mit Laute und roter Kappe. Der Wirt überließ ihm bereitwillig einen Platz am Kamin.

Ein Ziehen in der rechten Hand bestätigte Wolfram, dass er eine Pause verdient hatte. Er packte die Sackpfeife zur Seite, suchte sich eine freie Ecke auf einer Bank und hörte zu.

Der Junge spielte recht leidlich, ein altes, zersungenes Trinklied, übertrieb aber mit der Geschwindigkeit, wie so einige, die ihre Unsicherheit verdecken wollten.

Und er sang einen anderen Text dazu, so viel bemerkte Wolfram, auch wenn er nur einzelne Verse verstand. Es ging um einen jungen Spielmann, der all das beherrschte, was das Lied von seinesgleichen verlangte. Ein Rivale vergiftete ihn aus Neid auf seine Kunstfertigkeit.

Leise Übelkeit stieg in Wolfram auf. Vor sich sah er das weiße Gesicht des jungen Elbelin im Todesschlaf. Wolfram dankte Gott dafür, dass er nicht mehr dazu gekommen war, sein ursprüngliches Vorhaben auszuführen. Er hatte die Decke schon in der Hand gehabt, um den Jungen zu ersticken. Doch der atmete nicht mehr, sein Kopf fiel schlaff zur Seite. Wolfram unterdrückte einen Schrei, nahm sich, was er gesucht hatte, und lief davon, so schnell er es wagte. Den Gedanken daran, was wirklich geschehen sein mochte, schob er beiseite. Menschen starben, das war ihr Los. Die gütige Hand Gottes oder eines Heiligen hatte zur rechten Zeit eingegriffen.

Wolfram wusste, dass er sich heute mit einem großen Schluck Gichtkraut-Wasser in den Schlaf trinken würde. Und das bald, denn solange er dem Sänger mit der roten Kappe zuhörte, würde ihn der Geist des Toten quälen. Er zog sich in die Ecke im Stall zurück, wo er schlafen sollte, und nahm das verbliebene Tonfläschchen aus dem Beutel.

Das Gebräu brannte in der Kehle, doch das gehörte dazu. Er trank einen zweiten tiefen Schluck, und bald stellte sich die gewünschte Wirkung ein. Die Augen fielen ihm zu, er schlief fest und traumlos.

Wolfram sollte nie wieder sehen.

E N DE

Weitere Krimis finden Sie auf den folgenden Seiten oder im Internet: www.gmeiner-verlag.de

SEBASTIAN THIEL

Die Hexe vom Niederrhein

273 Seiten, Paperback.
ISBN 978-3-8392-1076-5.

HEXENJAGD Kempen, im Winter 1642. Am Niederrhein tobt der Dreißigjährige Krieg.

Nach einem Kirchgang rettet der junge Schmied Lorenz die Tochter des Statthalters vor zwei durchgehenden Pferden. Die schöne Elisabeth macht ihrem Retter von der ersten Minute an eindeutige Avancen. Doch nicht sie ist seine Auserwählte, sondern ihre schüchterne und geheimnisvolle Adoptivschwester Antonella. Als hessische Söldner Kempen belagern und einnehmen, bricht das Chaos aus. Und die kräuterkundige Antonella wird von der gesamten Stadt als Hexe denunziert …

DAGMAR FOHL

Die Insel der Witwen

271 Seiten, Paperback.
ISBN 978-3-8392-1070-3.

INSELLIEBE Taldsum, eine Insel im friesischen Wattenmeer, Mitte des 19. Jahrhunderts. Das Leben der Bewohner ist geprägt von der Seefahrt, dem Tod und bitterer Armut. Als ein Leuchtturm auf dem Eiland errichtet werden soll, schlagen die Wogen der Empörung hoch. Auch die junge Seemannswitwe Keike Tedsen, die wie viele Frauen von der Strandräuberei lebt, fürchtet um ihr karges Auskommen. Dann aber verliebt sie sich in den Hamburger Ingenieur Andreas Hartmann, der mit dem Leuchtturmbau beauftragt ist. Es ist eine schicksalhafte Liebe, die das Leben der beiden für immer verändern soll …

GMEINER

Wir machen's spannend

GERHARD LOIBELSBERGER

Reigen des Todes

324 Seiten, Paperback.
ISBN 978-3-8392-1068-0.

DIE SPUR DES TODESENGELS Wien 1908. Als am Ufer des Donaukanals ein abgetrennter Unterarm entdeckt wird, wittert Gerichtsredakteur Leo Goldblatt die große Story. Doch nicht nur diese mysteriöse Angelegenheit schlägt dem Inspector und ausgewiesenen Gourmet Joseph Maria Nechyba gewaltig auf den Magen, sondern auch die Suche nach dem seit Tagen vermissten Oberstleutnant Vestenbrugg. Bewegung kommt erst in den Fall, als Vestenbruggs abgeschnittener Kopf auftaucht und sich herausstellt, dass er eine junge Geliebte hatte: Steffi Moravec, deren amouröse Fähigkeiten auch andere Herren der Wiener Gesellschaft sehr zu schätzen scheinen …

URSULA NEEB

Madame empfängt

419 Seiten, Paperback.
ISBN 978-3-8392-1050-5.

GEFÄHRLICHE LIEBSCHAFTEN Frankfurt, 1836. Eine Serie von Giftmorden an jungen Dienstmädchen, die alle nebenbei der Prostitution nachgingen, erschüttert die Stadt am Main. Augenzeugen haben keine Zweifel, dass der Täter der besseren Gesellschaft angehört. Der ebenso verschlafenen wie korrupten Polizeibehörde gelingt es aber nicht, dem Mörder auf die Spur zu kommen.

Empört über so viel Unfähigkeit und Ignoranz beginnt die Frankfurter Dichterin Sidonie Weiß, gemeinsam mit ihrem Jugendfreund Johann Konrad Friedrich, auf eigene Faust zu ermitteln …

GMEINER

Wir machen's spannend

Alle Gmeiner-Autoren und ihre Romane auf einen Blick

ANTHOLOGIEN: Tatort Starnberger See • Mords-Sachsen 4 • Sterbenslust • Tödliche Wasser • Gefährliche Nachbarn • Mords-Sachsen 3 • Tatort Ammersee • Campusmord • Mords-Sachsen 2 • Tod am Bodensee • Mords-Sachsen 1 • Grenzfälle • Spekulatius **ARTMEIER, HILDEGUND**: Feuerross • Drachenfrau **BAUER, HERMANN**: Verschwörungsmelange • Karambolage • Fernwehträume **BAUM, BEATE**: Weltverloren • Ruchlos • Häuserkampf **BAUMANN, MANNFRED**: Jedermanntod **BECK, SINJE**: Totenklang • Duftspur • Einzelkämpfer **BECKER, OLIVER**: Das Geheimnis der Krähentochter **BECKMANN, HERBERT**: Mark Twain unter den Linden • Die indiskreten Briefe des Giacomo Casanova **BEINSSEN, JAN**: Goldfrauen • Feuerfrauen **BLATTER, ULRIKE**: Vogelfrau **BODE-HOFFMANN, GRIT / HOFFMANN, MATTHIAS**: Infantizid **BOMM, MANFRED**: Kurzschluss • Glasklar • Notbremse • Schattennetz • Beweislast • Schusslinie • Mordloch • Trugschluss • Irrflug • Himmelsfelsen **BONN, SUSANNE**: Die Schule der Spielleute • Der Jahrmarkt zu Jakobi **BODENMANN, MONA**: Mondmilchgubel **BOSETZKY, HORST (-KY)**: Promijagd • Unterm Kirschbaum **BOENKE, MICHAEL**: Gott'sacker **BÖCKER, BÄRBEL**: Henkersmahl **BUEHRIG, DIETER**: Schattengold **BUTTLER, MONIKA**: Dunkelzeit • Abendfrieden • Herzraub **BÜRKL, ANNI**: Ausgetanzt • Schwarztee **CLAUSEN, ANKE**: Dinnerparty • Ostseegrab **DANZ, ELLA**: Schatz, schmeckt's dir nicht • Rosenwahn • Kochwut • Nebelschleier • Steilufer • Osterfeuer **DETERING, MONIKA**: Puppenmann • Herzfrauen **DIECHLER, GABRIELE**: Glaub mir, es muss Liebe sein • Engpass **DÜNSCHEDE, SANDRA**: Todeswatt • Friesenrache • Solomord • Nordmord • Deichgrab **EMME, PIERRE**: Diamantenschmaus • Pizza Letale • Pasta Mortale • Schneenockerleklat • Florentinerpakt • Ballsaison • Tortenkomplott • Killerspiele • Würstelmassaker • Heurigenpassion • Schnitzelfarce • Pastetenlust **ENDERLE, MANFRED**: Nachtwanderer **ERFMEYER, KLAUS**: Endstadium • Tribunal • Geldmarie • Todeserklärung • Karrieresprung **ERWIN, BIRGIT / BUCHHORN, ULRICH**: Die Gauklerin von Buchhorn • Die Herren von Buchhorn **FOHL, DAGMAR**: Die Insel der Witwen • Das Mädchen und sein Henker **FRANZINGER, BERND**: Zehnkampf • Leidenstour • Kindspech • Jammerhalde • Bombenstimmung • Wolfsfalle • Dinotod • Ohnmacht • Goldrausch • Pilzsaison **GARDEIN, UWE**: Das Mysterium des Himmels • Die Stunde des Königs • Die letzte Hexe – Maria Anna Schwegelin **GARDENER, EVA B.**: Lebenshunger **GEISLER, KURT**: Bädersterben **GIBERT, MATTHIAS P.**: Schmuddelkinder • Bullenhitze • Eiszeit • Zirkusluft • Kammerflimmern • Nervenflattern **GRAF, EDI**: Bombenspiel • Leopardenjagd • Elefantengold • Löwenriss • Nashornfieber **GUDE, CHRISTIAN**: Kontrollverlust • Homunculus • Binärcode • Mosquito **HAENNI, STEFAN**: Brahmsrösi • Narrentod **HAUG, GUNTER**: Gössenjagd • Hüttenzauber • Tauberschwarz • Höllenfahrt • Sturmwarnung • Riffhaie • Tiefenrausch **HEIM, UTA-MARIA**: Totenkuss • Wespennest • Das Rattenprinzip • Totschweigen • Dreckskind **HERELD, PETER**: Das Geheimnis des Goldmachers **HUNOLD-REIME, SIGRID**: Schattenmorellen • Frühstückspension **IMBSWEILER, MARCUS**: Butenschön • Altstadtfest • Schlussakt • Bergfriedhof **KARNANI, FRITJOF**: Notlandung • Turnaround • Takeover **KAST-RIEDLINGER, ANNETTE**: Liebling, ich kann auch anders **KEISER, GABRIELE**: Gartenschläfer • Apollofalter

Alle Gmeiner-Autoren und ihre Romane auf einen Blick

KEISER, GABRIELE / POLIFKA, WOLFGANG: Puppenjäger **KELLER, STEFAN**: Kölner Kreuzigung **KLAUSNER, UWE**: Die Bräute des Satans • Odessa-Komplott • Pilger des Zorns • Walhalla-Code • Die Kiliansverschwörung • Die Pforten der Hölle **KLEWE, SABINE**: Die schwarzseidene Dame • Blutsonne • Wintermärchen • Kinderspiel • Schattenriss **KLÖSEL, MATTHIAS**: Tourneekoller **KLUGMANN, NORBERT**: Die Adler von Lübeck • Die Nacht des Narren • Die Tochter des Salzhändlers • Kabinettstück • Schlüsselgewalt • Rebenblut **KOHL, ERWIN**: Flatline • Grabtanz • Zugzwang **KOPPITZ, RAINER C.**: Machtrausch **KÖHLER, MANFRED**: Tiefpunkt • Schreckensgletscher **KÖSTERING, BERND**: Goetheruh **KRAMER, VERONIKA**: Todesgeheimnis • Rachesommer **KRONENBERG, SUSANNE**: Kunstgriff • Rheingrund • Weinrache • Kultopfer • Flammenpferd **KRUG, MICHAEL**: Bahnhofsmission **KURELLA, FRANK**: Der Kodex des Bösen • Das Pergament des Todes **LASCAUX, PAUL**: Gnadenbrot • Feuerwasser • Wursthimmel • Salztränen **LEBEK, HANS**: Karteileichen • Todesschläger **LEHMKUHL, KURT**: Dreiländermord • Nürburghölle • Raffgier **LEIX, BERND**: Fächertraum • Waldstadt • Hackschnitzel • Zuckerblut • Bucheckern **LIFKA, RICHARD**: Sonnenkönig **LOIBELSBERGER, GERHARD**: Reigen des Todes • Die Naschmarkt-Morde **MADER, RAIMUND A.**: Schindlerjüdin • Glasberg **MAINKA, MARTINA**: Satanszeichen **MISKO, MONA**: Winzertochter • Kindsblut **MORF, ISABEL**: Schrottreif **MOTHWURF, ONO**: Werbevoodoo • Taubendreck **MUCHA, MARTIN**: Papierkrieg **NEEB, URSULA**: Madame empfängt **OTT, PAUL**: Bodensee-Blues **PELTE, REINHARD**: Kielwasser • Inselkoller **PUHLFÜRST, CLAUDIA**: Rachegöttin • Dunkelhaft • Eiseskälte • Leichenstarre **PUNDT, HARDY**: Friesenwut • Deichbruch **PUSCHMANN, DOROTHEA**: Zwickmühle **RUSCH, HANS-JÜRGEN**: Gegenwende **SCHAEWEN, OLIVER VON**: Räuberblut • Schillerhöhe **SCHMITZ, INGRID**: Mordsdeal • Sündenfälle **SCHMÖE, FRIEDERIKE**: Wieweitdugehst • Bisduvergisst • Fliehganzleis • Schweigfeinstill • Spinnefeind • Pfeilgift • Januskopf • Schockstarre • Käfersterben • Fratzenmond • Kirchweihmord • Maskenspiel **SCHNEIDER, BERNWARD**: Spittelmarkt **SCHNEIDER, HARALD**: Wassergeld • Erfindergeist • Schwarzkittel • Ernteopfer **SCHNYDER, MARIJKE**: Matrjoschka-Jagd **SCHRÖDER, ANGELIKA**: Mordsgier • Mordswut • Mordsliebe **SCHUKER, KLAUS**: Brudernacht **SCHULZE, GINA**: Sintflut **SCHÜTZ, ERICH**: Judengold **SCHWAB, ELKE**: Angstfalle • Großeinsatz **SCHWARZ, MAREN**: Zwiespalt • Maienfrost • Dämonenspiel • Grabeskälte **SENF, JOCHEN**: Kindswut • Knochenspiel • Nichtwisser **SEYERLE, GUIDO**: Schweinekrieg **SPATZ, WILLIBALD**: Alpenlust • Alpendöner **STEINHAUER, FRANZISKA**: Gurkensaat • Wortlos • Menschenfänger • Narrenspiel • Seelenqual • Racheakt **SZRAMA, BETTINA**: Die Konkubine des Mörders • Die Giftmischerin **THIEL, SEBASTIAN**: Die Hexe vom Niederrhein **THÖMMES, GÜNTHER**: Der Fluch des Bierzauberers • Das Erbe des Bierzauberers • Der Bierzauberer **THADEWALDT, ASTRID / BAUER, CARSTEN**: Blutblume • Kreuzkönig **ULLRICH, SONJA**: Teppichporsche **VALDORF, LEO**: Großstadtsumpf **VERTACNIK, HANS-PETER**: Ultimo • Abfangjäger **WARK, PETER**: Epizentrum • Ballonglühen • Albtraum **WICKENHÄUSER, RUBEN PHILLIP**: Die Seele des Wolfes **WILKENLOH, WIMMER**: Poppenspäl • Feuermal • Hätschelkind **WYSS, VERENA**: Blutrunen • Todesformel **ZANDER, WOLFGANG**: Hundeleben